AF543247

दुश्मन और दुश्मन

दुश्मन और दुश्मन

(कहानी-संग्रह)

गिरिराज किशोर

राजपाल

मूल्य : एक सौ पचहत्तर रुपये (Rs. 175.00)
प्रथम संस्करण : 2009 © गिरिराज किशोर
ISBN : 978-81-7028-807-7
DUSHMAN AUR DUSHMAN (Stories)
by Giriraj Kishore
राजपाल एण्ड सन्ज़, कश्मीरी गेट, दिल्ली-110 006
website : www.rajpalpublishing.com
e-mail : mail@rajpalpublishing.com

‘संगतन’
के लिए
जिसकी
जन्मभूमि मेरा ही अन्तरमन है
‘अकार’
के लिए
जिसने
आठ साल साथ निभाया

पुस्तक के बारे में

मेरी कहानियों का यह ताज़ातम कहानी-संग्रह है। कहानियाँ मुझे हमेशा से आकर्षित करती आई हैं। मन की छोटी से छोटी बात अपनी तरह से कहने का अवसर देती हैं। हालांकि इस बीच कहानियाँ लिखने की रफ़्तार उम्र के साथ कम होती गई। उपन्यास, नाटक, लेख, यात्राएं आदि में काफ़ी समय बीता। लेकिन कहानियों से प्यार कम नहीं हुआ। वे मुझे आंगन में खेलती बेटियां-सी लगती हैं। यहां एक घटना का उल्लेख करने की बात याद आ गई। मैं इलाहाबाद 1960 में गया था। भारती जी धर्मयुग में सम्पादक होकर चले गए थे। सत्या जीजी के कारण उनसे अच्छे-खासे सम्बन्ध थे। मेरी कहानियाँ भी धर्मयुग में छप चुकी थीं। इसी बीच दो-एक लेख भी छपे। एक दिन साही जी, सिविल लाइन्स में स्टेशन के सामने बने गिरजाघर के चारों तरफ चक्कर लगाने के लिए पकड़ ले गए। जब कोई गम्भीर या साहित्यिक विमर्श करना होता था तो लेखकों द्वारा उस गिरजे का घेरा ही सबसे उपयुक्त समझा जाता था। वह गिरजा आज भी मुझे आकर्षित करता है। साही जी के द्वारा मुझ जैसे नए लेखक को लिवा ले जाने का पहला अवसर था। मैं अन्दर-ही-अन्दर खुश भी था और आशंकित भी। साही जी और मेरे बीच ज़मीन-आसमान का अन्तर था। मैं उनके सामने नगण्य था। पर उनके साथ गिरजाघर का चक्कर लगाना अपने आपमें गौरव की बात थी। जवाहरलाल जी का स्वर्गवास हो चुका था। उनके अस्थिविसर्जन पर धर्मयुग में मेरा एक लेख छपा था। इधर-उधर की बातें करते रहने के बाद साही जी ने अचानक पूछा, 'तुम क्या बनना चाहते हो?'

मैं चकराया, फिर भी मैंने साहस बटोरकर उन्हें जवाब दिया, 'मैं तो अभी कुछ भी नहीं। अलबत्ता कहानीकार बनने की इच्छा अवश्य है।'

'लेकिन तुम तो लेख लिखते हो।' बात मेरी समझ में आने लगी थी। मैंने कहा, 'भारती जी इतने बड़े लेखक और संपादक हैं। उन्होंने आग्रह किया तो मैं कैसे टाल सकता था।' उन्होंने मेरी तरफ गौर से देखा। उनकी आंखों में सम्मोहन जैसी चीज़ थी।

वे पहले चुप रहे, फिर बोले 'अभी तुमने लिखना शुरू किया है। नज़र अपने

उद्देश्य पर रखो। अगर पत्रकार बनना है तो पत्रकार बनो, कहानीकार बनना है तो उधर का रास्ता पकड़ो। भटको नहीं। उसके लिए आगे बहुत समय मिलेगा।'

फिर बोले, 'संपादक के लिए जैसे उसकी पत्रिका मुख्य होती है, लेखक के लिए रचना होनी चाहिए। संपादक के सामने शिकार के लिए पूरा जंगल होता है। लेखक के लिए उसके अन्दर फैलती उसकी अकेली रचना।'

उसके बाद मैंने अपने लिए अपनी रचना को ही अपना पहला प्यार बना लिया। कहानी ही पहला प्यार बनी। लोग कहानी को समझने में समय लेते हैं। लेखक उसमें डूबा रहता है। ये कहानियाँ आपको चाहे जैसी लगें। पर मेरे लिए आज भी उतनी ही लाडली हैं जितनी पहले थीं।

अधिकतर कहानियां 2000 के बाद की हैं। 'तरकश' कहानी जुलाई 1965 में कादम्बिनी में छपी थी। इसके खोजी संकटमोचन बने महेश। मैं महेश का आभारी हूँ। विश्वनाथ जी और मीरा जी का भी आभारी हूँ जिन्होंने अपनी अगाध प्रकाशन शृंखला में इसे भी शामिल किया। पाठकों का भी, जो मेरी रचनाएं पढ़ने की ज़हमत उठाते हैं।

मैं लापरवाह आदमी हूं। कहानियां छपीं ज़रूर, पर निगरानी में नहीं रख सका। अंबिका सिंह जी ने सहायता न की होती तो इस संग्रह का संयोजन संभव न होता।

–गिरिराज किशोर

क्रम

कठपुतलियाँ

गणेश बाबू दौरे पर थे। जब वे दौरे पर होते थे, उनके सचिव या वैयक्तिक सहायक का यह काम होता था कि उनके तैयार होकर बाहर आने से पहले उस दिन के अख़बार मंगाकर तैयार रखें। वे सबसे पहले अख़बार पढ़ते थे। उसके बाद औपचारिक दिनचर्या शुरू होती थी। भले ही बाहर मिलनेवालों की भीड़ लगी हो। यदि तुरन्त ही कहीं जाना होता था तो अख़बार गाड़ी में रख दिये जाते थे। वे रास्ते भर अख़बार पढ़ते चले जाते थे। उस समय बोलते नहीं थे। न बोलने का एक कारण यह भी होता था कि उनका मुँह पान से भरा रहता था। बाद में तो जब ज़बान के कैंसर का शक हुआ था तो उनका पान खाना बिल्कुल छूट गया था। उनके व्यक्तिगत स्टाफ के लिए, चाहे वह सेक्रेट्री हो या पी.ए., यही सुनहरा मौका होता था जब वे चकर-चकर बोलते थे। चाहे इधर की उधर लगाना हो, या किसी की सिफारिश करनी हो या किसी अफसर को उठाना हो या फिर गिराना हो...उस समय बस वे 'हूँ हाँ' करते रहते थे। अगर कोई बात पसन्द न आयी तो उनकी नज़र एक क्षण को अख़बार से उठती थी और उस व्यक्ति पर टिक जाती थी। देख लेना ही उसको सन्देश पहुँचा देता था, बस बहुत हुआ...! उनके देखने के कई कोण थे और हर कोण का अलग अर्थ था। मात्र देखना होता था, बस! नज़र तिरछी हो गई तो गुस्से की डिग्री बढ़ जाती थी...अब चुप भी करोगे या नहीं! आँखों का गोल हो जाना खतरनाक तो नहीं, पर झिड़कने का अर्थ देने लगता था—इसके सिवाय तुम्हें और कोई काम नहीं! जब आँखों के डोरे पान से रंगे होंठों की तरह लाल होने लगते थे तो खतरे का ज़ोन शुरू हो जाता था। उनकी आँखों में यह रंग कोई भी सेक्रेट्री या पी.ए. मुश्किल से ही आने देता था। एक सेक्रेट्री साहब नये-नये आये थे। उनके नेत्रों की बदलती भंगिमाओं के बारे में न उसे पहले किसी ने बताया था और न इस तरह का कोई पूर्व अनुभव ही था। उसने अनजाने खतरनाक ज़ोन में पाँव रख दिया था। उसी में वे खेत हो गये थे।

दरअसल, गणेश बाबू के छोटे बेटे की बहू 'बाबू' के बहुत मुँहलगी थी। गणेश

बाबू से ज़्यादा लोग छोटी बहू से मिलने आते थे। वे भी जिनका ताल्लुक सीधे गणेश बाबू से था।

वे कहती भी थीं, "आपकी पहुँच तो सीधे बाबू के पास है..." तो वे यही जवाब देते थे, "नी बहूरानी, हम बाबू जी से अपने बारे में ज़्यादा कह नहीं पाते। आपकी बात और है।"

वे हँस देती थीं, "मैं वायदा नहीं करती...पर देखूँगी। मैं तो सोचती थी, कभी मेरी गाड़ी अटकी तो मैं आपसे सिफारिश कराऊँगी।"

वे सीना ठोककर कहते, "उसकी फिक्र न करें... उसके लिए जान अड़ा देंगे।"

छोटी बहू कुछ इस तरह हँसतीं—धन्यवाद! इसकी ज़रूरत नहीं पड़ेगी।

नये सेक्रेट्री कुछ ज़्यादा खैरख्वाही में आ गये थे। उन्हें इस बात का अन्दाज़ा नहीं था, जिस ज़ोन में पाँव रखने जा रहे हैं उसमें इतने मेगावाट का करेंट हर समय प्रवाहित होता रहता है कि हाथी भी उसकी ज़द में आ जाये तो, जलकर खाक हो जाए, जनाब तो चूहे ही थे। हमदर्द कुत्ता तक होने में देर थी।

उन्होंने बिना सोचे-समझे छलांग लगा दी, "सर, अगर इजाज़त हो तो एक बात अर्ज़ करूँ?"

वे दौरे पर थे। हस्बमामूल अख़बार पढ़ रहे थे। उन्होंने उसी झोंक में 'हूँ' कर दी।

"सर, मैं किसी गलत भावना से नहीं कह रहा। छोटी बहू..." गणेश बाबू ने आँखें उठाकर देखा। वह चूँकि नया था, गणेश बाबू के इस नैन-सैन का मतलब समझ नहीं पाया। न उसे किसी ने बताया था और न अपनी बुद्धि इतनी थी। उसने बोलना जारी रखा, "छोटी बहूरानी के खंड में हर समय लोगबागों की भीड़ लगी रहती है, हर तरह के लोग आते हैं...उसे लेकर तरह-तरह की बातें होती रहती हैं।"

गणेश बाबू ने अख़बार हाथों से छोड़ दिया। उनकी आँखों के डोरे बोलने लगे। उनमें ऐसी लाली उतर आयी जैसे खून छिटक गया हो। उसके बाद जो करेंट निःसृत हुआ... उसका नामोनिशान नहीं बचा। सचिवालय में तो बिल्कुल नहीं।

इस घटना का नतीजा यह हुआ कि स्टाफ का हर आदमी जो उनके साथ काम करता था किसी भी ऐसे ज़ोन में पाँव रखने से बचता था जो पहुँच के बाहर हो।

अख़बार मेज़ पर मौजूद नहीं थे। गणेश बाबू का अन्दर से निकलने का वक्त हो रहा था। किसी भी समय अपने सूट से निकलकर बाहर आ सकते थे। सेक्रेट्री की समझ में नहीं आ रहा था कि वह इस स्थिति का सामना कैसे करेगा। वह कमरे के बाहर चक्कर लगा रहा था। हर क्षण पहाड़ की तरह गरु और असम्भव महसूस हो रहा था। एकाएक दरवाज़ा खुला। जब वे उस सर्किट हाउस में ठहरते थे तो

उनके बैठने की कुर्सी वहीं रहती थी। यह कम ही होता था कि वे दौरे पर आयें और उन्हें वह सूट न दिया जाये। वे आकर बैठ गये। उन्होंने एक अख़बार उठाया, रख दिया। दूसरा अख़बार उठाया...इस तरह वे एक के बाद एक...तीन-चार अख़बार उठाते गये रखते गये। उन्होंने घण्टी बजायी। सेक्रेट्री पसीने से सराबोर अन्दर आया। उसके पैर काँप रहे थे। गणेश बाबू ने उसकी तरफ देखा।

वह लड़खड़ाती ज़बान से बोला, ''सर, अख़बार अभी आये नहीं, गाड़ी गयी है।''

उन्होंने सिर्फ 'हूँह' किया।

थोड़ी देर बाद उन्होंने फिर घण्टी बजायी। इस बार वे मुखारविन्द से बोले, ''रामानुज, क्या बात है...क्या आज अख़बार छपे ही नहीं? या तुम देर से सोकर उठे?''

चपरासी पीछे खड़ा था। उसने सेक्रेटी को इशारे से कहा, ''दे दीजिए ना!'' गणेश बाबू ने देख लिया, फौरन पूछा, ''क्या मामला है?''

वह 'जी...जी' करने लगा।

इस बार गणेश बाबू की आवाज़ में सख्ती थी, ''जी...जी...क्या लगा रखा है? अख़बार में क्या तुम्हारे बारे में कुछ ऐसा छपा है जो दिखाना नहीं चाहते?''

उसने बात को दूसरी तरह से कहा, ''जी नहीं, लगता है मुख्यमन्त्री जी के लोगों ने इस बार गन्दा खेल खेला है।''

गणेश बाबू मुख्यमंत्री का नाम सुनकर सीधे हो गये, ''क्या बात है, बताते क्यों नहीं...पहेलियाँ क्यों बुझा रहे हो?'' उनकी आवाज़ में झुंझलाहट और चिन्ता मिले-जुले थे।

''छोटे भैया पर गन्दा आरोप लगाया गया है। मैंने सोचा आपका मूड क्यों खराब करूँ? वैसे मैंने डी. एम. से कहकर शहर से सारे अख़बार खरीदवा लिये हैं। पता नहीं, जनता की क्या प्रतिक्रिया होती!''

वे बोले कुछ नहीं, सिर्फ हाथ बढ़ाया। सेक्रेट्री ने बन्द अलमारी से अख़बार निकालकर सामने रख दिये। पहले पृष्ठ की सुर्खी पढ़कर ही उनका चेहरा तमतमा आया, ''तो ये लोग इतनी गलाजत पर उतर आये, ठीक है...'' वे उठे। रामानुज को आने का इशारा किया। वह पीछे-पीछे अन्दर चला गया। छोटी बहू को फोन मिलाने को कहा।

गणेश बाबू मन्त्रिमण्डल में वरिष्ठ मन्त्री थे। जिस सूट में वे ठहरते थे उसमें हॉट लाइन थी। गणेश बाबू के होंठ फड़क रहे थे। पाँव तेज़ी से हिल रहे थे। उनका रंग एकदम गोरा और सुर्खी लिये था। गुस्से की लाली उभर आयी थी। कपड़े भी ऐसे पहनते थे जिसमें ज़रा भी सलवट नज़र न आये। बारीक धोती, सिल्क का कुर्ता, गले में सिल्क का पटखा। चाँदी की मूठ की बेंत। लम्बवत लाल तिलक। उस समय हल्का-सा मलगजापन आ गया था। सेक्रेट्री ने रिसीवर उनके हाथ में पकड़ा दिया। उधर छोटी बहू ही थी। वह गणेश बाबू की आवाज़ सुनते ही रोने लगी। वे बोले,

''रोना बाद में, पहले बात बताओ...जो कुछ अख़बार में छपा है, क्या सच है?.. .बोलो, बोलती क्यों नहीं...हम पूछ रहे हैं ना।''

तुरन्त ही दूसरा सवाल कर दिया, ''यह सब क्या घर पर हुआ?''

''जी नहीं, पहाड़ी वाले फार्म पर...ऐसा बताते हैं।''

''छोटे कहाँ हैं?''

''वहीं हैं, पुलिस ने नज़रबन्द किया हुआ है?''

''इसका मतलब यह सब सही है...'' सोचकर बोले, ''तुम अपना एक बयान जारी कर दो...चन्द्रकिशोर...यानी मुख्यमन्त्री ने हमें यानी बाबू को बदनाम करने के लिए यह सब प्रायोजित किया है। बाबू को अपने रास्ते से हटाने का षड्यन्त्र है।''

''लेकिन उन्होंने ही उन्हें जेल जाने से बचाया।''

''यह भी कहो...अगर सच होता तो वे पुलिस को छोटे बाबू को जेल ले जाने से न रोकते। हमोर बारे में कहना कि बाबू इण्टीरियर में कहीं दौरे पर हैं...सम्पर्क नहीं हो पा रहा। इस बीच मैं कुछ सोचता हूँ...''

गणेश बाबू ने एक मिनट सोचा, फिर बोले, ''डी. जी. को फोन मिलाओ।''

''जी...!'' सेक्रेट्री ने इतना कहा, फोन नहीं मिलाया।

उन्होंने उसकी तरफ देखा, फिर बोले, ''ठीक है, रहने दो। दौरा जारी रहेगा।''

''लेकिन छोटे बाबू...?''

''उसे कुछ समय इसी तरह रहना चाहिए...''

''पुलिस जेल ले गयी तो...?''

''ले जाना होता तो ले गयी होती।''

''बहू रानी के वक्तव्य के बाद मुख्यमन्त्री ऐसा नहीं करेंगे। उन्हें मैं जानता हूँ।''

''बात फैलेगी...''

''वह तो फैल चुकी...हमें यह नहीं दिखाना कि हमें घबराहट है या हमें सब कुछ मालूम है।''

सेक्रेट्री खामोश था।

गणेश बाबू बाहर निकले तो मिलनेवाले लोग इन्तजार में खड़े थे। उनके चेहरे पर जनता-दर्शनवाली मुस्कान थी। वे जानते थे कि एक ही मुस्कान के साथ हर व्यक्ति से नहीं मिला जाता। कई बार मुस्कराने की ज़रूरत ही नहीं होती। वे हर एक से मिल रहे थे। सबकी सुन रहे थे। आश्वासन दे रहे थे। देखेंगे, जो हो सकेगा, करेंगे। सेक्रेट्री के मन में धुकड़-पुकड़ मची थी। कहीं किसी के हाथ अख़बार लग न गया हो। कुछ कहकर सारा खेल न बिगाड़ दें। पर ऐसा नहीं हुआ। मुलाकात बिना किसी अनपेक्षित घटना के गुजर गयी। डी. एम. भी पहुँच गया था।

डी. एम. को देखते ही तपाक से बोले, ''आइए डी. एम. साहेब...यहाँ के लोग आपसे बहुत प्यार करते हैं।''

डी. एम. चकित था। एक तो वरिष्ठ मन्त्री द्वारा डी. एम. साहेब सम्बोधन, दूसरे प्रशंसा। पिछली बार तो चेतावनी दे गये थे। अगर अपना तौर-तरीका नहीं सुधारा तो तुम्हारा तबादला ऐसी जगह कर दिया जायेगा जहाँ जाने के लिए बीस किलोमीटर पैदल चलना पड़ेगा। सारी अफसरी बीच से निकल जायेगी। डी. एम. को पहले तो यही लगा कि मन्त्री जी यह सम्बोधन व्यंग्य के रूप में कर रहे हैं। गणेश बाबू ने कन्धे पर हाथ रखा तो समझ गये, ऐसा नहीं है। वे बोले, ''तुम तो घर के बच्चे हो...बच्चों को कभी-कभी डाँटना पड़ता है।''

इसका मतलब मन्त्री जी को पिछली वाली घटना याद है। उसी का परिमार्जन कर रहे हैं। वह एक बात को लेकर अपने से जूझ रहा था। अख़बार वाली ख़बर का जिक्र करे या न करे। उसने पानी में पत्थर फेंककर लहरों के प्रवाह का अन्दाज लेना चाहा, ''सर, मैंने सब अख़बार जलवा दिये...''

उन्होंने डी. एम. की तरफ मुस्कराकर देखा और कहा, ''यहाँ तो अख़बार जल गये। बाकी जगह...? जैसा जो करेगा भरेगा।'' नीति वाक्य की तरह कहा गया था।

''लेकिन सर, हमने तो पहले कभी छोटे बाबू के बारे में ऐसा कुछ नहीं सुना था।''

''सीता के बारे में क्या कभी किसी ने कुछ सुना होगा...भोगना तो उन्हें भी पड़ा।'' कहकर वे कार में बैठ गये। फिर बोले, ''थैंक्स मि....'' डी. एम. ने वाक्य पूरा किया, ''सक्सेना...''

''हाँ सक्सेना...याद्दाश्त धोखा देने लगी है।'' हँस दिये। धूल उड़ी और चारों तरफ फैल गयी।

दौरा खत्म करके गणेश बाबू उस घटना के दो दिन बाद राजधानी पहुँचे थे। तब तक छोटी बहू का वक्तव्य अख़बारों में छप चुका था। लगभग वही वक्तव्य था जो गणेश बाबू ने फोन पर बताया था। सिर्फ इतना परिवर्तन हुआ था...मुख्यमन्त्री की जगह लिखा था मुख्यमन्त्री के आदमियों ने जानकर छोटे बाबू को इसलिए साजिश का शिकार बनाया क्योंकि मुख्यमन्त्री बाबूजी (गणेश बाबू) को पसन्द नहीं करते। इस वाक्य पर गणेश बाबू अटक गए थे। वे बहुत देर सोचते रहे। 'आखिर बहू ने मुख्यमंत्री की जगह मुख्यमन्त्री के आदमी क्यों कहा।' मुख्यमन्त्री से ऐसी क्या सहानुभूति है? कहने के बावजूद ऐसा क्यों किया? वे काफी देर सोचते रहे। फिर उन्हें लगा शायद छोटी बहू ठीक थी...यह वक्तव्य भी वही काम कर रहा है जो मुख्यमन्त्री का नाम करता। इस समय मुख्यमन्त्री पर सीधा आक्रमण करना छोटे के लिए कठिनाई पैदा कर सकता था। छोटी बहू भी हमारे साथ रहते-रहते राजनीति सीख गयी है, लेकिन छोटा...? उनके चेहरे पर झुंझलाहट आ गयी।

गणेश बाबू की कार बंगले पर जाकर रुकी तो प्रेसवालों की भीड़ थी। कार से उतरते ही हँसकर बोले, ''आज ये आधुनिक देवता इस नाचीज के दरवाजे पर कैसे...अभी तो मैं केवल एक सामान्य मन्त्री ही हूँ।''

एक तेज़-तर्रार पत्रकार तत्काल बोला, ''गनीमत है कि आप अभी तक मन्त्री बरकरार हैं।''

वे हँसकर बोले, ''हम सड़क छाप आदमी ...पुनः मुषको भव...फिर सड़क पर आ जायेंगे। लेकिन आपको मेरे मन्त्री पद से क्या शिकायत है? आप लोग अपनी कलम के दम पर कुछ भी कर सकते हैं...सफेद को स्याह और स्याह को सफेद।''

उन लोगों की समझ में नहीं आ रहा था कि ये इतने रिलेक्स्ड कैसे हैं? इतनी बड़ी घटना और मन्त्री होने न होने के मजाक में उलझे हैं तभी किसी ने अँग्रेज़ी का एक अख़बार उनके सामने पेश कर दिया। उन्होंने नज़र डाली, ''मैंने अँग्रेज़ी का इस्तेमाल न करने की बापू के सामने कसम खायी थी। तब से आज तक उसी पर अटल हूँ। अलबत्ता जो मेरी भाषा नहीं जानता या समझता , वहाँ जरूर अँग्रेज़ी इस्तेमाल कर लेता हूँ। लेकिन आप इस तरह क्यों व्यवहार कर रहे हैं, जैसे या तो मैं मुख्यमन्त्री बन गया या फिर बर्खास्त कर दिया गया हूँ। तीन दिन पहले तक तो ऐसा कुछ नहीं था।'' वे मुस्कुरा रहे थे।

''जी नहीं, मुख्यमन्त्री ने तो आपको बर्खास्त नहीं किया...आपके छोटे बाबू ने इस्तीफे की स्थिति जरूर पैदा कर दी।'' उनके सेहरे पर हल्का-सा मटमैलापन उभरा, लेकिन तुरन्त ही सँभलकर कहा, ''मुझ पर पार नहीं बसायी तो मेरे बेटे पर चालू हो गए...मेरे बेटे ने ऐसा क्या किया?''

''जैसे आपको मालूम ही नहीं...पहाड़ी वाले फार्म पर किसी हरिजन लड़की के साथ बलात्कार किया....फिर हत्या कर दी।''

जैसे झटका-सा लगा हो। हालाँकि जितना झटका लगना था वह पहले ही लग चुका था। वे थोड़ी तेज़ आवाज़ में बोले, ''आप जो मुँह में आ रहा है, बक रहे हैं।''

''मैं नहीं बक रहा, अलबत्ता आप बन रहे हैं। आपको इतनी बड़ी घटना के बारे में मालूम ही नहीं ...जबकि आप इस प्रदेश की राजनीति की दाई माने जाते हैं...''

गणेश बाबू दरवाजे का सहारा लेकर खड़े हो गये। एक क्षण को आँखें बन्द हो गयीं, फिर बोले, ''क्षमा करें, मैं अभी देहात के दौरे से आ रहा हूँ...आप इस समय जायें। स्थिति समझने का मौका दें, अगर उसने ऐसा कुछ किया होगा ...तो अपने-आप भोगेगा। मैं अभी कुछ नहीं कह सकता।'' आवाज़ ढल गयी थी।

पत्रकारों के चेहरे पर जैसे उनके प्रति एक दया का भाव आ गया। वे अन्दर चले गये थे। दरवाजा बन्द हो गया। कुछ कह रहे थे, 'गणेश बाबू पुराने खिलाड़ी हैं, चकमा दे गये। कुछ का खयाल था –'देखो बुढ़ौती में कैसा कलंक लगा।'

गणेश बाबू जब दौरे से लौटते थे तो पहले जरूरियात से निबटते थे। फिर दो-तीन घंटे पूजा-पाठ करते थे। लेकिन वे सीधे फोन पर गये। डी. जी. को फोन मिलाया, ''क्षमा कीजिए, आपको तकलीफ दी...दौरे से अभी लौटा हूँ...पत्रकारों से

पता चला कि छोटे को आपने नज़रबन्द किया हुआ है...आप जानते हैं कि मैंने आपका हमेशा साथ दिया है...बस इतना ही कहना था।'' फिर रुककर बोले, ''मैं जानता हूँ, मुख्यमन्त्री के आदेश के कारण आपके भी हाथ बंधे हैं...''

''नहीं सर, उनका कोई ऐसा आदेश नहीं। बल्कि उन्होंने तो...आपके लौटने तक छोटे बाबू को फार्म पर ही हिरासत में रखने की सलाह दी थी। आप उनसे बात कर लें।''

''उनको मुझसे नाराजगी है...मेरे बेटे से क्यों बदला ले रहे हैं। मैं दूसरों के लिए तो किसी के भी सामने जाकर झोली फैला सकता हूँ, पर अपने या अपने बेटे के लिए किसी के सामने घुटने नहीं टेकूँगा। हम गाँधी जी के सिपाही हैं, जिन्होंने दक्षिण अफ्रीका में अपने बेटे मणिलाल को किसी लड़की से दुर्व्यवहार करने के कारण आश्रम निकाला दे दिया था।'' फोन रख दिया।

छोटी बहू और बाकी घरवाले उन्हें घेरे खड़े थे। सबकी आँखों में एक ही सवाल था। छोटे बाबू का क्या होगा? कुछ देर तक वे बापू के सिपाही बने रहे...अगर किया है तो दंड भी वही भोगे।

बड़ा बेटा शिव बाबू बोला, ''हम जानते हैं अपने सिद्धान्तों को आप हमेशा प्यार करते रहे हैं। फिर भी आपको मुख्यमन्त्री से बात कर लेनी चाहिए।''

उन्होंनें हाथ के इशारे से कहा, ''जल्दी मत करो।'' फिर बोले, ''...चन्द्रकिशोर बाबू का फोन स्वयं आयेगा।''

उनका फोन आने में समय जरूर लगा, पर आया। उन्होंने पूछा, ''कहो गणेश, कब लौटे?''

''बस दिन में ही...लौटा तो पता चला।''

''तुमने फोन क्यों नहीं किया?''

''क्या फोन करता...आप तो स्वयं ही जो कर सकते हैं, कर रहे हैं, ऐसे नालायक के लिए क्या कहता...?''

''मैंने कई बार चेताया...छोटे को समझा लो...''

''क्या समझाना...आपने तो ऐसा इन्तजाम कर दिया कि अब समझाने में कोई कसर नहीं रहेगी...पाँच पुश्तें तक समझ जायेंगी।''

''तुम गलत समझ रहे हो। अगर समय रहते पता न चला होता तो फार्म हरिजनों ने जलाकर खाक कर दिया होता। जैसे ही इन्टेलिजेन्स ने सूचना दी वैसे ही पी. ए. सी. तैनात कर दी गयी थी। अगर कुछ हो जाता तब भी यही कहते। अगर मक्खी भी तुम्हारे यहाँ झाँकेगी तो भी यही कहोगे, चन्द्रकिशोर ने भेजी है... इस वहम को दिमाग से निकालो। अपना दिमाग खोलकर रखो।''

''आप मुख्यमन्त्री हैं, मैं आपका सहयोगी...वह मेरा बेटा...जो करना है, आप ही को करना होगा।''

“विपक्ष और मीडिया का जबरदस्त दबाव है...जाँच का आदेश दे दिया है। इसके अलावा कोई रास्ता नहीं था।”

“मैं जानता था, आप यही करेंगे। इसी तरह आप मेरी नाक में नकेल डाल सकते थे। आपकी नज़र में मैं अकेला ही शत्रु और विरोधी नज़र आता हूँ। आप विश्वास क्यों नहीं करते कि मुझे आपकी कुर्सी नहीं चाहिए।”

“मुझे खेद है गणेश कि तुम सीधे ढंग से नहीं सोच पाते। तुम्हें, तुम्हारे बेटे और तुम्हारे फार्म को तत्काल जाँच का आदेश देकर ही लोगों के गुस्से से बचाया जा सकता था। वह बलात्कार और खून का मामला है...वह भी एक मिनिस्टर के बेटे का...”

“भाई साहब, मैंने भी बाल धूप में सफेद नहीं किये। जो आपको करना हो आप करें, जो मुझे करना होगा, मैं करूँगा। हाई कमांड मेरे साथ हैं... इसीलिए मुझे मन्त्री बनाया था। वरना ...”

फोन पर चन्द्रकिशोर बाबू के हँसने का भान हुआ ...गणेश बाबू ने फोन रख दिखा और बड़बड़ाये, “हँसता है...”

छोटे बाबू की जमानत हाई कोर्ट से हो गयी थी। जाँच का काम जारी था। काफी सबूत मिटा दिये गये थे। मीडिया और विरोधी पक्ष मुख्यमन्त्री पर दबाव बनाये हुए था और लगातार आरोप लग रहा था कि वे अपनी पार्टी के मन्त्री और उनके बेटे को बचा रहे हैं। वे चाहते थे, सदन में बयान दें। गणेश बाबू के लोग प्रचार कर रहे थे कि गणेश बाबू से दुश्मनी का बदला बेटे से निकाला जा रहा है। मजबूरन मुख्यमन्त्री को सदन में आश्वासन देना पड़ा कि वे पहाड़ी वाले फार्म के कांड पर आरम्भिक जाँच की रिपोर्ट आ जाने पर सदन में बयान देंगे।

मुख्यमन्त्री के इस आश्वासन से गणेश बाबू के परिवार में खलबली मच गयी थी। सारा दोष मुख्यमन्त्री के सिर मढ़ा जा रहा था। “मना करते-करते एकाएक बयान देने पर कैसे राजी हो गये। पहले सदन में शोर मचवाया फिर ना-ना करते ‘हाँ’ कर दी।”

छोटी बहू सबसे ज़्यादा परेशान थी। एक तो पति का कुकृत्य, दूसरे बरबादी। बाबू को त्यागपत्र देना पड़ा तो पूरे खानदान पर मिट्टी पड़ जायेगी। रात को वह गणेश बाबू के कमरे में गयी, “बाबू कुछ कीजिए...हम तो बरबाद हो ही जायेंगे। आपको भी त्यागपत्र देना पड़ा तो कोई भी कहीं का नहीं रहेगा।”

“मैं क्या करूँ। मुख्यमन्त्री की कुर्सी पर बैठते ही चन्द्रकिशोर की आँखों पर चर्बी चढ़ गयी। यह भूल गया कि मैं अड़ जाता तो वह मुख्यमन्त्री नहीं बन सकता था। गलती मेरी ही है। मेरे ऊपर पार नहीं बसायी तो छोटे से बदला ले रहा है। मेरे त्यागपत्र की ंज़िल तक पहुँचने का रास्ता निकाल रहा है।”

“नहीं बाबू , आप इस घटना को राजनीति से न जोड़ें...यह मानवीय त्रासदी है। उसी रूप में लें।”

"तुम बताओ, क्या करूँ?"

"मुख्यमन्त्री से बात करें...मेरे पति को तो बाद में सजा होगी, आपको पद पहले छोड़ना पड़ेगा।"

रात के ग्यारह बज चुके थे। छोटी बहू बोली, "मैं फोन मिलाये देती हूँ। आप बात कर लें।"

"मेरी राय है, पहले तुम बात करके देखो..."

छोटी बहू ने एक मिनट सोचा, फिर सीधे फोन लगा दिया। चन्द्रकिशोर बाबू ने ही फोन उठाया। वह उनका डायरेक्टरी के बाहर वाला गोपनीय नम्बर था।

"ताऊ जी, मैं बोल रही हूँ छोटी बहू।"

एक क्षण चुप रहकर शायद उन्होंने सोचा, फिर पूछा, "गणेश बाबू के घर से...?"

"जी।"

"मैं आपसे मिलना चाहती हूँ।"

"वैसे तो तुम्हारा घर है, पर इस मौके पर तुम्हारा यहाँ आना ठीक नहीं रहेगा। फोन पर ही बता दो...।"

छोटी बहू ने रोना शुरू कर दिया।

एक आधा मिनट तो सुनते रहे, फिर बोले, "छोटी बहू...बात बताओ। हम रोकर अपने को कमजोर बनाते हैं। इसका मतलब हमने परिस्थिति से लड़ने की हिम्मत खो दी। कोई भी स्थिति मनुष्य के साहस से बड़ी नहीं होती।"

छोटी बहू सँभली। गणेश बाबू ने दूसरी तरफ गर्दन घुमा ली थी। वह बोली, "वे चाहे जितने भी बुरे हों, हैं तो आपके ही बच्चे। आप ही सँभाल सकते हैं, आप ही बिगाड़ सकते हैं...हमारा सब कुछ खत्म हो जायेगा।"

"बेटी...मेरी बच्ची तो वह भी थी...उसे ज़्यादा संरक्षण चाहिए था। मैं उसे ही कहाँ बचा पाया। उसका तो कोई कसूर भी नहीं था।"

"मैंने आपसे बहुत आस लगा रखी थी।"

"मैं जानता हूँ...भरोसा रखो...भरोसा बहुत बड़ा संबल होता है। वैसे भी तो हम सब 'उसके' हाथ की कठपुतलियाँ हैं।"

उन्होंने फोन रख दिया।

गणेश बाबू ने पूछा, "क्या कहा?"

"भरोसा रखने की सलाह दी है...और कहा है, हम सब ईश्वर के हाथ की कठपुतलियाँ हैं।"

"जब लड़के को फँसाया तब कठपुतलियाँ नहीं थे...अब कठपुतली बन गये। और कुछ नहीं कहा?"

"नहीं....।"

गणेश बाबू उठकर खड़े हो गये।

छोटी बहू बोली, "यह भी कह रहे थे...जो मरी है, वह भी मेरी बेटी थी।"

"छोटे बाबू को फँसाने और मेरा त्यागपत्र लेने की पूरी तैयारी है। बेटी थी तो शहीद स्तम्भ बनवा देते। मेरे हटने से दस साल के लिए रास्ते का काँटा साफ हो जायेगा। मैं ऐसा नहीं होने दूँगा। मेरा नाम भी गणेश शंकर तिवारी है।"

"आप क्या करेंगे?"

"वही जो एक राजनीतिज्ञ को ऐसे मौके पर करना चाहिए।"

कुछ देर शान्ति रही। उस रात न छोटी बहू को नींद आयी और न गणेश बाबू को। अगले दिन मुख्यमन्त्री सदन में वक्तव्य देनेवाले थे।

मार्शल ने स्पीकर के प्रवेश की उद्घोषणा की। सदन खड़ा हो गया। प्रश्नकाल शुरू हुआ। गणेश बाबू पहले ही आकर बैठ गये थे। सब लोगों की नज़र उन्हीं पर थी। लेकिन उनके चेहरे पर किसी तरह की कोई परेशानी नहीं थी। हमेशा की तरह चेहरा दिप रहा था। मुँह में पान भरा था। लोग इस धजा को देखकर चकित थे। मुख्यमन्त्री बलात्कार और हरिजन लड़की की हत्या के बारे में बयान देनेवाले हैं। पिता पर कोई असर ही नहीं। गणेश बाबू का बेटा दोषी करार दे दिया गया तो भी क्या गणेश बाबू ऐसे ही चिकने-चुपड़े बने रहेंगे? कुछ लोगों का खयाल था, मुख्यमन्त्री चाहकर भी इस मामले को घोंटकर नहीं पी सकते। यह बात अलग है कि मुख्यमन्त्री ही छोटे बाबू को जेल जाने से बचाये हुए हैं। भले ही मुख्यमन्त्री और गणेश बाबू एक-दूसरे को फूटी आँखों न सुहाते हों, पर अन्दर से दोनों एक हैं। इस बात को लेकर अख़बारों ने चन्द्रकिशोर बाबू पर काफी कीचड़ उछाला था।

चूँकि मुख्यमन्त्री का आज सवाल का दिन नहीं था इसलिए जैसे ही प्रश्नकाल समाप्त होने को हुआ, मुख्यमन्त्री ने सदन में प्रवेश किया। चपरासी ने लाकर फाइल मेज़ पर रख दी। गणेश बाबू का दिल एक क्षण के लिए धड़का। इसी फाइल में उसका और उनके बेटे का भाग्य बन्द है। गणेश बाबू नम्बर दो होने के कारण मुख्यमन्त्री के बराबर में ही बैठते थे। मुख्यमंत्री के सदन में आने पर वे कभी पूरी तरह नहीं उठते थे, बस थोड़ा हिल जाते थे। उसी को खड़ा होना मान लिया जाता था। उस दिन उन्होंने पूरी तरह खड़े होकर उनका स्वागत किया। विरोधी दल के नेता रामकरण बाबू मुस्कुरा दिये।

आखिरी सवाल चल रहा था। कृषि मन्त्री जवाब दे रहे थे, "खर-पतवार के दमन की नयी तरकीब विकसित की जा रही है। उसके लिए विदेश से विशेषज्ञों को बुलाया जायेगा।" सदस्य एक के बाद एक पूरक प्रश्न पूछ रहे थे।

गणेश बाबू ने मौका देखकर कहा. "भाई साहब, मैं जानता हूँ छोटे ने जघन्य अपराध किया है। वह सख्त-से-सख्त सजा का मुश्तहिक है, लेकिन आप मेरी बुढ़ौती की तरफ देखिए। यह ठीक है मैं हमेशा चक्रधर बाबू के साथ रहकर आपका विरोध

करता रहा, पर मैंने आपका व्यक्तिगत विरोध कभी नहीं किया और न आपके लिए असम्मानजनक शब्द ही कहे। आपके बयान के बाद मेरे पास एक ही रास्ता बचेगा कि मैं यहाँ से उठकर जाऊँ और किसी कुएँ-खत्ती में छलाँग लगा हूँ... ।"

वे धीरे-धीरे बोल रहे थे। छलाँग लगाने की बात कही तो मुख्यमन्त्री ने उनके भारी-भरकम और सुकोमल शरीर की तरफ देखा। लेकिन कोई प्रतिक्रिया जाहिर नहीं की। गणेश बाबू कह रहे थे, "जब यह एक साल का था तो इसकी माँ मर गयी थी। मैंने ही इसे पाला। जेल जाता था तो बाबू-बाबू चिल्लाता हुआ रोता-फिरता रहता था। कौन देखता? आज़ादी तो मिल गयी। लेकिन देश-भक्तों के परिवार बरबाद हो गये", उन्होंने आँखें पोंछ लीं।

मुख्यमन्त्री ने पूछा, "अगर मेरी जगह आप होते तो क्या करते?"

"मैं भी शायद यही करता। लेकिन आप मुझसे बड़े और विशाल हृदय हैं... मेरी गलतियों को भी आपने हमेशा नज़रअन्दाज किया। यह तो नौजवान है, मूर्ख है। इससे ज़्यादा मैं क्या कहूँ,...आप जैसा ठीक समझें, करें।"

विपक्ष में बैठे लोगों का ध्यान गणेश बाबू की ही तरफ था। क्या बतिया रहे हैं?

स्पीकर की आवाज़ सुनाई पड़ी, "मुख्यमन्त्री पूर्व घोषित बयान देंगे।"

विरोधी दल चुप था। सत्ता पक्ष के लोगों ने मेज़ें थपथपायीं। मुख्यमन्त्री खड़े हुए। एक क्षण सोचा। फाइल खोली। गणेश बाबू के चेहरे का रंग पहली बार बदला।

मुख्यमन्त्री बोले, "श्रीमान, पहाड़ी वाले फार्म पर हुई शर्मनाक घटना पर मुझे आज बयान देना था...लेकिन मुझे खेद है कि मैं अपने आश्वासन के अनुसार बयान नहीं दे पाऊँगा... ।"

विपक्ष ने शोर मचाया, "मुख्यमन्त्री सदन को बरगला रहे हैं...उन्होंने सदन से झूठ बोला। हम विशेषाधिकार मोशन लायेंगे।" सत्तादल के लोगों के चेहरे पर भी असमंजस उभर आया था। मुख्यमन्त्री ने ऐसा क्यों किया?

स्पीकर ने कहा, "पहले मुख्यमन्त्री को अपना वक्तव्य पूरा करने दें... ।"

विरोधी पक्ष का स्वर कुछ मद्धिम होने पर मुख्यमन्त्री ने कहा, "मेरे पास जो रिपोर्ट आयी है, कानूनी जाँच कराने के उपरान्त सदन को इतना ही बता सकता हूँ कि उसमें कुछ खामियाँ रह गयी हैं, गलत तथ्यों को सदन में रखना सदन के साथ धोखाधड़ी होगी, मैं इस रिपोर्ट के बारे में जब स्वयं सन्तुष्ट हो जाऊँगा तो अपना वक्तव्य देने के लिए पुनः सदन के सामने उपस्थित हूँगा।"

सदन में एक बार फिर तूफान आया। मुख्यमन्त्री बैठ गये। न विपक्ष कुछ समझ पा रहा था और न सत्ता दल के सदस्य। दोनों एक-दूसरे से जूझ रहे थे।

गणेश बाबू के चेहरे पर खिसियाहट और मुस्कान का मिला-जुला अहसास था।

मम्मी सो रही है

राघव बाबू के पास उसके दामाद विकास बाबू का काफ़ी सख़्त पत्र आया था। बाबू जी, आपके लिए कौन महत्त्वपूर्ण है—आपकी बेटी या आपके सत्तर बर्षीय चाचा? अगर आप यह सोचते हैं कि आप इस तरह वास्तविकता और समय की आवश्यकता को नज़रअन्दाज कर देंगे तो यह आपकी भूल है। अगर आप अब भी नहीं आएंगे तो मुझे कोई निर्णय लेना होगा...। राघव बाबू चकित थे।

विकास बाबू आर्मी में थे और ऊँचे पद पर थे। बहुत सौम्य और शालीन। नपे-तुले शब्दों का प्रयोग करना और कभी अपनी सीमा न लाँघना—न काम से, न व्यवहार से और न अलफ़ाज़ से। वे स्मोक करते थे। आर्मी में थे इसलिए पार्टी आदि में थोड़ी-बहुत लेनी भी पड़ती थी। राघव बाबू को वे दो-चार बार अपनी सरकारी पार्टियों में भी ले गए थे। परन्तु पिछले एक दशक के दौरान जब से विकास बाबू उस घर के दामाद बने थे, राघव बाबू ने कभी उनको स्मोक करते नहीं देखा था. ..पीते हुए देखने का तो सवाल ही नहीं था। कभी अगर ऐसा मौक़ा आया भी तो उन्होंने ऐसे गर्दन घुमा ली जैसे देखा ही न हो। एक दूसरी बात और थी। राघव बाबू का पुराना ख़ानदान था। उसकी कुछ परम्पराएँ थीं। उन परम्पराओं में कुछ सकारात्मक थीं और कुछ निषेधात्मक। निषेधात्मक परम्पराओं में एक यह भी थी कि दामाद और बेटी मान होते हैं...उनसे कभी पैर मत छुआओ। लेकिन विकास बाबू, राघव बाबू और उनकी पत्नी रश्मि जी के पाँव छुए बिना मानते नहीं थे। वे बचते थे, उन्हें समझाते थे...पर विकास बाबू के सामने उनकी एक नहीं चलती थी। अन्त में उन्होंने यह सोचकर कुछ भी कहना बन्द कर दिया था कि अगत ख़राब होगा तो हो...दामाद को तो नाराज़ नहीं किया जा सकता। लेकिन इस पत्र से लगा था विकास बाबू बहुत नाराज़ हैं। इतने सख़्त शब्दों का प्रयोग उन्हें संशय में डाल रहा था कि यह पत्र उनका है भी या नहीं? वे अपनी बेटी किरण से तो आशा कर सकते थे कि वह कुछ भी कह सकती है और कुछ भी लिख सकती है। लेकिन विकास बाबू को यह क्या हो गया?

विकास लगभग महीने भर से उन्हें बुला रहे थे। वे चाचा की बीमारी के नाम

पर जाना टाल रहे थे। उन्होंने रश्मि जी को पत्र दिखाया। वे भी पता नहीं कब से कह रही थीं कि चलो, मामला उलझता जा रहा है, चलकर एक बार देख-समझ लिया जाए...किरण की स्थिति ठीक नहीं। विकास तो लाखों में एक है... इस सबके पीछे किरण ही है। चाचा जी की बीमारी की आड़ में कब तक वास्तविकता का सामना करने से बचते रहोगे?

लेकिन उनके पास पुराने तवे की तरह एक ही लाईन दोहराने के लिए थी—चाचा को कौन देखेगा?

रश्मि जी ने पत्र पढ़ा और वापिस लौटा दिया। उनकी आँखों में आँसू थे। राघव बाबू ने देख तो लिया था। वे टाल गए थे। आँसुओं का सामना करने में वे हमेशा से कमजोर थे। लेकिन जब वे आँखों से टपक गए तो बात उनके बस से बाहर हो गई। वे बोले, 'इसमें रोने की क्या बात है?'

पहले तो वे चुप रहीं। जब संभलीं तो बोलीं, 'रोने की बात नहीं है तो हँसने की बात है? जब सब कुछ ख़त्म हो जाएगा तब करने को क्या बचेगा? तब चाहे हँसना या रोना?'

'तुम ऐसी उल्टी-सीधी बातें मुँह से क्यों निकाल रही हो?'

'मैं तो पता नहीं कब से मुँह सिये बैठी हूँ...यह सब तो विकास बाबू का पत्र कह रहा है?'

यह राघव बाबू भी समझ रहे थे, विकास बाबू ने मज़बूरी में पत्र लिखा है। यह पत्र ऐसा-वैसा नहीं, किरण के भविष्य की ओर संकेत कर रहा है। गए बिना बात नहीं बनेगी। वे बोले, 'मैं रात की गाड़ी से चला जाता हूँ। अगर स्थिति गम्भीर हुई तो मैं तुम्हें फोन कर दूँगा। तुम चली आना। इस बीच रवि को फोन करके देहरादून से बुला लेता हूँ। चार-छः दिन की छुट्टी लेकर... चाचा को देख लेगा?'

'पहले कभी बुलाने पर आया है जो अब तुम्हारे फोन की घण्टी सुनते ही दौड़ा चला आएगा?'

उन्होंने सुस्त और गम्भीर स्वर में कहा, 'आना तो पड़ेगा ही...चाचा जितने हमारे, उतने उसके। हमने जीवन भर किया है दो-चार दिन वह भी तो करे, बहुत टाल लिया...विकास बाबू के पत्र ने इस बात को तय करने की निर्णायक स्थिति पैदा कर दी कि प्राथमिकता के घेरे में कौन आता है—बेटी या बीमार चाचा?'

'काश तुम पहले सोच पाते...!'

रश्मि जी का मन एक और बात को लेकर उलझन में था। वे रवि के आने तक यहाँ कैसे रहेंगी? उनकी आँखों के सामने किरण रह-रहकर घूम जाती थी। कितनी सौम्य और समझदार बच्ची थी। हर बात जब तक बता नहीं देती थी तब तक चैन नहीं पड़ती थी। हँसना और बतियाना। छोटे भाई-बहनों से झगड़ना और बात बिगड़ने लगे तो हँस पड़ना। न खुद शिकायत करना और न करने देना...आपस में ही सुलट

लेना। अब उसकी शिकायत आ रही है...भाई-बहनों वाली बात विकास के साथ क्यों नहीं निभाई। पता नहीं, यह सब कैसे हो गया? कहाँ-से-कहाँ पहुँच गई। लम्बी सांस ली। उनका मन उड़कर पहुँच जाने को कर रहा था, लेकिन वहाँ तो रेल में बैठकर जाने की भी स्थिति नहीं थी। किसे दोष दें? चाचा तो वैसे ही लाचार हैं। न हिल सकते हैं, न चल-फिर सकते हैं...लगभग अर्धकोमा जैसी स्थिति है। हिन्दी में कहें तो 'अर्धविराम'?'

रश्मि जी को राघव बाबू की बात से सहमत होना पड़ा। पर एक शर्त लगा दी। जाते ही फोन करेंगे...कुछ छिपायेंगे नहीं, सब कुछ सच-सच बता देंगे। रवि को तत्काल आने के लिए कहेंगे। अगर वह न आया तो यह समझ लें कि फिर कुछ भी हो, वे बेटी को इस हालत में छोड़कर यहाँ नहीं रह पाएँगी।

राघव बाबू ने रवि को देहरादून फोन मिलाया। रवि की यह हमेशा की आदत थी कि जब भी आने के लिए कहा जाता था वह कोई-न-कोई ऐसा पायदार बहाना बनाता था कि राघव बाबू से लेकर रश्मि जी तक की ज़बान बन्द हो जाती थी। इस बार भी वही बात हुई। वह बोला—'इन्सपेक्शन चल रहा है...ज़रा भी ऊंच-नीच हो गई तो इस बार भी प्रोमोशन खटाई में पड़ जाएगा। आप तो जानते ही हैं भैया, ऐसी हालत में ... ।'

रवि बाबू ने बीच में ही बात को काटकर कहा, 'देखो रवि, तुम्हारा प्रोमोशन हो या डिमोशन, इन्सपेक्शन हो या रिट्रोस्पेक्शन ...तुम्हें आना है। तुम हमेशा कोई-न-कोई बहाना करके चाचा की देखभाल की बात टालते रहे हो। यह हमारी बेटी की ज़िन्दगी का सवाल है... हम दोनों को वहाँ जाना-ही-जाना है। फिलहाल मैं रश्मि को एक दिन के लिए ज़बरदस्ती यहाँ छोड़कर जा रहा हूँ जिससे तुम आकर चाचा का चार्ज ले लो। तुम्हें हर हालत में परसों सवेरे तक यहाँ पहुँच जाना है...जैसे ही वहाँ हालत संभलेगी हम लौट आएँगे। तुम वापिस लौट जाना।'

राघव बाबू ने जिस ज़ोरदारी से कहा था रवि के पास सिवाय 'हाँ' करने के कोई रास्ता नहीं बचा था। उनके बात करने के ढंग से रवि चौंका ही नहीं था यह भी समझ गया था कि स्थिति गम्भीर है। हर हालत में उसे जाना ही होगा। हमेशा भाई साहब उसके रोने-गिड़गिड़ाने और हालात की दुहाई देने पर पिघल जाते थे। इस बार वे उसे चट्टान की तरह अटल-नज़र आए थे। उनके बात करने के ढंग से रश्मि जी को भी थोड़ा सुकून मिला। रवि आ रहा है। यह बात उनको वहाँ ठहरने का हौसला बँधा रही थी।

रश्मि जी रह तो गई थीं पर रह नहीं पा रही थीं। रह-रहकर वे वहीं पहुँच जाती थीं। किरण की चार साल की बेटी 'रानी' का ध्यान बार-बार उनके मन को दहला देता था। जब उसका यह हाल है तो रानी का क्या होगा? विकास बाबू तो काम छोड़कर घर पर बैठ नहीं सकते...स्कूल से आने पर कौन उसे रोटी देता होगा,

कौन कपड़े बदलता होगा। वह बच्ची क्या करती होगी? इस समय उनकी ज़रूरत रानी और किरण को है। विकास बाबू बार-बार इसीलिए आने के लिए कह रहे हैं। ठीक है चचिया ससुर बीमार हैं। उनकी भी कोई घड़ी जा रही है। उनकी देखभाल भी ज़रूरी है...पर बेटी का घर भी तो बिगड़ रहा है। वह तो विकास बाबू हैं जो सब कुछ शान्ति और समझदारी से झेल रहे हैं। उन्होंने तो सब कुछ बिना कुछ कहे बर्दाश्त किया। किरण को पूरी छूट दी। वही शायद अज़ाब हो गया। आर्मी में तो कमज़ोरियों के खुले-खेलने के लिए इतने रास्ते होते हैं कि नया या कमज़ोर आदमी एक बार फिसल जाए तो फिसलता ही चला जाता है।

रश्मि जी सवेरे देर से उठती थीं। उस दिन वे सवेरे चार बजे ही उठकर बैठ गईं। चाचा सो रहे थे। उनके मुँह से राल निकली हुई थी। उन्होंने तौलिये से पोंछा। करवट दिलवाई। फिर जल्दी-जल्दी नहाईं। चाचा का मुँह भीगे कपड़े से साफ़ किया। चाय बनाकर तूती से चाचा को पिलाई। खुद पी। करीब सात बजे एक मेल नर्स आता था जो उन्हें ज़रूरियात से फारिग कराता था। स्पंज करता था। कपड़े बदलता था। उसके आने में डेढ़ घंटा बाकी था। भोर का अंधेरा छँटने में नहीं आ रहा था। रश्मि जी बार-बार फोन के पास जाती थीं...फिर लौट आतीं थीं...अभी तो रास्ते में होंगे...सात बजे मेल नर्स आया। रश्मि जी ने अन्दर जाकर फोन मिलाया। विकास बोल रहे थे...रश्मि जी एक मिनट को झिझकीं...पता नहीं क्या कहें। लेकिन वे पहचान गए थे। फौरन बोले, 'मम्मी...।'

'हाँ बेटा, तुम्हारे बाबू जी चल दिए हैं...'

'आप क्यों नहीं आईं?'

'रवि को बुलाया है...वह कल तक आ जाएगा...उसे चाचा जी के पास छोड़कर आ जाऊँगी।' फिर हिचकते हुए पूछा, 'किरण का क्या हाल है?'

वह जैसे मुस्कुराया हो, 'ठीक ही है...हाल तो हमारा ठीक नहीं।'

'ज़रा किरण को फोन दो।'

'उठेगी तभी बात हो पाएगी...' विकास बाबू की आवाज़ में सुस्ती-सी आ गई थी।

रश्मि ने रानी से बात करने के लिए कहा। विकास ने रानी को फोन दे दिया। वह चहककर बोली, 'नानी कब आ रही हैं?'

'तुम्हारे नाना आज पहुँचेंगे... तुम्हारे लिए बहुत-सी चीज़ें ला रहे हैं।'

'नहीं, नानी तुम आओ...मेरे साथ बात करने को कोई नहीं...पापा दफ्तर चले जाते हैं...मम्मी दवा लेके सोती रहती हैं।'

उसके शब्द कहीं-कहीं गड़बड़ा रहे थे। रश्मि समझ रही थी। उनकी आँखें भर आईं। हिचकी निकल गई। रानी बोली, 'नानी, तुम इतनी बड़ी होकर रोती हो... मैं तो नहीं रोती। पापा कहते हैं—बहादुर बच्चे रोते नहीं...। तुम क्यों रोती हो?'

'तुम्हारी याद आ रही थी...'

वह खिलखिलाकर हँस दी। विकास ने फोन ले लिया। बोला, 'मम्मी, आज रानी कई दिन के बाद हँसी है। आप आ ही जाइए...उसे बहुत अकेलापन लगता है।'

'रवि के आते ही आ जाऊँगी।' उसके बाद रश्मि जी काफी धीरे-धीरे सुबकती रहीं। मेल नर्स चाचा जी का काम कर रहा था। रश्मि जी ने पहले ही उसकी ज़रूरत का सामान कमरे में रख दिया था। अब वे कुछ भी करने के लिए स्वतंत्र थीं। यही बात उनका धीरज तोड़ने में मदद कर रही थी। रानी अकेली है। छोटी-सी बच्ची!

रश्मि जी के मन में किरण और रानी घूम रही थीं। रश्मि बेटी तू ऐसी क्यों हो गई? किसकी नज़र लग गई। ऐसी प्यारी बच्ची... उसका तो ख्याल कर ऐसे हँसती है जैसे चाँदी के सिक्के खनखना रहे हों। रश्मि जी को याद आया उनकी हँसी की तुलना भी उनके पापा चाँदी के सिक्कों के खनखनाने से ही करते थे। रश्मि को और तो कुछ सूझा नहीं अपने कपड़े लगाने लगीं। वह जाएंगी ज़रूर। भले ही राघव बाबू का फोन आ जाए वहाँ सब ठीक है। रानी कैसे कह रही थी, 'नानी तुम आओ...।''

मेल नर्स काम ख़त्म कर चुका था। वे चाचा के कमरे में गईं। धोने-पोंछने के बाद उनके चेहरे पर ताज़गी का भाव आ जाता था। वे बोलीं, 'चाचा जी कल रवि आ रहा है।'

उनकी आँखें कभी-कभी खुलती थीं। उन्होंने आँखें खोलकर रश्मि जी की तरफ देखा। बोले कुछ नहीं। वैसे भी वे हूँ हाँ ही कर पाते थे। रश्मि ने कहना चाहा। वे रवि को उनके पास छोड़कर किरण के पास जा रही हैं। पर कहते नहीं बना। रश्मि जी थोड़ी देर के लिए भी जाती थीं तो वे उदास हो जाते थे। वे थोड़ी देर उनके पास बैठी रहीं। चाचा फिर शान्त हो गए। रवि का नाम सुनकर जो चेहरे पर परिवर्तन आया था वह गायब हो गया था।

शाम का समय था। रश्मि मन-ही-मन सोच रही थीं—राघव बाबू किरण के घर पहुँच गए होंगे। उनका फोन करने का मन हुआ। उनको लगा सवेरे तो फोन किया ही था...फिर फोन करके उन्हें क्या मिल जाएगा...? वे पहुँचे होंगे तो विकास दफ़्तर गए होंगे। किरण तो शायद ही बात करने की स्थिति में हो। होगी भी तो वह कितनी बात करेगी। रानी भी स्कूल में रही होगी। उनका मन मसोस कर रह गया। निकटताओं में भी कितनी दूरियाँ होती हैं।

उधर राघव बाबू की गाड़ी ठीक समय पर पहुँच गई थी। लेकिन वे जल्दी में थे। जो स्कूटर सामने आया उसी में बैठ गए। बाद में ध्यान आया, पैसे तो तय ही नहीं किए। न यही देखा उसने मीटर डाउन किया या नहीं। काफी दूर निकल आए थे।

मीटर आठ रुपए चालीस पैसे बता रहा था। घर अभी बहुत दूर था। वे प्रीपेड स्कूटर ले सकते थे पर वहाँ लाइन लम्बी थी। विकास की चिट्ठी की भाषा उनके दिल में कहीं गहरे गड़ी थी। बार-बार चुभ रही थी। पता नहीं क्या हुआ हो...चौबीस घण्टे चिट्ठी मिले हो गए। चार दिन पहले लिखी होगी।

स्कूटर ग्रेटर कैलाश की तरफ जा रहा था। हालाँकि वे रास्ता जानते थे। पर जब उन्हें ध्यान आता था...पता नहीं तब वह किस सड़क से गुजर रहा होता था। उन्हें बराबर लग रहा था वह ज़रूर लम्बे रास्ते से जा रहा होगा...।

जब स्कूटर घर के सामने रुका तो उन्हें लगा वहाँ पहुँचने में ज़रूरत से ज़्यादा देरी हो गई है। वे उतरकर चले तो स्कूटर वाला बोला, 'पैसे?'

'माफ करना भाई, भूल गया...कितने पैसे हुए?'

'एक हरा पत्ता?' उसने बड़ी तल्खी से कहा।

'इतने ...यहाँ के तो साठ रुपए होते हैं।'

'कब की बात कर रहे हैं...यह ग्रेटर कैलाश है।'

उन्होंने बहस में पड़े बिना एक सौ का पत्ता निकालकर उसे दे दिया। वह रुपये लेते ही इतनी तेज़ी से भागा जैसे कोई उसका पीछा कर रहा हो।

ज़ीने पर चढ़ते समय भी राघव बाबू के मन में तरह-तरह के ख़्याल आ रहे थे। शंकाएँ और आशंकाएँ थीं। पता नहीं कौन किस स्थिति में मिले। ऊपर की सीढ़ी पर पहुँचे तो टी. वी. की आवाज़ सुनाई पड़ी। वे थोड़े आश्वस्त हुए। टी. वी. चल रहा है तो सब ठीक ही होगा। किरण को बचपन से ही टी. वी. का शौक रहा है। उन्होंने राहत की सांस ली। लेकिन सन्नाटा शंका पैदा कर रहा था। कोई बोल क्यों नहीं रहा है? क्या रानी भी नहीं? वह तो हमेशा चहकती रहती है।

राघव बाबू ने घण्टी बजाई। रानी दौड़ी हुई आई...वह बोली, 'पापा अभी नहीं आए...।'

'खोलो बेटी, मैं हूँ नाना।'

वह ऐसे चहक उठी जैसे बियावान में अकेले बच्चे को कोई अपना मिल जाए। 'नाना आप आ गये, हम तो आपका सवेरे से इन्तजार कर रहे हैं।'

उसने अन्दर से चटखनी खोलनी चाही। वह सख़्त थी। रानी बोली–'नाना, दरवाज़ा खींचो...पापा दरवाजा खींचते हैं तो मैं चटखनी खोल देती हूँ।'

'मम्मी कहाँ हैं?'

'मम्मी दवा लेकर सो रही हैं।'

उन्होंने दरवाजा पहले अन्दर की तरफ दबाया। रानी ने कहा, 'नहीं नाना, अपनी तरफ खींचो।'

राघव बाबू ने दरवाज़ा अपनी तरफ खींचा तो चटखनी खुल गई। वे अन्दर गए। स्क्रीन पर कार्टून दौड़ रहे थे। घर में सन्नाटा था।

'तुम अकेली हो...।'

'हाँ, पापा का फोन आया था...उन्होंने कहा है आने में देर हो जाएगी...मैं कार्टून फिल्म देख रही हूँ...पापा आएंगे तो दरवाजा खोलना होगा न।'

'तुम्हें डर नहीं लगता।'

'लगता है... कार्टून फिल्म देखती हूँ तो नहीं लगता। पापा कहते हैं—मिक्की माउस इतना बहादुर हो सकता है तो तुम क्यों नहीं हो सकतीं। तुम तो उससे बहुत बड़ी हो।'

वह उठकर गई। अपने गिलास में नाना के लिए पानी लाई, 'नाना, गिलास ऊपर रखा है, मेरा हाथ नहीं पहुँचता... इसी में पी लो।'

नाना ने गिलास लिया। उनकी आँखें रानी के चेहरे पर थीं। एकदम मासूम, पर उन्हें उसका चेहरा धुंधला-धुंधला-सा नज़र आ रहा था।

वह बोली, 'पानी पी लो नाना, मैं और ला दूँगी। पापा आएँगे तो चाय बना देंगे। मेरा हाथ वहाँ तक नहीं पहुँचेगा।' नाना की आँखों से एक बूँद टपकी और गिलास के पानी में मिल गई। वे पीने लगे। उनके हाथ काँप रहे थे।

अन्दर से आवाज़ आई, 'कौन है, रानी?'

'नाना आए हैं।'

'अच्छा आती हूँ।' थोड़ी देर बाद दरवाज़ा खुला। किरण बाहर आई। चेहरा सूखा था। बाल बिखरे हुए थे। पाँव में कंपन और लड़खड़ाहट थी। रानी नाना की कुर्सी से सटकर खड़ी मम्मी को आते हुए देख रही थी।

पापा, मैं अंग्रेज़ी नहीं जानता

विराग लगभग आठ वर्ष का। चेतन और भव्या मामा-मामी पहाड़ जा रहे हैं। विराग के नाना-नानी किसी प्रोजेक्ट के सिलसिले में डेढ़-दो वर्ष से पहाड़ पर थे। वह अपनी मम्मी से ज़िद कर रहा था वह भी नाना-नानी के पास जायेगा। वैसे भी छुट्टियों में नाना-नानी के पास जाना उसे अच्छा लगता था लेकिन उसकी मम्मी जाने की स्थिति में नहीं थी। कई तरह की परेशानियाँ थीं। उसकी ममेरी बहन ईषा विराग से एक साल छोटी थी। वह तीसरी में आया था, ईषा दूसरी में। दोनों के स्कूल में फ़र्क है। विराग के स्कूल में मई-जून में परीक्षा होती है। ईषा का कान्वेंट स्कूल है वहाँ दिसम्बर में परीक्षा होती है। पिछली बार जब ईषा विराग के घर आई थी तो वे दोनों बहुत मिल-जुलकर खेलते रहे थे। जाने से पहले ईषा नाराज़ हो गई थी। विराग एक तो उसके जाने की वजह से खिसियाया हुआ था, दूसरे अपने बड़प्पन की झोंक में उसने दो चपत रसीद कर दिये थे। जब ईषा ने मम्मी यानी बुआ से से शिकायत की और विराग से पूछताछ हुई तो वह बड़ी गम्भीरता से बोला, 'हम इसके दादा हैं, क्या एक-आध चपत भी नहीं लगा सकते?'

उसके कहने के ढंग पर सबको हँसी आने को हुई थी। विराग की मम्मी ने अपनी हँसी को रोकते हुए डांट लगाई थी, 'ख़बरदार, अगर ईषा बेटी को कुछ कहा। दादा हो तो प्यार करो, मारने का अधिकार किसने दे दिया।'

ईषा उनके चेहरे को गौर से देख रही थी। वह बोली, 'बुआ, आप डाँट तो नहीं रहीं आपको तो हँसी आ रही है।'

'नहीं बेटा, मैं विराग से बहुत नाराज़ हूँ–...उसने मेरी बेटी को मारा।'

ईषा चूँकि अंग्रेजी माध्यम से पढ़ती थी, गुस्सा आते ही वह अंग्रेज़ी में चालू हो जाती थी। वह बोली, 'नो बुआ, आई डोन्ट बिलीव यू।'

जब विराग ने उसे चपत लगाया था तो भी ईषा ने अंग्रेज़ी में ही डांटा था, 'नो विराग, यू कान्ट बिहेव लाइक दिस विद मी।'

विराग तत्काल बोला, 'तू क्या विलायत से आयी है...अपनी भाषा में नहीं बोल सकती?'

इस बात से वह और नाराज़ हो गई थी। उसकी समझ में और तो कुछ आया नहीं, वह यही बोली—तुमको मना किसने किया अंग्रेज़ी में बोलने को?

'तू नकल कर उनकी, मैं अपनी भाषा में बोलता हूँ, उसी में बोलूँगा।'

उस घटना के अगले दिन ईषा दिल्ली चली गई थी।

विराग के मन में यह बात थी कि ईषा नाराज़ होकर गई है। जब कभी फोन आता था और विराग कहता था कि मामी ईषा से बात कराइये तो वह कहती थी, 'मैं बात नहीं करती, वह मुझे मारता है।' विराग के मन में यह बात और भी ज़्यादा घर कर गई थी कि ईषा की नाराज़गी अभी बरकरार है। एक दिन इस बात को उसने अपनी मम्मी से भी कहा था, 'मम्मी, ईषा मुझसे फोन पर बात क्यों नहीं करती... मैंने उसे मारा थोड़ा ही था, छुआ भर था...वह मुझे अंग्रेज़ी बोलकर चिढ़ाती थी, मैंने उसे यह कहकर चिढ़ाया था कि मैं बड़ा हूँ इसलिए मारा है।'

मम्मी ने उसे यह कहकर समझाया था, वह तुम्हारी बहिन है, तुम जब मिलो तो उसे यह बात समझा देना, वह मान जायेगी।'

यह बात विराग की समझ में आ गई थी। वह इस बात से उत्साहित हुआ था। उन्हीं दिनों मामा का फ़ोन आया था कि वे लोग नाना-नानी के पास पहाड़ जा रहे हैं...विराग भी चला चलेगा। ईषा की मौसी रीता जी तथा उनका बेटा अमेरिका से आये थे, वे भी उनके साथ जानेवाले थे। विराग इस बात से और उत्साहित हो गया था। उसे लगा था ईषा से मम्मी की बताई बात कहने का मौका भी मिलेगा और नाना-नानी के पास जाकर मज़ा भी खूब आयेगा। जब भी वह अकेला होता था तो पहाड़ की बात सोचना चालू कर देता था। उसे लगने लगता था वह नाना-नानी के पास पहुँच गया। एक बार वह मौसी के साथ नानी के घर हो आया था। वहाँ का सब कुछ उसकी आँखों के सामने घूमने लगता था। पहाड़ी सड़कों पर दौड़ना, नानी का रोकना, ऊँचे-नीचे देवदार के वृक्षों को छूना और उसकी कटावदार पत्तियों की डंडियों से आर्क बनाकर मन्दिर बनाने का नाटक करना, गेस्टहाउस के टेरेस पर खड़े होकर सुदूर पहाड़ों के पीछे की बर्फ से ढकी चोटियों की पंक्ति को धूप में चमचमाते देखना...। तब ईषा नहीं गयी थी। उसे ईषा का तब भी ध्यान आता था। अगर ईषा होती तो और भी मज़ा आता। जब उसने ईषा को बताया था तो उसने उसे उलाहना दिया था तुमने हमें क्यों नहीं बुलाया। हम पापा के साथ चले आते। उसने अपनी गलती मान ली थी और अगली बार उसे साथ लेकर जाने का वायदा किया था। उसे वह याद आ गया। अब ईषा के मम्मी-पापा जा रहे थे। उसके मन में और भी उत्सुकता जग गई थी कि वह ईषा के साथ जाकर वह सब कुछ उसे दिखायेगा जो उसने देखा था। उसकी मौसी का बेटा भी होगा। उस पर भी उसके बर्फ की पहाड़ियों की पांत देख चुके होने का असर पड़ेगा। वे सब चकित रह जायेंगे।

विराग की मम्मी लेटी थी। पापा अपनी मेज़ पर बैठे काम कर रहे थे। वह मम्मी से बोला, 'मम्मी, मामा का फ़ोन आया था...क्या मुझे उनके साथ नाना-नानी के पास पहाड़ पर भेजेंगी?'

मम्मी ने हँसकर कहा, 'तुम वैसे तो मम्मी-पापा के बिना एक रात के लिए भी दादा-दादी के पास जाकर नहीं रह सकते—वहाँ रह जाओगे? वहाँ तुमने कहा कि घर जाना है तो इतनी दूर से कौन छोड़ने आयेगा।'

'नहीं मम्मी, आई प्रोमिज़...' उसने काफी उत्साह भरे स्वर में ऐसे कहा कि जैसे इस आश्वासन के बाद सब कुछ ठीक हो जायेगा।

मम्मी हँसकर बोली, 'अच्छा तो आप भी अंग्रेज़ी बोलने लगे..।'

वह झेंप गया। फिर बोला, 'इतनी नहीं। जितनी ईषा बोलती है।'

'बोला करोगे तभी तो ईषा की तरह बोलना सीखोगे। दूसरी भाषा सीखने के लिए अभ्यास करना पड़ता है।'

'किससे बोलूं...तुम तो बोलती ही नहीं।'

पापा का ध्यान उधर ही था। वे बीच में हस्पक्षेप करते हुए बोले, 'एक शर्त पर जाओगे...वहाँ जाकर रोओगे नहीं।'

'पापा, मैं बिल्कुल नहीं रोऊँगा। हम और ईषा लड़ेंगे भी नहीं...खूब मिलकर खेलेंगे। उसकी मौसी का लड़का भी होगा...हम तीन हो जायेंगे।'

'वह तो तुमसे तीन साल छोटा है...।'

'तो क्या हुआ...पड़ोसवाला रम्मी भी तो मुझसे कई साल छोटा है, वह भी तो खूब खेलता है।'

मम्मी तुरन्त बोली, 'वह तुम्हारी बात तो समझ नहीं पायेगा...वह तो अमेरिका में पैदा हुआ है। अंग्रेज़ी के सिवाय न कुछ जानता है, न समझता है।'

विराग का चेहरा उतर गया। वह सोचने लगा। फिर बोला, 'ईषा तो होगी...वह उसे मेरी बात समझा दिया करेगी।'

पापा ने उसका उदास चेहरा देखकर कहा, 'हाँ, यह बात तो ठीक है,...ईषा समझा दिया करेगी।'

इस बात से विराग का मन थोड़ा बुझ गया था। हालाँकि नाना-नानी के पास जाने और ईषा के साथ खेलने, उसे अपनी बात समझा करके उसकी नाराजगी दूर करने का उत्साह उसे लगातार प्रेरित कर रहा था। वह अपने उस उत्साह को नानी से जोड़कर जागृत करने की कोशिश करने में लग गया। नानी की बनाई कितनी चीज़ें उसे पसन्द हैं... एक-एक करके नानी बनायेगी और उसे और ईषा को खिलायेगी। लेकिन उसके मन में रह-रहकर एक डर काम कर रहा था। कहीं ईषा अपने मौसेरे भाई के साथ मिलकर अंग्रेज़ी न बोलने लगे और उसे चिढ़ाये। 'अगर ऐसा हुआ तो वह क्या करेगा? थोड़ी-बहुत तो वह भी बोल लेगा, पर उन दोनों की बराबरी

करना तो मुश्किल होगा। हालाँकि वह इस बात को हृदय से निकालने की पूरी कोशिश कर रहा था। कभी सोचता वे अंग्रेज़ी बोलेंगे तो वह ज़ोर-ज़ोर से अपनी भाषा में बोलकर उनकी आवाज़ को दबा देगा। अगर वे फिर भी बोलते रहे...तो वह मामी से कहेगा। पर मामी तो डांट ही नहीं पातीं। वे उसे बुलाकर धीरे-धीरे कहेंगी, 'देखो ईषा, विराग तुम्हारा बड़ा भाई है, उसकी इज्जत करो। उसके साथ वैसा ही व्यवहार करो, जैसा छोटी बहिन को करना चाहिए।'

ईषा उनकी बात पर यह कहकर आपत्ति करेगी, 'एक-दो साल की छोट-बड़ाई कुछ नहीं होती है...वह भाई ज़रूर है, पर मैं उसे दादा नहीं कहूँगी, न वैसा व्यवहार करूँगी।'

मामी कुछ कहेंगी भी तो वह मुँह बिचकाकर भाग जायेगी। मामी उसे ही धीरे से समझाने लगेंगी, 'यह बड़ी शैतान है, तुम तो बड़े हो उसकी बात पर ध्यान क्यों देते हो?'

बात वहीं ख़त्म हो जायेगी। फिर वह नानी से कहेगी। नानी उसे डाटेंगी, 'ईषा अगर तुम भैया से ऐसे व्यवहार करोगी तो हम तुम्हें न सुनाकर विराग को कहानी सुनायेंगे।'

इस बात से उसकी सारी तेज़ी ख़त्म हो जायेगी। उसे भी नानी से कहानी सुनना इतना ही अच्छा लगता है जितना विराग को। नानी एक तरफ उसे लिटा लेती थी दूसरी तरफ ईषा को। कभी ईषा नानी का चेहरा अपनी तरफ घुमा लेती थी और कभी विराग। नानी की गर्दन दुखने लगती थी। नानी अगर विराग की तरफ गर्दन करके एक वाक्य बोलती थी तो दूसरा वाक्य ईषा की तरफ देखकर बोलना पड़ता था। अगर कहीं वे एक तरफ देखकर एक से ज़्यादा वाक्य बोल गयीं तो दूसरा नाराज़ हो जाता था। नानी को रिश्वत देकर मनाना पड़ता था। वह कान में कहती जब वह सो जायेगा या सो जायेगी तो वह अकेले उसे एकदम नई कहानी सुनायेगी। उनकी यह चाल उसे मना लेने में कामयाब हो जाती थी। अगर वाकई उनमें से कोई सो जाता था और दूसरे को कहानी सुनानी पड़ती थी। तो सुबह उठकर शेखी में सब कुछ गर्व से दूसरे को बताता था। नानी को उसे अलग से कहानी सुनाकर उसकी नाराज़गी दूर करनी पड़ती थी। नानी का आधा वक्त उन दोनों की नाराज़गी दूर करने और मनाने में गुज़रता था।

दो दिन बाद मामा का फोन फिर आ गया, 'विराग को भेजने के बारे में क्या तय किया। इसे बाहर निकलना भी सिखाओ। नहीं तो घर-घुसना बन जायेगा।'

अगर अन्तिम वाक्य मामा ने वैसे कहा होता तो विराग नाराज़ हो गया होता। चूँकि उसका स्वार्थ था इसलिए वह नाराज़ होने के बजाय खुश ही हुआ। साथ ही मामा ने यह भी कहा था कि 'उसकी नानी कह रही थीं कि वह माँ-बाप के बिना

कभी रहा नहीं, कभी वह उत्साह में आ तो जाये बाद में उसका मन न लगे।'

नानी ने ऐसा कहा। उसे आश्चर्य भी हुआ और गुस्सा भी आया। नानी जब भी फ़ोन करती है तो हमेशा पूछती है, 'कब आ रहे हो बेटा, विराग' अब जब जाने की बात उठी तो पलट गईं। नानी उसे प्यार नहीं करती...ईषा को करती हैं। अम्मा ने बहुत समझाया, ऐसा नहीं है। वे तुम्हें ही प्यार करती हैं। इसीलिए चिन्तित हैं कभी तुम्हारा मन न लगे। नानी दुखी हो जायेंगी।

वह बोला, 'अच्छा नानी को फ़ोन मिलाओ। मैं नानी से पूछूँगा।

'क्या पूछोगे?'

'नहीं बताऊँगा...।'

'कुछ तो बताओ।'

'पूछूंगा...मैं नानी के पास कब रोया?'

'भूल गये, जब नानी यहाँ रहती थीं... तुम ज़िद करके ...घर सोने गये थे, तुम रोने लगे तो नाना को रात को बारह बजे तुम्हें कार से छोड़ने आना पड़ा था।'

'तब मैं छोटा था, मैं क्या करता तुम्हारी याद आने लगी थी।'

'वहाँ आने लगी तो...?'

वह खिसिया गया। करवट लेकर लेट गया। मम्मी ने अपने पास बुलाना चाहा तो उसने दूसरी तरफ मुँह कर लिया। मुश्किल से कब्जे में आया।

मम्मी-पापा दोनों से जब हाँ करवा ली तब माना।

विराग काफी खुश था। उसके जाने की तैयारी हो गई थी। पापा ने मामा के पास दिल्ली छोड़कर आने के लिए दोनों का रिज़र्वेशन भी करा लिया था। वह बीच-बीच में मम्मी से पूछता रहता था, 'मैं चला जाऊँगा तो तुम रोओगी तो नहीं? मैं जल्दी से आऊँगा।'

'जल्दी कैसे आयेगा...जब सब आयेंगे तभी तो तू भी आयेगा।'

'मैं फोन कर दूँगा...पापा को भेज देना।'

'तेरा मन तो अभी से बेईमान होने लगा।'

'मत भेजना...मैं तो वैसे ही कह रहा था।'

'नाना तो हैं...'

पापा जब उसे लेकर दिल्ली गये तो वह थोड़ा सुस्त था। ऊपर से वह ठीक-ठाक दिखने की कोशिश कर रहा था। उसकी मम्मी को ज़रूर बुरा लगा था। उनकी आँखें नम थीं। वह हँसकर बोला, 'देखा मम्मी रो रही हैं... मैं तो नहीं रो रहा। सब कहते थे विराग रोने लगा तो क्या होगा।'

विराग का गला थोड़ा-सा फँसा था। उसने साफ़ किया। वह नहीं चाहता था कि उसे रोना आ जाए और उसका जाना रुक जाये। रास्ते भर वह ख़ामोश ही रहा। पापा तो वैसे भीं कम बात करते थे। बस उसने एक बार कहा था, 'पापा, मम्मी

से कहियेगा, मैं जल्दी आ जाऊँगा। मम्मी दुःखी हों तो मुझे फ़ोन कर दीजियेगा।'

पापा जान रहे थे वे ज़रा-सी भी सहानुभूति दिखायेंगे तो हो सकता है वह भावुक हो जाये। उन्होंने कहा, 'तुम मम्मी की फिक्र मत करो...मैं हूँ ना।'

उसने पापा की तरफ देखा। शायद उसे लगा उसके पापा यह बात कहकर उसका महत्त्व कम कर रहे हैं।

वे फ़ौरन बात बदलकर बोले, 'तुम नानी के यहाँ से लौट आओगे तो अम्मा का चार्ज फिर तुम्हें दे देंगे।'

वह चुप रहा। उसकी समझ में नहीं आया चार्ज देने से क्या मतलब। मम्मी ही सबको देखती हैं। पापा अक्सर कहते हैं—हम सबका चार्ज तुम्हारी मम्मी ही संभालती हैं।

पापा समझ रहे थे कि विराग का मन गड़बड़ा रहा है। वे उस बात को पुख़्ता नहीं करना चाहते थे। उन्होंने जानकर नाना-नानी के बारे में बात करना शुरू कर दिया।

'तुम नानी से क्या-क्या बनवाकर खाओगे?'

'वह बोला, 'जो नानी बनायेंगी।'

'अगर नानी ने तुम्हारी पसन्द की चीज़ न बनायी।'

'क्यों नहीं बनायेंगी। वे ईषा की बात नहीं मानतीं। मेरी मानती हैं। ईषा कहानी सुनते-सुनते सो जाती है। मैं सुनता रहता हूँ।'

'तुम जो खाओ, ईषा को भी खिलाना उससे लड़ना नहीं।'

'वह मुझे देगी तो मैं भी दूंगा...वह लड़ेगी तो मैं कैसे छोड़ दूंगा।'

'और ईषा की मौसी के लड़के को...' वे बात से बात जोड़ते जा रहे थे। जिससे विराग को मम्मी का ध्यान न आये और वह लौटने की बात न करने लगे। बच्चों को माँ-बाप से दूर रहना भी सीखना चाहिए।

इस बात से विराग थोड़ा सुस्त हो गया। वह धीमी आवाज़ में बोला, 'मम्मी कह रही थीं...वह अंग्रेज़ी ही जानता है...हिन्दी नहीं समझता। मेरी बात समझेगा ही नहीं तो मैं उसे चीज़ कैसे दूँगा?'

पापा चुप हो गये। वे समझ गये थे कि विराग इस बात से दुखी है कि वह उसकी बात नहीं समझेगा।

दिल्ली में मामा के घर पहाड़ पर जाने की तैयारी चल रही थी। विराग का आना मामा-मामी को अच्छा लगा था। वे इस बात से खुश थे कि तीनों बच्चों की वजह से काफ़ी रौनक हो जायेगी। विराग को भी अच्छा लगा कि मामा-मामी उसके आने पर इतने खुश हैं। सबसे पहले तो उसने ईषा की मौसी के बेटे अमिय को देखा और उसके बारे ों राय बनाने की कोशिश की। वह दुबला-पतला और चुस्त चालाक बच्चा था। वह भी एक अजनबी की तरह विराग को देख रहा था...उस

घर में यह नया बच्चा कौन आ गया? वह विराग के नज़दीक आया। उसे छूकर देखा। ईषा चुपचाप खड़ी मुस्करा रही थी। उन दोनों को एक-दूसरे की तरफ गौर से देखते हुए चुपचाप देखती रही। फिर बोली, 'विराग, यह मेरा भाई है। अभि...और यह विराग है।'

'यह विराग है।' इस बात को उसने अंग्रेज़ी में कहा। विराग एक क्षण को चौंका। पहले जब वह विराग का किसी से परिचय कराती थी तो कहती थी—यह मेरा भाई विराग है।

अभि बोला, 'हाउ आर यू?'

विराग बोला, 'मैं ठीक हूँ...' हालाँकि वह उसके सवाल का जवाब अंग्रेज़ी में दे सकता था। इतनी अंग्रेज़ी वह जानता और समझता था। फिर पूछा, 'तुम कैसे हो?'

ईषा बोली, 'विराग अंग्रेज़ी नहीं जानता।'

अभि बोला, 'आई डोन्ट नो योर लैंग्वेज हिन्दी।' फिर ईषा की तरफ देखते हुए पूछा, 'डू यू नो स्पेनिश? माई गवर्नेस स्पीक्स स्पेनिश।'

विराग थोड़ा झुंझला गया। अंग्रेज़ी में ही पूछा, 'एण्ड योर मदर?'

'शी इज़ एन इंडियन।'

विराग ने पूछा, 'तुम अपनी मदर की लैंग्वेज नहीं जानते...?' उसके चेहरे पर व्यंग्य था। अभि उसका मुँह देखने लगा। वह हिन्दी समझता था।

ईषा ने हस्तक्षेप किया, 'तुम अभि से ऐसे क्यों बोलते हो?'

विराग ने कहा, 'जैसे तुमने अभि को पहले बताया था कि मैं अंग्रेज़ी नहीं जानता, ऐसे ही मेरी यह बात उसे समझा दो।'

'नो...नाट ऐट ऑल।'

'यस, टेल हिम।'

विराग को गुस्सा आता जा रहा था।

ईषा बोली, 'अगर तुम अभि से लड़ोगे तो हम तुम्हें अपने साथ नहीं ले जायेंगे। तुम अंग्रेज़ी नहीं जानते तो इसमें अभि का क्या दोष?'

विराग की समझ में नहीं आया कि वह उसकी बात का क्या जवाब दे। वह तुरन्त दौड़ा और पापा के पास गया। वे रात की गाड़ी से वापिस लौटने की तैयारी कर रहे थे।

वह बोला, 'मैं पहाड़ पर नहीं जाऊँगा।'

'क्यों?'

'नहीं पापा...मैं हरगिज़ नहीं जाऊँगा।'

'बताओ तो क्यों?'

वह रुआंसा हो गया था। उससे बोला नहीं जा रहा था।

पापा बोले, 'लेकिन तुम तो बहुत उत्साह के साथ नानी के घर जाने के लिए तैयार होकर आये थे?'

वह पापा के पैरों से लिपट गया, 'मैं नहीं जाऊँगा... [illegible] ाथ ले चलो।'

'बताओ तो क्या बात है। नानी को दुःख नहीं होगा?'

'पापा, मैं अंग्रेज़ी नहीं बोल पाता...।' उसकी आवाज़ में हताशा थी।

'लेकिन तुम्हारे नाना-नानी, मामा-मामी, ईषा...सब तो हैं।'

'ईषा कहती है हम तुम्हें नहीं ले जायेंगे। तुम अंग्रेज़ी नहीं जानते। अभि से लड़ते हो। पापा, मैं उससे बिल्कुल नहीं लड़ा...मैं नहीं जाऊँगा।' वह रोने लगा।

उधर विराग की मामी ईषा से पूछ रही थी, 'तुमने क्या विराग से कुछ कहा?'

वह चुप थी।

कविताएँ

उसके तुरन्त बाद उनका स्वर्गवास हो गया था।

वे लगभग छह महीने बिस्तर पर रही थीं। अमरीका दोनों साथ-साथ गये थे। डेढ़-डेढ़ महीने दोनों बच्चों के पास रहे। पति का मन था वीज़ा बढ़वा लें, कुछ दिन और रह लें। लेकिन पत्नी का मन उचट रहा था। अपने घर चलो, बच्चों से मिलना था। मिल लिये। यहाँ पड़े रहकर उनका भी मन बँटा रहेगा और अपने को भी लगता रहेगा कि आये थे हरि भजन को ओटन लगे कपास। यह कपास ही ओटना है कि उनकी अनुपस्थिति में बच्चों को देखें और सामने यह सोचें कि बच्चे काम पर से आये हैं इन्हें आराम कर लेने दो।

आखिर उन्होंने लौट जाने का मन बना लिया और चले भी आये। वे चाहती थीं कि उन्होंने जो कविताएँ लिखी हैं जल्दी छप जायें। पति से कहती भी थीं कि बच्चे अपने काम से लग गये अब इन कविताओं का भी कुछ हो जाये तो मैं आराम से मर सकूँगी। कविताओं का छपवाना बच्चों को काम से लगने से कम महत्त्वपूर्ण नहीं था। पति हँसकर कहते थे, "तुम हर बात को ज़िन्दगी और मौत से जोड़कर क्यों देखती हो? तुम्हें इतनी जल्दी जाने कौन देगा? स्वार्थ की हमारे यहाँ कोई जगह नहीं।"

कभी चुप लगा जाती थीं, कभी कहतीं मौत का क्या यकीन। सबसे बड़ी अतिथि तो मृत्यु ही है। उसके स्वागत के लिए हमेशा थाल सजाये तैयार रहना चाहिए। जब आ जाये, स्वागत। कहकर हँस देती थीं, पति की भौंहें चढ़ जाती थीं। वह समझातीं, "इसमें नाराजगी की क्या बात है। मैं एक बार दरवाज़े तक जाकर लौट आयी हूँ। तकलीफ भी बहुत है, पर मुक्ति भी..." पति मुँह पर हाथ रख देते थे। बस बहुत हो चुका, अब बन्द करो। वह यह कहकर चुप हो जातीं, "तुम्हारी मर्जी, सच्चाई से भला क्या दुश्मनी। यह तो ऐसी बात है जो हर एक के लिए सच है। आगे या पीछे। हम एक ऐसी सच्चाई को भी सहन नहीं कर सकते जिसका कोई विकल्प नहीं।"

उनका कविता संकलन तैयार करना चुपचाप जारी था। कभी जब मन होता था तो पति को एक-दो कविता सुना देती थीं। पति प्रशासनिक पद से सेवानिवृत्त

हुए थे। उन्हें उनकी हर कविता बहुत अच्छी लगती थी। वे जानती थीं कि इनके पास तारीफ के अलावा कुछ नहीं। कभी सुझाव भी देते थे। जब कोई ऐसा शब्द याद आ जाता था जिसे वे फाइल से ज़्यादा कविता के लायक समझते थे तो उस शब्द को कविता में फिट करने का आग्रह करते थे। वे मना नहीं करती थीं। नोट कर लेती थीं। बाद में कभी याद आ जाता तो पूछते भी थे। मैंने तुम्हें एक बहुत अच्छा शब्द तुम्हारी कविता के लिए बताया था, उसका क्या हुआ?'

उन्हें याद भी होता था तो पूछती कौन-सा शब्द। अब उन्हें क्या याद रहता। वे कहते बताया नहीं था। फिर वो यही कहतीं कि तुमने बताया था तो मैंने ज़रूर इस्तेमाल कर लिया होगा। तुम्हारा कहा मैं कैसे टाल सकती थी। वे इसी बात से खुश होकर कहते, "बस यही तो तुम्हारी बात है जो दिल खुश कर देती है। हम क्या जानें कविता कहानी के बारे में। ज़िन्दगी भर तो फाइलें घसीटते रहे।" वे मुस्कुराकर कहतीं, "हम भी क्या जानें फाइलों के बारे में, हम ठहरी लड़कियों को काव्यशास्त्र पढ़ानेवालीं।" शायद उनका साफ संकेत था कि हम तुम्हारी फाइलों में दखल कब देते हैं...।

शायद उनका पहला कविता संकलन था। वे उसे गुपचुप तैयार कर रही थीं। वे नहीं चाहती थीं कि छपने से पूर्व कोई उसे देखे। पति से भी वे इतना ही बताती थीं कि कविताएँ छाँट रही हैं। पति कहते भी थे दिखाइए कौन-सी कविताएँ छाँटीं। वे कहतीं छँटने के बाद देखियेगा। पति को बुरा नहीं लगता था। एक तो वे स्वयं व्यस्त आदमी थे, दूसरे वे यह पूछना पति-पत्नी के बीच सहयोग और भागीदारी का चिह्न मानते थे। पति नहीं पूछेगा तो कौन पूछेगा। पत्नी का स्वास्थ्य यू एस से लौटने के बाद से गिरावट की ओर था। पति पूछते थे तो वे उन्हें यह कहकर समझा देती थीं। इतना लम्बा सफर करके और बच्चों का इतना सुख भोगकर आए हैं तो क्या इतना फर्क भी नहीं पड़ेगा। वे चिढ़ाते हमने तो कहा था वीज़ा कुछ समय के लिए बढ़वा लेते हैं पर तुम्हें तो सुख काटता था। वे हँसकर कहतीं, "उधार का सुख और उधार के पैसे में ज़्यादा फर्क नहीं होता, यूँ आया यूँ गया। मरना-जीना अपने घर का।" यह बात पति का मूड बिगाड़ देती थी। तब उन्हें कहना पड़ता था कि देखो सच्चाई से कब तक मुँह मोड़ोगे। कवि पहले यही जानने की कोशिश करता है जीवन का यथार्थ क्या है। प्रशासक पहले पत्रावली की सच्चाई देखता है। कई बार दोनों में समानता नहीं होती, क्योंकि वहाँ इन्सान लगभग अनुपस्थित होता है। पति को यह बात थोड़ी उलझी हुई लगती। वे कहते, "अच्छा भई, जो तुम्हें सोचना हो सोचो, करना हो करो। मुझे बरी रखो।"

पत्नी ने धीरे-धीरे बिस्तर पकड़ लिया। पति अवकाश ग्रहण करने के बाद कंसल्टेंसी करते थे। उन्होंने काम की तरफ तवज्जोह कम करनी शुरू कर दी। पत्नी को देखना प्राथमिकता में आ गया। वे जब तक कर सकती थीं अपनी कविताओं को उलटती-पलटती रही थीं। पति समझाने की कोशिश करते, "आराम करो, कविता

ज़िन्दगी से ज़्यादा ज़रूरी तो नहीं, ठीक हो जाओ तो बहुतेरी कविताएँ लिखी जायेंगी।" वे आँखों में पानी भर लातीं, इशारे से कहतीं ऐसा मत कहो। जब तक बोल पाती थीं तब यह भी कहती थीं कि दूध बिखरने पर जैसे कटोरे में कुछ नहीं रह जाता है ऐसा ही कविता के साथ भी होता है। मेरा जीना भी कविता से साथ ही जुड़ा है। शनैः-शनै वे बेहोशी-सी में रहने लगीं। यू एस से बच्चे आये, देखकर चले गये। चलते-चलते पापा को रुपये देने लगे तो एक क्षण के लिए उन्होंने आँखें खोलीं। उन्होंने पति की तरफ आँखें हिलायीं, पति ने जवाब में गर्दन हिला दी। बच्चों से बोले, "तुम्हारी माँ के लिए मेरे पास इतना है कि उनका इलाज हो सके, नहीं होगा तो तुम लोगों से ही मागूँगा।"

बच्चों को अच्छा नहीं लगा। वे बोले, "हम बहुत गिल्टी फील करेंगे कि माँ के लिए हम कुछ नहीं कर पाये।" माँ ने इस बार बच्चों की तरफ देखा। वे सब जाने के लिए लदे-फदे खड़े थे। आँखें बन्द कर लीं। पिता के पास सख़्ती के साथ मना कर देने के सिवाय कोई रास्ता नहीं था। माँ की आँखें बन्द थीं, पर दर्द कम लगा। कई दिन बाद पति को महसूस हुआ कि आज कुछ आराम है। जब से बच्चे आये थे उनके चेहरे की पीड़ा बढ़ गयी थी। पति ने उन लोगों के आने पर बच्चों के से उत्साह के साथ उन्हें बोलकर कहा था, "देखो, आँखें खोलो, बच्चे तुमसे मिलने आये हैं।" वे उसी तरह सन्न पड़ी रही थीं। बड़ी बेटी ने कहा था, "हमें क्या मालूम था कि माँ की तबियत ऐसी है। हम पहले आ गये होते। हम तो समझते थे कि हमेशा की तरह ब्लड प्रेशर और शूगर बढ़े होंगे।" पापा थोड़ी तेज़ आवाज़ में बोले थे, "तुम्हें जो समझना था समझ लिया। यह भी समझ सकते थे। समझने के पीछे अनेक फैक्टर होते हैं। एक बार तुम गिर गयी थीं। तुम्हारी माँ प्रेक्टीकल परीक्षा लेने अहमदाबाद गयी थी। मैंने बता दिया था ठोड़ी पर चोट आयी है। पट्टी करा दी आराम से सो रही है। फ्लाइट पकड़ी और आ गयी। परीक्षक पद से डिबार कर दी गयी थी। तब कानून का पालन सख़्ती से होता था। उन्होंने गलत समझा था?"

लड़का बोला, "पापा, आप तो समझते हैं कि कितना मुश्किल है..." उन्होंने आँख मिचमिचायी। "पापा उन्हें लेकर बाहर चले गये। बच्चों के चले जाने के बाद उनकी आवाज़ तो एक तरह से पूरी तरह बन्द हो गयी थी। लेकिन कुछ दिनों के लिए एक सुधार नज़र आया था कि वह सहारे से बैठ जाती थीं। कागज पेन्सिल लेकर अपनी बात लिखकर बता देती थीं। कविताएँ सिरहाने मेज़ पर रखवा ली थीं। कभी-कभी जब कभी मन होता था तो छूकर देख लेती थीं। पति कहते थे पढ़कर सुना दूँ तो हाथ जोड़ लेती थीं। जब वे ठीक थीं और पति पढ़कर सुनाने की इच्छा जाहिर करते थे तो वे कहती थीं जैसे बच्चे की माँ ही बच्चे की बात समझती है ऐसे ही कविता के बोल होते हैं। जहाँ जोर देना हो वहाँ न देकर कहीं और दे दो तो अर्थ का अनर्थ हो जाए। पति खिसियाते थे या नहीं यह कहना तो मुश्किल है,

पर समझ जाते थे। पति के दिमाग में उनका वही जवाब उतर आता था, ''हाँ, जो लिखे वही पढ़े तो ठीक रहता है।''

उनकी तबियत अचानक बहुत खराब हो गयी। उन्हें शायद साँस घुटता-सा लग रहा था। डॉक्टर को बुलाया गया। वह काफ़ी देर तक आब्जर्व करता रहा। एक-आध इंजेक्शन भी दिया। तबियत कुछ सहूलियत पर आयी तो डॉक्टर ने जाते हुए कहा, ''तकलीफ तो जो है वह है ही, लेकिन इस समय कोई खतरे की बात नहीं है। कई बार अभिव्यक्त न कर पाने के कारण भी अस्थिरता पैदा हो जाती है।''

जब लौटकर आये तो फिर वे असामान्य-सी नज़र आयीं। बार-बार गर्दन हिला रही थीं, कुछ साँस भी असामान्य होता जा रहा था। उन्होंने कहा, ''तुम्हें जो कहना हो, निःसंकोच कहो, मैं हूँ ना।''

उन्होंने कागज पेन्सिल थमाकर कहा, ''तुम्हें जो कहना हो लिखकर बताओ।'' उनका मन भी भारी हो आया था। गला साफ किया। कुछ देर वे बेचैन बनी रहीं। फिर अंग्रेज़ी में लिखा, ''आई सीक योर परमिशन टु लीव...'

थोड़ी देर वे समझ नहीं पाये इसका क्या मतलब है, उन्होंने ऐसा क्यों लिखा? थोड़ा सँभले तो जवाब में लिखा, ''सारी, यू कांट लीव मी एलोन। वी विल गो टुगेदर।'' उन्होंने पढ़ा, एक क्षण को आँखें बन्द कीं। फिर चेहरे पर एक तरह की मायूसी-सी उभर आयी। निढाल होकर लेट गईं। आँखें बन्द थीं। पति मन हल्का करने के लिए कुछ देर के लिए बाहर चले गये। लौटे तो वह सो रही थीं। उस दिन के बाद वे सोती ज़्यादा थीं। लिखकर बात करना भी बन्द कर दिया था। कभी जब चेतनता आती थी और वे पूछते थे तबियत कैसी है तो वे टेढ़े-मेढ़े शब्दों में लिख देती थीं 'अनबियरेबिल, वेटिंग फार योर परमिशन...'

कुछ दिन बाद होश आने का अन्तराल बढ़ गया। खाना भी कम होने लगा। फिर तरल पदार्थ दिये जाने लगे। डॉक्टर ने भी लगभग जवाब दे दिया कि अब ऐसा ही चलेगा। धीरे-धीरे इनके आर्गन आराम करने की मुद्रा में आने लगे हैं। आप बच्चों को बुलाना चाहें तो बुला लें। एक बार बच्चे फिर आये। इस बार उन्होंने आँख खोलकर भी नहीं देखा। वे पुकारते रहे...जगाने की कोशिश करते रहे, पर वे शान्त लेटी रहीं। पिता कुछ नहीं बोल रहे थे।

बच्चों को भी पता चल गया था कि मॉम ने पापा से इजाजत माँगी थी, लेकिन पापा ने नहीं दी। एक दिन बेटे ने कहा, ''पापा, मॉम बहुत कष्ट में हैं। कब तक ये इस तरह तकलीफ भोगती रहेंगी।''

''जब तक ईश्वर की इच्छा...''

उस दिन बात वहीं रह गयी। उन लोगों के फोन स्टेट्स से आते रहते थे। अक्सर पापा कुछ नहीं पूछते थे किसका फोन है या क्या बात है, सब ठीक तो है ना। कभी कान में पड़ जाता था। बुलावा आ रहा है। उस दिन फिर बात उठी,

''पापा, माँ बहुत कष्ट में हैं।'' वे चुप रहे। उस दिन उनकी एक रिश्तेदार भी आयी हुई थी। वह बोली, ''जीजा जी, हमने सुना है दीदी ने आपसे लिखकर इज़ाजत माँगी थी कि वे जाना चाहती हैं। आपने मना कर दिया। कहीं इसलिए तो वे इतना कष्ट नहीं भोग रहीं । आप इजाजत दें तो वे जायें।'' वे पहली बार बच्चों की तरह झर-झर रोने लगे। वह महिला सकपका गयीं। ''मेरा मतलब यह नहीं था। मैंने तो दीदी की तकलीफ देखकर कह दिया था।''

''तुमने ठीक कहा, तुम्हारी इसमें कोई खता नहीं। आजकल हर आदमी वक्त की रेल पर सवार है। उतरनेवाले का कोई इन्तजार नहीं करना चाहता कि वह आराम से उतर सके। ठीक है मैं सोचूँगा। दरअसल, मैं तो खाली हूँ, इन्हें आराम से उतारकर खुद भी उतर जाना चाहता हूँ।'' वे अब नॉर्मल थे।

बच्चों में से किसी के मुँह से निकला, ''पापा, यह आराम नहीं कष्ट भोगते रहने के लिए...'' वाक्य उन्होंने पूरा किया, ''मजबूर करना है...यही कहना चाहते हो ना। ठीक कहते हो। इसका इलाज तो मर्सी किलिंग ही हो सकता है। उसके लिए ही तुम्हारी माँ इजाजत चाह रही थी। मैं उस समय हिम्मत नहीं जुटा पाया था। मैंने यही कहकर समझा दिया था कि दोनों साथ चलेंगे। मैंने देखा था वह मायूस हो गयी थी। मैं भी क्या करता। अब आप सबकी राय है तो मैं कह दूँगा, तुम जाओ। अब ज़्यादा कष्ट मत भोगो। तुम्हारे बच्चे और परिवार के लोग भी यही चाहते हैं। मेरी बात पर ध्यान न दो।''

''हमारा यह मतलब नहीं था...'' वे जोर से बोले, ''तुम विज्ञान के देश से आये हो, तुम इस बात में कितना विश्वास करते हो कि मेरी इजाजत देते ही वे चली गयी होतीं। अगर ऐसा हो भी गया होता तो आप लोग कहते कि पापा को ऐसा नहीं करना चाहिए था। हो सकता है तुम नया नाम खोजकर कहते हो इट एमाउंट्स टु 'संकल्प' मर्सी किलिंग,'' कहकर वे चुप हो गये। दो-तीन दिन से वे चुप थे। ज़्यादातर पत्नी के बराबर में बैठकर वक्त गुजारते थे। बीच-बीच में वे उनकी कविताओं का पाठ भी करते थे। हालाँकि जीवन-भर उन्हें उनसे अलग रखा था। यह कहकर साहित्य एकनिष्ठता माँगता है, वे मान जाते थे। गीता का पाठ भी करते थे।

वे रात को उठे। बेवक्त स्नान किया। उनके कान के पास मुँह ले जाकर कहा, ''तुम्हें बहुत कष्ट है, मैंने अब तक अपने स्वार्थ में तुम्हें रोके रखा। उसे मेरी भीरुता भी मान सकती हो। जो निर्णय तुम लेना चाहो, ले लो। अपना फैसला मुझे बता देना। मैं अँधेरे में नहीं रहना चाहता हूँ, न किसी को रखना चाहता हूँ। तुम्हारे बच्चे भी जाने को कह रहे थे। मैंने उनसे दो दिन का समय माँगा है। शायद सब हो ही जाए और वे निश्चिन्त मन से वापस अपने देश लौट सकें।''

उन्हें लगा उन्होंने आँखें खोलीं, मुस्कुरायीं। तभी एक धमाका हुआ।

एक कागज पर बड़े-बड़े अक्षरों में लिखा पड़ा था–

मर्सी किलिंग...।

आई एम सॉरी

वैद्यनाथन तमिल भाषी हैं। लगभग तीन दशकों से हिन्दी प्रदेशों में रह रहे हैं। शुरू में उन्हें भाषागत परहेज़ था। जब कोई चतुर्थ श्रेणी का कर्मचारी उनके सामने अपनी बात कहने के लिए हाज़िर होता था तो वे किसी अंग्रेज़ीदां को बुलाकर खड़ा कर लेते थे। जो वह बोलता था, दुभाषिया उसकी बात अंग्रेज़ी में समझाता जाता था। समझाना इस बात पर निर्भर करता था कि वह उसकी बात को कितना समझा और कितने सही ढंग से वह उस बात का विदेशी भाषा में अनुवाद कर पाया। कई बार कुछ का कुछ कहा जाता था, कुछ का कुछ बताया जाता था और कुछ का कुछ समझ लिया जाता था। यानी सीधी रेखा मंजिल तक पहुँचते-पहुँचते गोलार्ध बन जाती थी। उनकी पत्नी का नाम पद्‌मिनी था। वह हिन्दी बोल लेती थी और समझ भी लेती थी। वैद्यनाथन कुछ कहते तो नहीं थे परन्तु उनको लगता था उन लोगों को उनकी ज़बान में मुँह लगाना ठीक नहीं। अंग्रेज़ी की बात और है। लेकिन जब उनके बच्चों ने हिन्दी बोलनी शुरू की तो वैद्यनाथन को भी हिन्दी का सहारा लेना पड़ा। बच्चों के बोलने में रवानी भी थी और सहजता भी। बाद में वैद्यनाथन भी हिन्दी बोलने में ज़्यादा कठिनाई अनुभव नहीं करते थे। बच्चों के लिए भाषा खेल है और बड़ों के लिए पहाड़। शायद इसीलिए कि भाषा बोलना न बोलना लोगों के अंह से जुड़ जाता है।

चूँकि वे लोग पड़ोसी थे इसलिए वे लोग कभी-कभी अपने आयरन कर्टेन से बाहर आकर बात कर लेते थे। वरना सिवाय जाड़ों के उन्हें कभी बाहर लॉन में बैठा देखना दशहरे कि दिन नीलकंठ देखने जितना कठिन था। हो सकता है इस पर्दागीरी का कारण भाषा ही हो । यह सवाल कई बार उठता था कि वे हमारी भाषा सीख सकते हैं तो हम उनकी भाषा क्यों नहीं सीख सकते? जवाब में एक बहुत ही मूर्खतापूर्ण तर्क आता था। हमारी भाषा सीखना आसान है इसलिए दूसरी भाषा बोलनेवाले उसे जल्दी सीख लेते हैं। अब कोई पूछे, अनजानी भाषा सरल हो या कठिन भाषा तो भाषा ही होती है। सवाल है भाषा के प्यार का। अंग्रेज़ी सीखना क्या कम मुश्किल काम है। एक ऐसी भाषा जिसमें न उच्चारण की समानता, न

शब्द सिद्धान्त। लेकिन जब से उनके बच्चों ने हिन्दी में महारत हासिल की थी उनके चारों ओर सिमटी अ-पारदर्शिता अल्प-पारदर्शिता में बदल गई थी। बेटा बाहर पढ़ने चला गया तो उनकी बेटी आस-पड़ोस में ज़्यादा आने-जाने लगी थी। उसके कारण कभी-कभी माँ-बाप को भी जाना पड़ता था। वैद्यनाथन को भी भाषा के प्रति सहिष्णुता विकसित करनी पड़ी थी।

वैद्यनाथन की बेटी का नाम सुषमा था। वह सुन्दर भी थी और नाजुक भी। कई बार सवाल उठता था कि उसका नाम सुषमा क्यों है? यह नाम काफी उत्तर प्रदेशीय किस्म का लगता था। जब वह छोटी थी तो अपने दोस्तों से कहती थी कि मैं गुड़म-गुड़म बोलनेवाले से शादी न करके इधर के आदमी से शादी करूँगी। एक बार इस बात पर उसे वैद्यनाथन से डाँट भी खानी पड़ी थी। लेकिन जब उसकी शादी हुई तो उसे ज़्यादा सोचने का मौका नहीं मिला। दरअसल, वैद्यनाथन छुट्टी पर गये थे। वहीं उन्होंने शादी तय की और सुषमा को ब्याह दिया। यहाँ लोगों के पास शादी से एक हफ्ता पहले तमिल में छपे निमन्त्रण-पत्र आये। बस नीचे नाम और पता ज़रूर अंग्रेज़ी में लिखा था। कार्ड के लिफाफे पर लिखा था 'सुषमा वेड्स गोपालन'। तमिल न समझनेवालों को इन शब्दों से ही मदद लेनी पड़ी थी। जिन्हें बधाई का तार भेजना था, उन्होंने तार भेज दिया था और जो दो-चार लोग नज़दीक थे, वे किसी तरह तिकड़म करके शादी में शरीक होने भी चले गए थे। क्योंकि आरक्षण और वह भी चेन्नई का, मिलना आसान काम नहीं था।

बाद में जब लोग शादी में शिरकत करके लौटे तो उस शादी का एक स्वर से ऐसा बखान किया जैसे अंग्रेज़ों के ज़माने में दरबारी लोग वाइसराय या गवर्नर के दरबारों का वर्णन करते थे। सुषमा का पति किसी मल्टी-नेशनल कंपनी में काम करता था। पच्चीस हजार महीना पगार थी। उसने सुषमा को देखा और लट्टू हो गया। उसने और उसके घरवालों ने सुषमा को उसके माता-पिता से माँग कर लिया था। वैद्यनाथन भी गद्‌गद् हो गये थे। सन्तान सुन्दर और स्वस्थ हो तो उसका भाग इसी तरह खुलता है। शादी से लौटकर आये तो भी वे लड़के और उसके घरवालों की तारीफ करते रहे। क्या घर है। कितने भले लोग हैं। कितना ही सोना दिया। कितने ही चाँदी के बर्तन दिये! सब रिश्तेदारों के कपड़े देने पड़े। हालाँकि माँग कुछ नहीं थी? बस ये देते रहे वे लेते रहे। उनका कहना था कि भारत के पूर्व वित्तमन्त्री चिदम्बरम् के विवाह में दो घड़े सोना दिया गया था। हम उतना तो नहीं दे सकते थे, पर अपनी सामर्थ्य के हिसाब से हमने भी कोई कमी नहीं रखी। पद्‌मिनी भी तारीफ करती नहीं थकती थी। हालाँकि पद्‌मिनी पूरी शादी में गठिया के रोग से जुड़ी रही थी। फिर भी बेटी की शादी में माँ को कहाँ फुर्सत और कैसा आराम। लड़के की भी वे लोग भूरि-भूरि प्रशंसा कर रहे थे। बहुत ही होनहार लड़का है। बहुत ऊँचा जायेगा। स्वभाव ऐसा जैसा मक्खन। लड़की के भाग खुल गये। लेकिन

जब शादी में शरीक होनेवाले स्थानीय लोगों से कोई लड़के के बारे में पूछता था तो वे या तो अच्छा कहकर जवाब टाल जाते थे या कह देते थे हमारी लड़की का क्या कहना। राम सिंह के साथ उसका बेटा भी गया था। राम सिंह वैद्यनाथन का पी. ए. था। वह बच्चा ज़रूर बोल गया था 'सुषमा दीदी सुन्दर, जीजा कल्लू।' यह बात पूरे परिसर में फैल गई थी।

इसी बात पर उस बच्चे की कान पकड़ी हो गई थी और वह देर तक रोता रहा था।

जब सुषमा आई तो खुश थी। सब पूछते थे ससुराल कैसी है तो वह कहती सास-ससुर बहुत सीधे हैं। देवरानी पहले की है। उसके एक बच्चा है। पाँव छूती है लेकिन जहाँ दोपहर को लेटने का समय होता है तो अपने बच्चे को मेरे पास डाल जाती है, छुट्टी के दिन तो खासतौर से। माँ को चूँकि गठिया थी इसलिए उसके जोड़ों में भी थोड़ा-बहुत दर्द रहने लगा था। दोपहर में लेटकर उसे आराम मिलता था। लेकिन देवरानी जिठानी की तरह व्यवहार करती थी। सुषमा घर में नई थी इसलिए उसे कुछ भी कहने में संकोच होता था। गोपाल के बारे में वह एक ही वाक्य कहती थी—थोड़े शार्ट टेम्पर्ड हैं। इस बात से घरवालों को कोई अन्दाज़ नहीं लगता था सिवाय इसके कि कुछ लोग शॉर्ट टेम्पर्ड होते हैं, कुछ शान्त स्वभाव होते हैं। सुषमा का आदमी बहुत से लोगों की तरह पहले वर्ग का था।

बात इससे आगे कभी नहीं बढ़ी। वह साल भर में एक चक्कर लगा जाती थी। जब भी वह आती थी पहले से दुबली लगती थी। तीन साल में दो बच्चे हो गये थे। बच्चों को दूध पिलाना, काम करना, घर देखना...सब यही समझते थे कि स्वास्थ्य पर असर तो डालता ही है।

रात के ग्यारह बजे थे। पद्मिनी की गठिया ज़ोर पर थी। हाथ-पैर हिलाना भी मुश्किल पड़ता था। जैसे आरी चल गई। पद्मिनी सही शाम से लेट जाती थी। वैद्यनाथन को लेटे हुए भी आधा घंटा हुआ था। उनकी नाक थोड़ी-थोड़ी बजने लगी थी। पद्मिनी के दर्द ज़्यादा था। इसलिए वह कभी तो नींद में आ जाती थी, कभी-कभी जग जाती थी। जब करवट लेनी होती थी, हाथ या पैर हिल जाता था तो दर्द अपनी सीमा पार कर जाता था। पद्मिनी गुनगुनाने लगती थी। वह गुनगुनाना या तो भजन होता था या प्रार्थना की तरह का कुछ। ...अब मैं नाच्यो बहुत गोपाला! उसने बचपन में प्रसिद्ध गायिका सुब्बा लक्ष्मी से यह गाना सीखा था। उसके पिता का घर उनके घर के नज़दीक था। लेकिन चूँकि गठिया का असर उसके जबड़ों के जोड़ों पर भी था इसलिए अब गा पाना उतना आसान नहीं रहा था। यहाँ तक कि खाते समय भी मुँह चलाने में उसे दिक्कत होती थी। गुनगुनाना ही शेष बचा था। खासतौर से जब पीड़ा बढ़ जाती थी। चाहे वह किसी भी तरह की क्यों न हो ।

उस दिन पद्मिनी को सुषमा की याद आ रही थी। वह बोली, 'सुषमा का कई दिन से कोई समाचार नहीं मिला। पता नहीं उसकी कमर का दर्द कैसा होगा। पिछली बार उसने लिखा था–दर्द उसे तंग कर रहा है। बच्चे अलग से तंग करते हैं। लगता है माँ-बाप का रोग बच्चों के बाँटे में भी आता है। मेरा दर्द उसने ले लिया। ...मैं भी कैसी अभागिन माँ हूँ...अपना रोग-शोक अपने बच्चों को दे दिया।' वह रोने लगी।

वैद्यानाथन झिड़कते से बोले, 'न सोती हो, न सोने देती हो। अब भला सुषमा की क्या याद आ गई। आ जायेगी चिट्ठी। रोग तो रोग है, किसी को भी हो सकता है। पद्मिनी अन्दर-ही-अन्दर घुटकर चुप हो गई। उसने करवट लेनी चाही पर ले नहीं पाई।

एकाएक टेलीफोन की लम्बी घंटी बजी। वैद्यनाथन चुपचाप लेटे रहे। पद्मिनी बोली, 'आप उठ रहे हैं या मैं उठूँ?'

'होगा किसी का...यह भी कोई फोन करने का वक्त है।'

'क्या पता सुषमा का ही हो।'

वैद्यनाथन को उठना पड़ा।

'वैद्यनाथन हियर...'

'क्या हुआ बेटी?' उनकी आवाज़ में उद्विग्नता थी, शान्त होकर पूरी बात बताओ...हाँ, हाँ मैं सुन रहा हूँ। बोलो बेटा...हम जो हैं।'

पद्मिनी झटके से तो नहीं उठ पायी, पर काँख-कूँखकर किसी तरह उठकर आधी-सी बैठ गई थी।

'किसका फोन है...सुषमा का...क्या कह रही है? क्या हुआ उसे?'

वैद्यनाथन ने डपट दिया, 'सुनने तो दो...यह टपर-टपर करती रहोगी।'

'मुझे भी तो बता दो।'

'हाँ हाँ, बोलो बेटा...क्या हुआ?'

उधर से आवाज़ आई 'वत्सा रो रही थी। मुझे रसोई में जाना नहीं था। ये आये तो मैंने इनसे कहा, ज़रा रसोई में से दूध गर्म करके ला दो। वत्सा बहुत देर से भूखी है...। आव देखा न ताव बस चालू हो गये...' उसकी हिचकी बँधी थी। किसी तरह रुक-रुककर बता रही थी–'अप्पा, पाँच साल से पिट रही हूँ...। कभी किसी से कुछ नहीं कहा...आज तो हद कर दी...कभी इधर धक्का देते हैं कभी उधर मारते हैं सो अलग। बच्चे भी सहम गये। मेरे हाथ से खून बह रहा है...माथा फूट गया। बताओ आप मैं इन बच्चों को लेकर कहाँ जाऊँ...' वह बीच में बोली, 'नहीं बोलूँगी तमिल में अपने अप्पा से बात कर रही हूँ।' शायद गोपाल ने फिर मारा। उसकी हिचकियाँ तेज़ हो गईं।

वैद्यनाथन बोले, 'तुम परेशान न हो ...मैं आ रहा हूँ।'

'नहीं अप्पा, आप आकर क्या करेंगे... और चिढ़ जाएँगे। नहीं सहा गया तो आपको फोन कर दिया।'

'गोपाल कहाँ है?'

'वे बाहर चले गये। '

पद्मिनी किसी तरह उठकर दीवार पकड़-पकड़कर आ गई थी, 'लाओ फोन मुझे दो...'

वैद्यनाथन झुँझला उठे। उनका हाथ ऐसे उठा जैसे धक्का दे देंगे। लेकिन एकाएक रुक गया। पद्मिनी को रिसीवर थमाकर चुपचाप ऐसे कुर्सी पर बैठ गए जैसे शरीर की सारी जान रिसीवर ने ही सोख ली हो। उनकी आँखों से झर-झर पानी बह रहा था। लुंगी के कोने से पोंछते जा रहे थे।

'क्या हुआ बेटी, मुझे बता...'

'कुछ नहीं माँ...अब मैं ठीक हूँ। आज इनका मारना बर्दाश्त नहीं हुआ तो फोन किये बिना रहा नहीं गया।'

'फिर भी बता तो सही।'

'अप्पा को बता दिया ...' फिर रुककर बोली, 'बताना क्या...रहना तो यहीं है।'

'क्या बहुत मारते हैं? तेरे ससुर कुछ नहीं कहते?'

'यहाँ सब अपनी बीवियों को मारते हैं...सास बड़े घर की है बस।'

पद्मिनी ने वैद्यनाथन की तरफ देखा फिर बोली, 'बेटी, हर औरत को यही भोगना पड़ता है। छोटे वर्ग की औरतें तो बोल भी लेती हैं यहाँ तो पिटो भी और कहो भी मत।' पद्मिनी वैद्यनाथन की ओर देख रही थी जैसे किताब पढ़ रही हो।

मेरी माँ ने कहा था वही स्त्री सुखी रहती है जो पति की मार भी उसके प्यार का हिस्सा मानकर जिये...वरना जीना मुश्किल हो जाता है।'

'पर माँ मैं कैसे सहूँ... देह साथ दे तो भी बात है...।'

'तेरी पीठ का दर्द कैसा है?'

'पूरा शरीर ही अब तो पीठ का दर्द बन गया। डॉक्टर कहता है बेड-रेस्ट करो... यहाँ बाल्टियों पानी नीचे से ऊपर ढोना पड़ता है। उस पर यह मार...'

वैद्यनाथन के आँसू सूख गये थे। उनकी जगह पद्मिनी की आँखों में बन गई थी। फिर भी वह अपने शब्दों को मरहम बनाकर लेप करने की कोशिश कर रही थी।

'नहीं माँ...तुम परेशान मत हो। जो बदल नहीं सकता, उसे मानना पड़ता है। अच्छा, मैं फोन काट रही हूँ...ये नाराज़ होंगे।'

'हम लोग दहेज में आये बंधुआ मजदूर भी तो हैं...मार से बचना तभी सम्भव

होता है जब तुम स्त्री होने के अभिशाप से लड़ सको। मैंने नहीं सीखा तो तुम्हें कहाँ से सिखा देती...मेरा ही कसूर है।'

वैद्यनाथन ने पहली बार पद्मिनी की ओर देखा और गर्दन झुका ली। फोन काट दिया।

एक-दो मिनट दोनों चुप रहे। वैद्यनाथन ने फोन दोबारा मिला लिया।

'मैं वैद्यनाथन बोल रहा हूँ... बेटा, ज़रा गोपाल जी को दो।'

'वे सो गये...'

'उठा दो, मुझे बात करनी है।'

'वे नाराज होंगे...।'

'कहो, मेरा फोन है...'

शायद गोपाल सोये नहीं थे। उठकर आ गये।

'अप्पा, आइ एम सॉरी...'

उन्होंने उसकी बात का जवाब न देकर 'गोपाल कैसे हो? क्या सुषमा बहुत तंग करती है?'

'मैं थका हुआ आया था...मुझे मालूम नहीं था...उसे रसोई में नहीं जाना। मैं समझा यह हुक्म चला रही है। मैं टेम्पर लूज़ कर बैठा।'

'तुमने ठीक ही किया है। मैं भी या कोई भी मर्द जब अपनी पत्नी से दुर्व्यवहार करता है तो टेम्पर लूज़ ही करता है। समझता है जैसे किसी गैजेट का तार लूज़ हो गया। उसे कस दो। खूब मारो, इतना मारो कि या तो वह अपना बचाव करने के लिए उठकर खड़ी हो जाये या फिर इतना-लहू-लुहान हो जाये कि उसका खून हम लोगों के शरीर से चूने लगे। पहले वह हमारी बेटी थी अब तुम्हारी पत्नी और तुम्हारे बच्चों की माँ है।'

'नहीं अप्पा...'

'मेरी बात सुनो। हम सब पुरुष जीवन भर यही करते हैं... और गर्व करते हैं कि हम पुरुष हैं पत्नी रोती-झिझाती है, घरवालों को पुकारती है...हम लोग करवट लेकर सो जाते हैं। उसे भी नींद आ जाती होगी। हमारी तरह तुम्हारी भी एक सुन्दर-सी बेटी है...मैं आज अनुभव कर रहा हूँ कि बाद में बेटी के आँसू माँ-बाप की आँखों में भर-भर आते हैं। हमने...हमने क्या...मैंने जो किया वह अब मेरे ही सामने बहुत बीभत्स रूप में आ खड़ा हुआ है। मैं तो यही कहता हूँ कि जो तुम्हें करना हो, करो...दरअसल हमारे संस्कार आदिम हैं...इतने आधुनिक हो गए पर आदिम संस्कार रिश्तों की तरह हमारे पीछे लग गये।...माफ़ करना बेटा, मैं बहुत बोल गया। बोलना भी दौड़ते-दौड़ते रुककर सांस लेने की तरह होता है...'

'अब ऐसा नहीं होगा अप्पा...आ 'एम सारी।'

वैद्यनाथन ने फोन रख दिया।

पद्मिनी किसी तरह घिसट-घिसटकर अपने बिस्तर तक पहुँच गई थी। रोना अब फूट पड़ा था। वैद्यनाथन पद्मिनी के पास आये। पहले चुपचाप खड़े रहे । फिर कन्धे पर हाथ रखते ही पद्मिनी ऐसे चीख उठी जैसे हड्डियाँ चरमरा दी गई हों।

वैद्यनाथन चौंककर पीछे हट गये। उनके मुँह से एकाएक निकला 'आ 'एम सारी...'

उनका गला फँस गया था। शायद शब्द कम और दुःख बड़ा हो...। पद्मिनी की आँखों से पानी गिर नहीं रहा था, ठहरा हुआ था। आँख के एक डबरे में वैद्यनाथन थे और दूसरे में कोई दूसरी छाया थी...शायद गोपाल हो।

देश को क्या हुआ?

यदि मनुवादी शब्दावली का प्रयोग किया जाए, तो रूपक बनेगा कि सृष्टि में हाहाकार मचा था। पृथ्वी अकुला उठी थी। जिधर से साम्राज्ञी निकलती थी, उधर ही इस युग के शक्तिपीठों पर आसीन उन क्षत्रपों के सिर लहलोट हुए नज़र आते थे, जो नियमों की जनथाती का अपने हितों को दृष्टि में रखकर अनुपालन कराते थे। साम्राज्ञी यह मर्दन हर एक के लिए नहीं कर रही थी। बाकी सबके अधिकार तो सामान्य अधिकार थे। उसके दिमाग में उनके अधिकार प्रमुख थे, जिनका ये क्षत्रप किसी-न-किसी रूप में पीढ़ियों से दमन करते चले आ रहे थे। वह साम्राज्ञी भले ही उन उपेक्षितों की समर्थक रही हो, पर वह अपना शासन उन्हीं के समर्थन से चला रही थी, जिनको शोषक और मनुवादी होने की संज्ञा देती रही थी। वे सब लोग अपने वर्ग के लोगों के धरती पर लुढ़कते सिरों को देखकर चिन्तित और परेशान थे। पर उसे सत्ता से जुड़े होने के सुख का मूल्य मानकर वे चुप थे। दरअसल वे सोच नहीं पा रहे थे कि अपने चहेतों को उस संहार से कैसे बचाएँ। अगर यही होता रहा तो शताब्दियों से चली आ रही उनकी रणनीति, इहलोक और परलोक पर शासन करने की क्षमता मिट्टी में मिल जाएगी। वे आपस में मिलते थे, उसके इस संहार से बचने के रास्ते तलाशते थे। पर अन्ततः जब बाहर आते तो चेहरों पर गुस्सा और निराशा चिपकी होती थी। साम्राज्ञी के सामने हिम्मत करके जाते थे कि अपनी तकलीफ बयान करेंगे। पर बच्चों की तरह यही दो-तीन शिकायत कर पाते थे। आपके शासन में लोग हमारी बात नहीं सुनते। हमें आपका आदमी नहीं समझते। हमारे आदमियों को तंग करते हैं। साम्राज्ञी उनकी तरफ देखती और मुस्कराकर कहती कि मैं उन्हें डाँट दूँगी। तुम उनके पास जाते ही क्यों हो, मेरे पास आओ मैं तुम्हारी बात सुनूँगी। उनके मुँह से बोल तक न निकलता। बाहर मुस्कराते हुए निकलते और बताते महारानी ने हमारी बात गौर से सुनी और आश्वस्त किया कि वे नौकरशाही के कान पकड़कर कहेंगी–"तुम उनकी बात क्यों नहीं सुनते, ये मेरे राखीबन्द भाई हैं।" अख़बारवाले शैतान बच्चों की तरह पूछते–"आप समझते हैं कि आज से आपकी बात सुनी जाएगी?" वे दबे स्वर में इतना ही कह पाते 'ज़रूर'। अख़बारवाले मुस्करा देते।

इस बार साम्राज्ञी यात्रा पर निकली तो उसी तरफ गई, जिधर उन लोगों का साम्राज्य था। वे समझते थे कि वहाँ उनके क्षत्रप हैं। वे जो चाहते हैं वह होता है। उनके धन-धान्य का क्षेत्र भी वही था। साम्राज्ञी ने नेज़ा सँभाला और सबसे पहला वार उनके उस शक्तिपुरुष पर किया, जिसकी विश्वसनीयता पर उन्हें भरोसा था। वे सोचे बैठे थे कि इस बार साम्राज्ञी लोगों को डाँटेगी और कहेगी–''जितनी बात तुम मेरी सुनते हो, उतनी मेरे इन राखीबन्द भाइयों की सुनो'' लेकिन उसने उनके शक्तिपुरुष को उसी तरह धराशायी कर दिया था, जिस तरह कोई शेरनी मृगशावक का शिकार करती है। वे सब चकित थे। अख़बारवालों की इस बात का उनके पास कोई जवाब नहीं था कि इस बार तो साम्राज्ञी ने आपके घर में घुसकर शिकार किया है। जहाँ-जहाँ आपका प्रभाव है, वहाँ-वहाँ साम्राज्ञी आपके स्तम्भ उखाड़ रही है और अपने स्तम्भ प्रस्थापित कर रही है। अब भी आप साम्राज्ञी का साथ देंगे। वे बगलें झाँक रहे थे। उन सबने उनके लिए साम्राज्ञी को भस्मासुर बना दिया है। कहेंगे ''हे देवों के देव, अब सहा नहीं जाता। अत्याचार बढ़ता जा रहा है। धरती दबी जा रही है। त्राहिमाम्, हमें अपनी इस माया से बचाइए''।

वे सब बमभोले बाबा के पास पहुँचे। बाबा उस समय समाधि में थे। बहुत स्तुति-प्रार्थना की। किसी तरह दर्शन मिले। उन्होंने अपनी दुर्दशा बयान की। बाबा उस समय अपने गणों से घिरे थे। बाबा ने कहा–''तुम व्यर्थ डरते हो, साम्राज्ञी पर हमारी ही कृपा है। वह जो कर रही है, ठीक कर रही है। उसके पास शक्ति है। तुम उससे मत भिड़ो। उसे हम वरदान दे चुके हैं। उसने हमारे रथ में धुरी की जगह उस समय अपनी कलाई लगा दी थी, जब शत्रु हमें रथविहीन करके पैदल कर देना चाहता था। तुम उसका साथ दो। हमारा वचन कभी झूठ नहीं होता।''

वे बोले–''देवादिदेव, आपसे अधिक इतिहास को कौन जानता है, जब-जब, धर्म की हानि होती है, तब-तब तुम रक्षा करने के लिए अवतरित होते हो। अब कैलाश से उतरो। पृथ्वी सुरों के रक्त से रक्तरंजित हो गयी है।''

देवादिदेव ने दूसरी तरफ गर्दन घुमा ली। हाथ से जाने का इशारा किया। वे रोते-झींकते चले आए। इस बार साम्राज्ञी के तेवर और तीखे थे। उसने कहा कि भेदभाव हमारे देश की पहचान है। मुझे देवादिदेव का आशीर्वाद है। देवादिदेव सबको समान दृष्टि से देखते हैं। उनके पास सत्य को पहचानने की तीसरी आँख है। शेष सब सच को पहचानना तो पहचानना, देखने तक में अक्षम हैं। साम्राज्ञी के इस वक्तव्य से सारे लोगों में तहलका मच गया। लोग फिर देवादिदेव की शरण में उपस्थित हुए–''महाराज, यह आपने क्या कह दिया? आप अब तक साम्राज्ञी को खामोश रहकर समर्थन दे रहे थे, हम किसी तरह सह रहे थे। आपके इस वक्तव्य ने तो हमारे समर्थकों में अफरा-तफरी मचा दी। सब छोड़-छोड़कर भाग रहे हैं। बहुत अनुनय-विनय पर देवादिदेव के सचिवालय से स्पष्टीकरण जारी हुआ, देवादिदेव आजकल एकान्तवास

कर रहे हैं, इसलिए न किसी से मिल रहे हैं और न आशीर्वाद दे रहे हैं।''

बस, इसका प्रचार भक्तों ने तरह-तरह से किया। साम्राज्ञी को कहना पड़ा कि यह समाचार जो अख़बारों ने उनके नाम से छापा था, गलत है। वे मनुवादी मानसिकता में विश्वास नहीं करतीं। 'आशीर्वाद' शब्द ही मनुवादी है। देवादिदेव ने क्षण भर के लिए सोचा कि हमारे आशीर्वाद को यह साम्राज्ञी कैसे नकार सकती है। अगर हम अपना आशीर्वाद वापिस ले लें तो उसकी सत्ता का क्या होगा। वे क्रोध से तमतमाकर तांडव की मुद्रा में आने ही वाले थे कि उनकी दृष्टि रथ पर गयी, जिस रथ की धुरी के स्थान पर साम्राज्ञी की कलाई लगी थी। वरना रथ तो कभी का धराशायी हो चुका होता। उन्होंने तांडव का मुखौटा उतार दिया और सुहास मुद्रा पहन ली। साम्राज्ञी भले ही जिद्दी और हमारे लोगों की उपेक्षा करनेवाली हो, लेकिन साहसी है, वह तो अपने मन्त्रियों को भी जमीन पर बैठाकर उनकी उपेक्षा करती है। फिर स्वयं ही मुस्कराकर बुदबुदाए–''इससे बड़ा मनुवाद और क्या होगा। उनके मन्त्री ही आकर कान में कह जाते हैं। जिस मनुवाद के वह खिलाफ हैं, उसका सबसे अधिक प्रचार तो साम्राज्ञी स्वयं कर रही है।''

देवादिदेव अपने लोगों के द्वारा बच्चों की तरह बार-बार शिकायत करने की मानसिकता से बहुत परेशान थे। वे उनके पास इस तरह दौड़-दौड़कर क्यों आते हैं। अपने-आप निबटें। लेकिन इस बात को अपने मुँह से नहीं कह सकते। उन्होंने अपने उप-देवादिदेव को मुकर्रर किया कि वे जायें और दोनों के बीच संवाद-सेतु का निर्माण करें। उप-देवादिदेव मन-ही-मन सोचते थे कि रथ पुराना हो गया। नया सुसज्जित रथ बने। उन्होंने जाकर बात की, समझाया कि आप हमारे लोगों से अपनत्व रखें। ये आपके साथ हैं...हमारा नया रथ तैयार हो रहा है।

साम्राज्ञी हँसकर बोली–''रथ के लिए जो उपस्कर चाहिए, वह तो मेरे अधीन है। मेरी मदद के बिना नया रथ कैसे तैयार हो पायेगा।''–''उप-देवादिदेव मुस्कराकर हाथ मलते हुए बोले–''आपकी मदद से ही पुराना रथ भी चल रहा है।'' वे हँसीं। उप जी ने सोचा, कुछ कहेंगी, पर उनकी मुस्कान कुछ देर रही, फिर बिजली की तरह एकाएक गुल हो गई। वे देर तक सोचते रहे कि शायद लौट आये, पर अपने देश में बिजली भाग्य से भी ज़्यादा अविश्वसनीय है। भाग्य तो बदलने का संकेत भी दे देता है। इस देश में बिजली तो अराजकता से भी ज़्यादा स्वछन्द है। जब चाहे जाए, जब चाहे आए। मुस्कुराहट गयी तो गयी। थोड़ी देर बाद आवाज़ आयी जैसी किसी बियाबां में कोई दहाड़ हो रहा हो–''देखिये उप जी, हम आपके साथ तभी तक हैं, जब तक हमारे हितों को नुकसान नहीं पहुँचता। वैसे हमारे लिए नया-पुराना रथ कोई मतलब नहीं रखता। उस पर चाहे आप बैठें या कोई और, आप सोच लें। आपके ये गुर्गे काम कम करते हैं और शोर ज़्यादा मचाते हैं।''

उप-देवादिदेव उनकी शक्ल देखने लगे। साम्राज्ञी बोली–''आप देखिये नहीं,

समझिये। अगर आप हमारा साथ चाहते हैं, तो आपको हमारी बात भी माननी होगी। नहीं तो आपका रास्ता अलग, हमारा रास्ता अलग। आप इन लोगों को निकालिए, जो 'काम के न काज के मन भर अनाज के।'

उनकी आँखें फैल गयीं। ये यह क्या कह रही हैं। वे कहती जा रही थीं–''मैं जहाँ से आती हूँ, वहाँ शब्दों की इज्जत करना जानते हैं, उन्हें तोड़-मरोड़कर उन पर सवारी नहीं गाँठते। हमारे यहाँ एक शब्द के कई अर्थ नहीं होते। अपने देवादिदेव से कह दीजिए। हम उनके बॉडीगार्ड नहीं कि उन्हें अफ़ा-जफ़ा से बचाते रहें और मनुवादियों के नखरे उठाते रहें।''

उप-देवादिदेव आये थे नमाज बख्शवाने, रोजे गले पड़ गये थे। वे कुछ कहना चाहते थे, लेकिन साम्राज्ञी की बात ही खत्म नहीं हो रही थी। वे बोलीं–''आप इतना नहीं जानते कि राजनीति में बहुत-सी बातें अनहुई भी, कल्पना के द्वारा स्थितियों के अनुरूप हुई करनी पड़ती हैं। मैंने आशीर्वाद की बात की थी। गाली नहीं दी थी। आशीर्वाद हमारे शब्दकोश में है ही नहीं। फिर भी हमने आपकी इज्जत रखने के लिए उसका इस्तेमाल किया। आप लोगों ने उसका विरोध किया। करिए, मेरे स्वास्थ्य पर कोई असर नहीं पड़ेगा। मैं अपने और अपने समाज के हितों के लिए कभी भी किसी को छोड़ सकती हूँ और किसी को अपना सकती हूँ। मैंने न कभी किसी व्यक्ति का बन्धन माना और न किसी वर्ग का। अपने बन्धन स्वयं बनाती हूँ और तोड़कर फेंक देती हूँ। मैं न किसी की गुलाम कल थी, न आज हूँ।''

''आप हमारी स्थितियों और कठिनाइयों को भी तो समझिए।''

''अपनी स्थिति आप समझिए। मैं क्यों समझूँ? मुझे लगता है कि पक रहा है तो कच्चा काट देती हूँ। आप लोग तब तक पकाते हैं, जब तक नासूर न बन जाए। मैं बनाने की ताकत भी रखती हूँ और बिगाड़ने की भी। मेरा समाज मुझे मानता है और आपका...'' कहकर हँसी–''मुझ पर अपने समाज को आगे ले जाने का कार्यक्रम है, आपके पास एक को तोड़ने और दूसरे को बनाने का कार्यक्रम है। यह तोड़-फोड़ किसी को नहीं जोड़ती। पहले यह लोगों के बीच होता था। अब धर्मस्थलों के बीच होने लगा। उसका नतीजा सामने है। खैर, मुझे इससे क्या लेना। आप जानें।''

साम्राज्ञी उठीं और जाने लगीं। उप जी ने साम्राज्ञी को रोका। साम्राज्ञी ने कहा–''आप सोच लीजिए, आप मेरे साथ रहेंगे या अपने इन निठल्लों के साथ।'' और वे चली गयीं।

अगले दिन कुछ सिर सड़क पर लुढ़के पड़े थे। देवादिदेव के सचिवालय का का कथन था–''देश व्यक्तियों से बड़ा होता है। देश की रक्षा सर्वोपरि है।''

लोग एक-दूसरे से पूछ रहे थे, ''देश को क्या हुआ?''...

दुश्मन और दुश्मन

वह कौन था? यह चाहकर भी तय करना सम्भव नहीं हो पा रहा था। कई बार यह सवाल दिमाग़ में आया कि यह मैं भी हो सकता हूँ। आख़िर मुझमें और उसमें फ़र्क़ ही क्या है। क़दकाठी सब एक से ही हैं। वह धराशायी है। लेकिन ऐसा कतई महसूस नहीं हो रहा कि मैं उससे अलग हूँ। भले वह औंधा पड़ा था और मैं सीधा खड़ा था। लेकिन इससे फ़र्क ही क्या पड़ता है। इन हालात में कोई धराशायी हो सकता है और किसी भी धराशायी को टिकटिकी लगा खड़ा किया जा सकता है। अगर मैं इसी तरह औंधे मुँह पड़ा रक्तस्राव का शिकार हुआ होता और वह खड़ा देखता होता तो क्या कोई अन्तर पड़ता। शायद नहीं। क्योंकि मरे और ज़िन्दा में कोई ख़ास फ़र्क नहीं रहा। मैं यहाँ खड़ा सबको ज़िन्दा नज़र आ रहा हूँ पर क्या हूँ। मरे होने का यह प्रमाण पर्याप्त नहीं कि खड़ा हुआ एक आदमी अपने जैसे रक्त में डूबे दूसरे आदमी को नितान्त ख़ामोश खड़ा देख रहा है। उतना ही ख़ामोश और निर्जीव, जितना वह सामनेवाला।

मैं सिर्फ़ सोच रहा हूँ ऐसा कैसे हुआ। सोचकर मैं क्या कर लूँगा जो वह नहीं कर पाया। वह जब मेरी तरह सोचने की स्थिति में था तो वह मेरी तरह सोच नहीं रहा होगा बल्कि कुछ कर गुज़रना चाहता होगा। उसके उस चाहने ने ही उसे इस हालत में धराशायी होने के लिए मज़बूर कर दिया। मैं अभी भी सोच रहा हूँ कि क्या वह लड़ा था या इसने अपने को ग़ैरज़रूरी साबित करने के लिए अपनी अनुपयोगिता को बढ़ा-चढ़ाकर प्रचारित करने की कोशिश की थी। मैं यह नहीं कह रहा हूँ, क्योंकि मैं धार्मिक जिर्गे के लिए ज़रूरी हूँ। वह अपने जिर्गे के लिए रहा होगा। फिर मैं सोचता हूँ कि अपने जिर्गे के लिए ज़रूरी हो जाना ही क्या ज़िन्दा रहना होता है। मैं हूँ फिर भी मुझे लगता है कि मैं उसकी तरह ज़िन्दा नहीं हूँ जो यह रक्त रंजित सामने पड़ा है। लोग मरा जानकर जान बचाकर इधर से उधर से निकले चले जा रहे हैं। मरा इन्सान क्या इतना ख़तरनाक होता है? अगर होता है तो मैं क्यों नहीं? मुझसे लोग यह समझकर बात करना चाहते हैं कि वह मेरा कुछ लगता होगा। मैं इतनी देर से गुमसुम सोचता हुआ जो खड़ा हूँ। मेरे इस तरह खड़े

होने का इसके अलावा और क्या अर्थ हो सकता है। मैं किसी की बात का कोई जवाब नहीं देता। स्वाभाविक है वे मुझे उसके आस-पास का यानी लगभग मृत समझ कर मुस्कुराते हुए चल देते हैं कि दुःख में दीवाना हो गया। पर वे डरते नहीं जैसे उस धराशायी आदमी से डरते हैं। वह बेचारा क्या कर सकता है। जब कर सकता था, किया। मैं होते हुए भी क्या कुछ कर पा रहा हूँ। कुछ भी कर पाना क्या इतना आसान है। करने का मतलब है जान गँवाना। लोग कितने उदाहरण देते हैं कि जिन्होंने किया, वे गए? नाम भी बताते हैं। पर नाम लेते ही लोग पक्षधरता अख्तियार कर लेते हैं। तुम कहो कि अमुक ने भाईचारा बनाये रखने के लिए गाली खाई तो दूसरा तर्क देगा ऐसी स्थिति बनानेवाला वह खुद ही था। उसका गोली खाना और भाईचारा खटाई में पड़ गया। इसी तरह किसी के लिए कहो वह आज़ादी का दीवाना था। दूसरा भले ही देशभक्ति का जामा पहने हो पर कह सकता है—अरे साहब, क्या बात करते हैं! भला दूसरे देशों का दर्शन चादर की तरह ओढ़नेवाले क्या कभी देशभक्त हो सकते हैं। उसकी इतनी बड़ी जान मुर्गी की जान से बदतर हो गई। उन्हें मज़ा तो क्या आता यह भी नहीं लगा कि अपने लिए नहीं उसके लिए मरा। उसे वीर बताएँगे जिसने माफ़ी माँगी, देश को बाँटने का सबसे पहला दर्शन प्रतिपादित किया। लेकिन इस विवाद से क्या फायदा। सवाल यह है कि इस धराशायी व्यक्ति का यह सब कैसे हुआ। यह ऐसे क्यों पड़ा है और मैं ऐसे क्यों खड़ा हूँ। कब तक खड़ा रहूँगा। अपने पर शक भी होता है—जीवित हूँ भी या नहीं। अगर हूँ तो किस लिए। यह ज़मीन पर लेटा है—मैं खड़ा हूँ। खड़ा हुआ आदमी क्या ज़रूरी है कि जीवित ही हो। इस तरह के सवाल मुझे अपने बारे में ही शंकालु बना देते हैं। अपने बारे में क्या किसी के बारे में भी शंकालु होना अस्तित्व नकारने की तरह है। मैं यही कर रहा हूँ। सकते में हूँ। सोचने-समझने की सामर्थ्य समाप्त हो चुकने के बावजूद मैं इस सोच में हूँ कि यह कैसे हुआ। मैं यह तक निर्णय नहीं कर पा रहा, यह मेरे साथ हुआ या किसी दूसरे के साथ जो सामने बेजान पड़ा है। मैं उससे बेहतर स्थिति में नहीं। जीवित होने का विश्वास खत्म-सा हो गया।

जब मैं यहाँ आया तो कुछ लोग मौजूद थे। बाद में तो एक-एक करके सब खिसक लिये। बस वह रह गया या मैं। मैं भी फूट लिया होता। पर मुझे लगा कि मैं और वह दो ही रह गए हैं। अगर मैं भी चला गया तो वह नितान्त अकेला हो जायेगा। यह चला गया तो मैं...। मुझे अपने सन्नाटे से निकलने में देर लग रही थी। इतनी देर के बाद याद आया कि कुछ लोग जाने से पहले बतिया रहे थे। वे कह रहे थे बेवकूफी में जान दे दी। यह तो रोज़मर्रा का किस्सा है। कोई किसी को मारता है, कोई किसी की इज्जत लेता है, कोई धन छीनता है, कोई ख्याली इबादतगाहें बनाता है। कोई सत्ता के केन्द्र में बैठा खुद भी नाच रहा है और सत्ता को भी नचा रहा है, जनसाधारण को ईंधन की तरह झोंक रहा है। अगर सभी लोग दूसरे की

आई में अपनी टाँग घुसाने लगें तो रास्ता चलना बन्द हो जाए या इसी प्रकार सड़क पर पड़े लोग सैंन मटकायें। न जात, न बिरादरी, और न धर्म...तू कौन खाम ख़ाँ। वे उसे मार रहे थे। क्यों मार रहे थे, यह तक जानने की तकलीफ़ गवारा नहीं की। आजकल ख़ूनख़राबे का कोई कारण होता है। तुमने खाँसा क्यों, उतार दिया चाकू। तुमने कम तोला बस हो गया क़त्ल का इमकान। और कुछ नहीं तो उसने हमारी गाड़ी से अपनी गाड़ी आगे क्यों निकाली। सब की गाड़ी बेतहाशा रफ़्तार से दौड़ रही है। तुम गाड़ी से उतरे और पहुँच गए। तीन लोग उस अकेले को क्यों मारे डाल रहे हो। इन सालों का दिमाग़ ख़राब हो गया। जब की थी हुकूमत तब की थी, अब हुकूमत हमारी है। अब हमारे नीचे रहना पड़ेगा। वह तब भी बीच-बचाव के मूड में था। इस बात को बीच में क्यों लाते हो। कब किसकी हुकूमत थी, अब इससे क्या मतलब। अब तो यह हुकूमत हम सबकी है। वे तीनों लड़के उससे उलझ गये। तुम इसके क्या लगते हो। अगर इसका स्कूटर हमारी गाड़ी से टकरा गया होता तो हमारी बारह लाख की गाड़ी बरबाद हो जाती। इसका क्या बिगड़ता यह तो भाग जाता अपने अब्बा के मुल्क। गाड़ी नहीं उसके पास एक अदद जान थी। वह फिर बोला—कुछ हुआ तो नहीं। वे लड़के और उग्र हो गए। अपना रास्ता लो वरना बताये देते हैं हड्डी-पसली ढूंढे नहीं मिलेगी। इस तरह का व्यवहार क्या किसी महिला या अपने से बड़ी उम्र वाले से कोई कर सकता है। वह चकित था। फिर भी उसने समझाते हुए कहा, 'इस तरह की बातों से नफरत बढ़ती है। तुम लोग जवान हो, इस तरह की बातें करके अपनी पहचान क्यों बिगाड़ते हो। जाओ, अपने-अपने घर। वरना मैं पुलिस को बुला लेता हूँ। वे लड़के पहले तो चुप रहे फिर बोले, 'तुम अपना रास्ता नापो, तुम भी वही हो जो यह है।' वह बोला, 'यही समझ लो।'

समझ तो हम पहले ही गए थे कि तुम हो चाहे जो पर तुम भी मुल्क के वही हो जो ये हैं। दुश्मन। इसलिए पहले तुमसे ही निपट लेते हैं। इसे तो हम निपटा ही देंगे। उनमें से एक ने आव देखा न ताव, गोली चला दी। बन साले इनका हिमायती। वह वहीं गिर गया। चारों तरफ भगदड़ मच गई। वे लड़के काली कार में सवार हुए और नौ दो ग्यारह हो गये। वह कुछ देर तक वहाँ था फिर उसका कहीं पता नहीं चला। मेरी समझ में अभी भी नहीं आया था कि यह कैसे हुआ। लेकिन बोल नहीं पा रहा था। लग रहा था प्राण खिंच रहे हैं। कुछ देर बाद हो सकता यह सब सोचना भी थम जाए।

एक साहब गुजरे। वह बुदबुदा रहे थे—लगता है, कोई ग़ैर हिन्दू है। बहुत तबाही मचा रखी है।

माँ आकाश है...

बाप जहाज़ का मास्टर था। माँ एक अफसर की बेटी। दोनों का संयोग विवाह में बदला। दोनों बन्दरगाह-बन्दरगाह घूमे। समुद्र के साथ एक और सागर बहता चलता था। मदिरा का। जहाज़ पति चलाता, पत्नी टावर में साथ बैठकर धीरे-धीरे चुस्की लेती। बीच-बीच में मास्टर भी गुटक लेते थे, प्यार में डुबकी लगा लेते थे। समुद्र की लहरों पर सूरज अपनी किरणों का सुनहरा चूरा बिखेर देता और रात को जब जहाज़ जम्बो लाइट में समुद्र को काटता चलता तो लगता जैसे कोई अनन्त अजदहा पलटा लेकर समुद्र को बिलो रहा हो। बच्चे की माँ, हालाँकि बच्चा नहीं हुआ था, कहती कि समुद्र के बीचोबीच मदिरापान का सुख एक विचित्र प्रकार की दिव्यता में उतार देता है। उसे लगता समुद्र के गर्भ में तैरती मत्स्य अप्सराओं की तरह वह स्वयं ही विचरण कर रही है। वहाँ उसे एक दूसरा ही नीम-रोशन संसार दिखाई पड़ता था। जिसमें उसका मास्टर भी दिव्य रूप रखकर उसके साथ जल विहार कर रहा है। जब वह उस सुख में डूब जाती और अपने को विस्मृत कर देती तो उसका मास्टर मुस्कराता और उसे एक जहाज़ की तरह ही निर्देशित करके केबिन में पहुँचा देता। वह बच्चे की तरह पलंग से चिपटकर सो जाती। उसका पति फिर लौटकर उस अकेले जहाज़ को उस उलटती-पलटती धारा के बीच से खेता हुआ बढ़ने लगता। मास्टर सोचता जाता—क्या यह ठीक हो रहा है। पहले वह शायद ही इसका स्वाद जानती हो। फिर वह इतना कैसे डूब जाती है। वह उसे रोक क्यों नहीं पाता। वह उसे इस निश्चिन्तता के सुख में कितनी अच्छी लगती है। जब वह कहती है कि चलो हम भी मछली बन जाएँ तो उसे लगता है— जल ही जीवन है और उससे निकलकर शायद जीवन बरकरार रखना मुश्किल होगा। पर सत्य इसके विपरीत है, हम जलचर नहीं हो सकते। हमारे फेफड़े जल में जाम हो जाते हैं। फिर यह इस मोहजाल में क्यों फँस गई। कहीं वह ही तो उसके लिए ज़िम्मेदार नहीं।...उसे लगता जहाज़ का शोर बढ़ता जा रहा है। हो सकता है कुछ ही देर में उसे अपनी यह गुमशुदा आवाज़ भी सुननी मुश्किल हो जाए। उसने अपने जूनियर को बुलाया और कहा, 'केबिन में झाँक आओ। कुछ तबियत खराब थी।' 'जी' कहकर वह चला

गया। लौटा तो उसने कहा 'सर, आप भी एक चक्कर लगा आएँ।'

'क्यों?' वह बोला, 'मैंने सोचा आपके जाने से अच्छा लगेगा'।

मास्टर लौटा तो परेशान था। उसने जूनियर के कन्धे पर हाथ रखकर कहा, 'थैंक्यू, यंग मैन, कीप इट अप टु यू।' वह कुछ नहीं बोला, केवल गर्दन हिला दी। उस रात मास्टर टहलता रहा। उसे लगा, अगर वह न जाता तो हो सकता था वह अनासुरती में किधर भी चल देती। वह बार-बार उसे पुकार रही थी, 'चलो मास्टर समुद्र हमें बुला रहा है। हम मछली बन जाएँ। वह सोच रहा था—वह यह क्यों नहीं समझती कि हमारा समुद्र मछलियोंवाला समुद्र नहीं। हमारा समुद्र उनके समुद्र से भिन्न है। जैसे उस समुद्र के बाशिन्दे हमारे इस समुद्र में ज़िन्दा नहीं रह सकते वैसे ही हमारे लिए उनके समुद्र में ज़िन्दा रहना मुश्किल है। हर किसी को जीवित रहने के लिए अपना समुद्र चाहिए। उसने यह बात उसे बार-बार समझानी चाही थी। पर वह बार-बार यही दोहराती रही, समुद्र हमें बुला रहा है, हम मछली बन जाएँ। यही दोहराते-दोहराते वह उसकी गोद में सिर रखकर सो गई। इस बीच जहाज़ का शोर अनुपस्थित रहा था। उसके सोते ही वह शोर पूरी शिद्दत के साथ उभरकर सामने आ खड़ा हुआ और उसके कानों को ताशे की तरह बजाने लगा। जब वह उठा तो वह गहरी नींद में थी और समुद्र जहाज की आवाज़ में आवाज़ मिलाकर बेतहाशा गरज रहा था। उसने बाहर से दरवाज़ा बन्द कर दिया और बुर्ज़ में चला गया। लेकिन वहाँ भी उसे उसकी कराहती आवाज़ सुनाई पड़ रही थी। उसे लग रहा था कि वह रह-रहकर मछली बन जाती है।

बीच-बीच में वह झाँक आता था। सवेरे जब वह अपने केबिन में आया तो वह सो रही थी। उसके चेहरे का रात वाला तनाव खत्म हो चुका था। उसे हल्की-सी निश्चिन्तता महसूस हुई। उसने जम्भाई ली। धीरे-धीरे उस पर सुस्ती तारी होने लगी। वह कमर सीधी करने के लिए लेट गया। उसे लगा उत्तेजना का एक भूत उस पर ज्वार की तरह हावी होता जा रहा है। वह उसे अपने जहाज़ से भी अधिक दलनकारी लगा। जैसे जहाज़ समुद्र को रौंद रहा था वैसे ही वह भुतहा दानव उसे रौंद रहा था। उसके सामने उस बच्ची की माँ को बचाने की त्वरा थी जिसे अभी दुनिया में आना था। वह उससे लिपट गया...।

वह उठी तो वह गहरी नींद में डूबा था। शायद रात-भर की कमी को पूरा कर रहा था। वह प्रसन्न और उन्मुक्त थी। उपलब्धि का अनजाना अहसास उसे निरन्तर आह्लादित कर रहा था। उसने जल्दी-जल्दी नहाना-धोना सम्पन्न किया और मास्टर के जागने का इन्तज़ार करने लगी। उठेगा तो वह उससे क्या कहेगा। शायद यही कहे कि तुम्हें पता है, रात मैं तुम्हें गोदी में उठाकर लाया था। तुम इतनी मत लिया करो। मैं कहूँगी—मैंने कहाँ ली। मुझे तुम्हारा उठाकर लाना अच्छा लगा। लेकिन

उसने जगने पर ऐसा कुछ नहीं कहा। वह कुछ देर तक सिगरेट पीता रहा। मास्टर सवेरे एक सिगरेट पीता था और एक रात को खाना खाने के बाद। कभी वह भी एक-आध पफ़ लेती थी। उस समय जब उसने पफ़ लेने की इच्छा जाहिर की तो मास्टर ने अपनी सिगरेट बुझा दी। उसे विचित्र लगा। वह बोली नहीं। उसने धीरे से कहा, 'मैडम, अब तुम खतरे के ज़ोन में हो। अपनी तरफ ध्यान दो।'

वह हँसकर बोली, 'तुमने आज जितना ध्यान दिया उतना पहले तो नहीं दिया। अब मुझे भी देना होगा।' मास्टर के चेहरे पर सुर्खी आ गई। बोला कुछ नहीं। उस दिन दोनों ही एक-दूसरे से झेंपे भी रहे। उस रोज़ जब मास्टर अपने टावर में जाने लगा और मैडम भी तैयार होने लगी तो उसने रोक दिया। 'आज नहीं, शायद हमें एहतियात बरतनी चाहिए।' इतना कहकर वह टावर में चला गया।

अगला बन्दरगाह जहाँ जहाज़ ने लंगर डाला। वह चीन का कम आबाद बन्दरगाह था। हैड ऑफिस से स्वीकृति आ गई थी कि वे अगले बन्दरगाह पर जहाज़ की मरम्मत करा लें।

दरअसल वह जहाज़ एक टैंकर था जो माल लेकर एक जगह से दूसरी जगह जाता था। इस बार वह तेल ले जा रहा था। एकाएक मास्टर को पता चला कि तेल रिस रहा है। वह नीचे की मंजिल में था। उसने ग्लास विंडो से झाँककर देखा तो उसे पानी की सतह पर पतली-सी तैलीय रेखा बनती नज़र आई। उसने अपने नम्बर दो को बुलाया। वह भी मास्टर की बात से सहमत था। मास्टर उस समय जहाज़ को लेकर मध्य स्ट्रीम से गुज़र रहा था। उसने तत्काल एलार्म दिया। लोग इकट्ठे हो गये। टैंकर में सवारी जहाज़ के मुकाबले कम स्टाफ होता है। ज़्यादातर नए लड़के थे। मास्टर ने कहा हमें इस बहते तेल को जल्दी-से-जल्दी प्लग करना है। कुछ लोगों को अन्दर उतरकर पता लगाना होगा कि तेल कहाँ से बह रहा है। जहाँ तेल भरा था वह खंड इतना विशाल था कि उसमें उतरना छोटे-मोटे सागर में उतरने से कम नहीं था। सब लोग खामोश खड़े थे। मास्टर ने सबके चेहरे की तरफ देखा। किसी की आँखें ऊपर नहीं उठीं। वह बोला—हम सब मरने से डरते हैं। अगर सुराख प्लग नहीं किया गया तो पानी हमारे न चाहते हुए भी अन्दर घुस आएगा। तब हमारे पास मरने के सिवाय कोई रास्ता नहीं होगा। पानी आक्रमण नहीं करता, नाक मुँह जहाँ से भी रास्ता मिलता है, अन्दर घुसता चला जाता है। 'अगर हम उस सुराख को ढूँढ़कर प्लग कर पाए तो हमें दुहरी खुशी मयस्सर होगी। अपने बचने की शायद पहली खुशी हो, दूसरी इस जहाज़ को बचाकर हम उन बेगुनाह साथियों की जान तो बचाएँगे ही जो हमारी सेवा में रात-दिन लगे रहते हैं, देश की करोड़ों रुपये की सम्पत्ति भी बचा लेंगे। शायद यह खुशी मेरे लिए पहली खुशी होगी। मान लो, इस सुराख को तलाश करने और उसे ठीक करने में हम लोग असफल रहे तो हमारा मरना अपनी इच्छा से होगा। हमें पानी आकर ज़बरदस्ती नहीं डुबोएगा। वह

थोड़ी देर चुप रहा फिर बोला—मैं तो इस जहाज़ का मास्टर हूँ, मुझे तो हर हाल में अन्त तक कोशिश करते रहना है कि किसी तरह जहाज़ बच जाए। अगर न बचा पाया तो कोशिश करना है कि आप सब बच जाएँ। और अन्त में इस जहाज़ के साथ ही जल समाधि ले लेना मेरा सबसे बड़ा नैतिक कर्तव्य होगा। कहकर मास्टर कपड़े बदलकर उस गह्वर में उतरने के लिए तैयार होने चला गया। जब वह लौटा तो एक सैनिक की तरह जहाज़ को बचाने के सब आयुधों से लैस था। उसने उन सबको बाय-बाय किया और उतर गया। लगभग दो-तीन घंटे तक कहीं कोई संकेत नहीं मिला कि वह कहाँ है या क्या कर रहा है। बस घड़ी टिक-टिक कर रही थी जिससे पता चल रहा था कि मास्टर काम में लगा है। हालाँकि वे लोग अन्दर नहीं उतरे थे। लेकिन उनमें से किसी की भी हिम्मत अपने-अपने ठिकानों पर लौट जाने की नहीं हुई थी। शायद वे प्रार्थना कर रहे थे, मास्टर सही-सलामत लौट आए। हो सकता था, वे मास्टर को यह मौका न देना चाहते हों कि वह बाद में यह कहे कि मैं अन्दर तुम सबकी सम्भावित मौत से लड़ रहा था और तुम अपने-अपने बिस्तरों में छुपे थे।

जब वह निकला तो उसे पहचानना मुश्किल था। तेल उसके रोम-रोम से चू रहा था। आँखें उस चिड़िया की आँखों-सी पलट गई थीं जो इराक की पहली लड़ाई के दौरान समुद्र में तेल छोड़ दिए जाने के कारण सीएनएन द्वारा तेल में डूबी हुई दिखाई गई थी। वह आते ही ऐसे लेट गया जैसे लम्बी जल यात्रा के बाद उसे धरती मिली हो और लेटकर सिजदा कर रहा हो। तत्काल बाहर इन्तज़ार कर रहे लोगों ने उसके शरीर को पोंछना और मसाज करना शुरू कर दिया। हर कोई चाहता था कि मास्टर उसे सेवा करते हुए देख ले। कुछ लोग ज़ोर-ज़ोर से बोल रहे थे। लेकिन मास्टर बेसुध था। उसकी पत्नी यही समझे थी कि वह टावर में बैठा जहाज़ का संचालन कर रहा है। जब उसे होश आया तो वह बुदबुदाया—समुद्र में मत जाओ, वहाँ मछलियाँ अपनों को भी खा जाती हैं। सब लोग चकित थे, मास्टर यह क्या कह रहा है। लेकिन वह लड़का चुपचाप खड़ा उस वाक्य के बारे में सोच रहा था। मास्टर मैडम की रात वाली बात का जवाब तो नहीं दे रहे हैं। उसके इस कथन का जवाब वही जान सकता था जिसने पहली रात मैडम का वह निमन्त्रण सुना था कि समुद्र बुला रहा है, चलो हम मछली बन जाएँ।

चीन का वह बन्दरगाह जहाँ जहाज़ की मरम्मत होनी थी, अधसोया यार्ड था। वहाँ खर्चा कम आता था, समय ज़्यादा लगता था। दिन में लंच के बाद लोग झपकी लेते थे। कुछ लोग ताश खेलते रहते थे। लगता था वह आधुनिक चीन से बाहर है। वे लोग वहाँ लगभग एक महीने जहाज़ की मरम्मत का इन्तज़ार करते रहे। चूँकि जहाज पर मैडम अकेली थी इसलिए कभी-कभी उन्हें घबराहट होने लगती थी। मास्टर कभी एजेंट के साथ उन्हें शॉपिंग के लिए भेज देता था। कभी जब समय होता था

तब स्वयं भी चला जाता। जब वह जाता था तो मैडम लेती थीं। एजेंट ने उन्हें बताया था कि एक शराब जो साँप से तैयार की जाती है वह यहाँ पर सबसे अच्छी मानी जाती है। उस रोज़ जब वह मास्टर के साथ गई तो उसने उससे उस शराब का जिक्र किया—मैं उस शराब को चखना चाहती हूँ। मैं नहीं चाहती कि मैं देश-देश घूमूँ और वहाँ की विशेष शराब न चखूँ। लोग कहते हैं कि जहाज़ी हर देश का खून चखे होने में गौरव समझता है, मैं अगर कहूँ कि जहाज़ी की पत्नी हर देश की शराब का ज़ायका जानती है तो क्या डियर यह गलत होगा।

मास्टर ने कहा, वह बहुत बदज़ायका होती है, जो उसके आदी नहीं होते उन पर घातक प्रहार भी कर सकती है।

वह ज़िद करती रही। उस रात उसने उस सर्पीली शराब के दो पैग लिये। जब तक वे लोग खाना खाकर बाहर निकले तब तक मैडम का शरीर ठंडा हो गया था। मास्टर जल्दी से उसे लेकर उस होटल में पहुँचा जहाँ वे उस रात ठहरे थे। उसने उसे रजाइयों से ढक दिया और खुद भी उसके शरीर से सटकर लेट गया। कमरे का तापमान भी बढ़ा दिया। वह जल से निष्कासित मछली की तरह पलंग से चिपकी पड़ी थी। आधी रात के बाद उसने करवट ली। जब जाकर मास्टर ने अपने को रिलैक्स करने की स्थिति में पाया। सवेरे वह नार्मल थी। उसे साफ तौर पर यह याद नहीं था कि रात क्या हुआ था। सब धुँधला-धुँधला था। मास्टर को वह सब कम पसन्द आया था। यह पहली बार हुआ था। अक्सर वह उसके साथ पीने में और उसे पिलाकर खुश होता था। उस रोज़ उसे विचित्र महसूस हुआ था। इस बात को मैडम भी समझ गई थी। उसने कहा कि क्या तुम इसलिए नाराज हो कि रात मैंने तुम्हारी मर्जी से न लेकर अपने मन से ली। इस बात पर पहली बार उनकी कहा-सुनी हुई थी जो कुछ देर तक जारी रही थी। मैडम ने विषय बदलने के लिए उसके सामने अपना एक राज़ खोला था। उसने सोचा था कि इस ख़बर को पाकर वह खुश हो जाएगा, पर हुआ उसका उलटा। दरअसल, वह उसे किसी सही अवसर पर सरप्राइज़ देना चाहती थी। लेकिन उसकी नाराज़गी को खत्म करने के लिए उसे राज़ खोलना पड़ा। उसके यह कहते ही कि वह उसके बच्चे की माँ बननेवाली है, वह बलबलाने लगा। तुमने मुझे पहले क्यों नहीं बताया। मैं हरगिज़ तुम्हें वह शराब न पीने देता। कौन जाने उस जहर का उस बच्चे पर क्या असर होगा। उस समय वह बच्चा पैदा हुए बिना भी पैदा हो गया था। बिना नमूद हुए भी उसकी उपस्थिति लगातार बनी रहने लगी थी। अक्सर वह इस बात को दोहराता था कि तुमने बच्चे के बारे में छिपाकर मुझ पर ही अत्याचार नहीं किया बल्कि उस बच्चे पर भी किया है जो अभी दुनिया में नहीं आया। अगर कुछ हो गया तो मैं तुम्हें और अपने को कभी माफ नहीं कर पाऊँगा। मैडम के मन में भी बच्चे को लेकर तरह-तरह की आशंकाएँ होने लगती थीं। कभी वे आशंकाएँ आत्मग्लानि में

बदल जाती थीं तब वह और ज़्यादा पी लेती थी। ये सब बातें एक तरह की दूरी का निर्माण कर रही थीं। वे अपने देश लौटे तो उतने सहज नहीं रहे थे जितने यात्रा पर जाते समय थे। एक मानसिक भार था। हालाँकि वे बराबर जाँच कराते रहे थे और उन्हें यही रिपोर्ट मिलती रही थी कि बच्चे का विकास सुचारु रूप से हो रहा है। पर मास्टर के मन की आशंका मैडम के मन को भटका देती थी और वह अनहोनी की कल्पना मात्र से विकल हो उठती थी। फिर वही राग शुरू हो जाता था।

जब बच्चा हुआ तो वह पूरी तरह स्वस्थ था। पैदा होते ही मास्टर ने उसके हाथ-पैर हिलाकर देखे। जब तक बच्चा चलने-फिरने लायक नहीं हुआ तब तक वह उसके चलने-फिरने को लेकर शंकित ही बना रहा। उसके बाद उसके बोलने-चालने को लेकर बहस चलती रही। अगर बच्चा गूँगा-बहरा हुआ तो क्या करोगी। माँ को रह-रहकर गुस्सा आता, 'तुम मेरे बच्चे को तब से कोस रहे हो जब से वह गर्भ में आया। जब चलने-फिरने लगा तो तुमने उसे गूँगा-बहरा करार देना शुरू कर दिया। आखिरकार तुम मेरी उस एक गलती की कब तक सजा देते रहोगे। तुम्हारा मर्दाना अहंकार अपना बदला किस-किस तरह ले रहा है। मर्द की बात पत्नी एक बार मानने में कोताही कर दे तो वह रूप बदल-बदलकर उसे डसता है। ईश्वर के लिए तुम मेरे बच्चे के लिए कुछ मत कहा करो, मुझे जो कहना चाहो, कह लो। वह इतनी आहत हो जाती कि उस पर कुछ कहते न बनता तो अपनी बात पर उतर आती। बच्चा कई बार रोता रह जाता।

धीरे-धीरे बोलने और सुनने के बारे में मास्टर की आशंकाएँ निराधार हो गईं। वह जब बोलने लायक हुआ तो उसकी वाणी खुलती चली गई। मास्टर जब उसे इस तरह उन्मुक्त बोलते सुनता तो प्रसन्नता से भर उठता लेकिन जब उसे ध्यान आता कि हो सकता था वह बोल ही न पाता या चल ही न पाता तो क्या होता, यह सवाल उसे उद्विग्न कर देता। कई बार बिना किसी सन्दर्भ के मैडम को कहता कि उस हालत में वह उसे कभी माफ न करता। तक्षक फिर जाग उठता। वह कहती—तुमने मुझे या मेरे बच्चे को माफ ही कहाँ किया है। जहाँ मौका मिलता है तुम मुझे और मेरे बच्चे को कटघरे में खड़ा कर देते हो। क्या तुम्हें यह नहीं लगता कि काश यह बच्चा तुम्हारी आशंकाओं को सही साबित कर देता तो तुम मुझे मनमाना दंड दे सकते थे। इस बात का तुम्हें मलाल है, क्यों। यह बात उसे असह्य लगती। उन लोगों की बात कभी ज़बानी जमा-खर्च से आगे नहीं बढ़ी। लेकिन ज़बान की मार कई बार हजारों मैगाटन की मिसाइल से भी भारी पड़ती है। वही हुआ एक रोज बातों की मिसाइल फटी और दो रास्ते बन गए। न आवाज़ हुई और न विस्फोट हुआ। उसकी आवाज़ न मास्टर को सुनाई पड़ी और न मैडम को। बच्चे ने अवश्य अपने नाजुक और कोमल पर्दे वाले कानों से उस विध्वंसकारी आवाज़ को सुना। उस आवाज़ ने न उसे रुलाया और न डराया। लेकिन सहमा ज़रूर दिया। माँ को

अपना ठिकाना खोजना पड़ा। बेटी बीचोंबीच अकेली थी। बाप पास थे। लेकिन बच्चे के लिए पिता कितना भी बड़ा हो, कितना भी शक्तिशाली हो, माँ के मुकाबले तब तक नगण्य रहता है जब तक इतर कारणों से वह पिता की विशिष्टता को स्वीकार करने लायक नहीं होता। बच्चा कहता था–मुझे माँ चाहिए। पिता कहता था–माँ बीमार है। उसकी समझ में नहीं आता था कौन बीमार है। धीरे-धीरे बच्चे ने अपने अन्दर दो घर बना लिये। अन्दरवाला माँ को दे दिया। बाहरवाला पिता के लिए रख लिया। जब पिता आते तो बच्चा पूछता, "पापा, तुमने आफिस में क्या खाया। खाया या नहीं। या कहता–पापा, तुम जल्दी आया करो हमें डर लगता है।" या फिर कहता–"हम अपने घर में क्यों नहीं रहते? क्या हमारा अपना घर अब कभी नहीं बनेगा? मम्मी कभी नहीं आएगी? क्या मम्मी के जाने पर घर बन्द हो जाता है?" मास्टर बड़े-बड़े जहाजों को गहन समुद्रों से निकाल ले जाता था। बड़े-बड़े सुराखों को बन्द करके वह बहुमंजिलें जहाज को डूबने से बचा सकता था, लेकिन बच्चे के सवालों के ये टारपीडो उसकी सम्पूर्ण संरक्षण सामर्थ्य को क्षत-विक्षत कर देते थे। वह झुँझलाता था, 'तुम बहुत बेसिर-पैर के सवाल करने लगे हो।' बच्चा सहम जाता और बिसुरता हुआ कहता–"अब नहीं करूँगा पापा।" पिता गुस्से को सँभालकर मूड बदलने के लिए पूछते तुम स्कूल में भी जब करूँगा, खाऊँगा, बैठूँगा कहते हो बच्चे हँसते नहीं। वह जवाब न देता तो वह फिर कहता मुझसे लोग पूछते हैं तुम्हारा यह बेटा है या बेटी। वह बिगड़ जाता–मैं बेटी नहीं हूँ। मैं मम्मी नहीं बनूँगा। मास्टर को लगता बात गम्भीर हो गई। वह मन-ही-मन बुदबुदाता मैं क्या करूँ। यह सवाल उसके दिमाग में इतने विशाल जहाजों के सन्दर्भ में कभी नहीं आया था।

उसे एक रोज़ स्कूल में मम्मी, पापा और बच्चे पर एक प्रोजेक्ट बनाने को कहा गया। उसने कार्डबोर्ड पर सुन्दर-सी अबरी चढ़ाई। बीचोंबीच समान दूरी पर अपने पापा और अपना पासपोर्ट साइज फोटो चिपकाया। पूरे कार्ड पर रंग-बिरंगे सितारे चिपकाए। हर एक पर मॉम लिखा था। सितारे बहुत छोटे थे और दोनों चित्र बड़े-बड़े। लेकिन वह पूरी सतह मॉम के रंग-बिरंगे सितारों से जगमग कर रही थी। उस पर लिखा 'माई स्काई।'

खेती

वह ख़ामोश क्या, पत्थर थी। इन्सान को पत्थर कहना या कहिए बना देना अच्छी बात नहीं है। बल्कि इन्सानियत से गिरी हुई बात है। लेकिन मजबूरी, वह चुप जो थी। किसी भी सवाल का जैसे कोई जवाब ही नहीं था। या तो अल्फ़ाज़ भूल गई थी या फिर उनके मायने। हो सकता है कोई सवाल ही उसके दिमाग़ में दर्ज न हो रहा हो। वह ऐसी थी नहीं। बातूनी हाज़िरजवाब, बात में से बात निकालने वाली। उसके पास ऐसा कोई लम्हा नहीं होता था जब वह न बोलती हो। भले ही अपने आपसे...। लेकिन वह जितनी गूनमथून थी, वह भी कई दिन से, उससे यह महसूस होने लगा था, ज़रूर कहीं ज़बरदस्त गड़बड़ है।

सवाल भी कुछ ऐसे नहीं थे जो किसी वैज्ञानिक ईजाद के हल की माँग करते हों। रोज़मर्रा की ज़िन्दगी की बातें थीं। उसका बाप स्थिति समझ रहा था। क्योंकि जब भी कोई समझाने के तौर पर उसे कहता था कि बेटी तुमसे कोई कीमियाई सवाल नहीं पूछा जा रहा, ये तो ज़िन्दगी की मसलहत से जुड़े सवाल हैं। उसका बाप धीरे-धीरे बुदबुदाता था, "अमाँ, सबसे मुश्किल काम ज़िन्दगी को समझना ही है। कभी-कभी इसी को समझने में सब कुछ निबट जाता है।" तब वह अपने अब्बू की तरफ ऐसे देखती थी जैसे ज़िबह होने से बचाने वाला कोई मौजूद है। तब लगता वह अब्बू की आँखों में उठते दर्द की लहर से भी वाबस्ता है और शब्दों में छिपे मतलब से भी। कोई टोक देता था अब्बू को क्या देख रही है, तो मय अर्थ के अल्फ़ाज़ फिर एन ग़ैन हो जाते थे। तब उसके अब्बू को वहाँ मौजूद लोग जाने के लिए कहते थे, "भाई जान, आप जाइए।" वह उनकी तरफ याचना भरी नज़र से देखती थी। न जाओ, मैं क्या करूँगी। तब उसकी आँखें बाप से लगातार तब तक बोलती थीं जब तक वह यह नहीं कह देता था, "मैं क्या कह रहा हूँ। किसी बात में मेरा क्या दख़ल है। मैं अपने सकून के लिए बैठा हूँ, दख़लअन्दाज़ी के लिए नहीं।"

"आपके रहते वह नहीं बोलेगी।"

"उसका बोलना या न बोलना क्या मतलब रखता है। तय तो आपकी अदालत को करना है। बल्कि एक तरह से कर चुकी है।"

उनमें जो बुज़ुर्ग थे, वे ख़म खा गए, "हम क्या कसाई हैं?"

"कौन कह सकता है? दोनों जहाँ आपके हाथ में हैं। आप अपना काम कीजिए।"

उनमें से एक बुज़ुर्ग ने पूछा, "तुम यहाँ ख़ुश थीं?" वह चुप गर्दन झुकाए पेट की तरफ देखती रही।

"बोलो बेटी।" वह क्या बोलती। फिर वही सवाल दोहराया गया। बाप के चेहरे पर झुँझलाहट उभर आई, पर वह बोला कुछ नहीं, दूसरी तरफ देखने लगा। लड़की ने कनखियों से अब्बू की तरफ देखा। चुप्पी और कस गई। इस बार चपल क़िस्म के सफ़ेद दाढ़ीवाले सज्जन बोले, "अगर तुम्हें इसी तरह ख़ामोश रहना है तो हम अपना रास्ता लें।" अब्बू ने गर्दन घुमाई। बेटी कनखियों से उधर ही देख रही थी। अब्बू के चेहरे पर लाचारी उभर आई। वह रोने लगी। एक साहब बोले, "इस तरह रोने-झिझोने से काम नहीं चलेगा, फ़ैसला क़ायदे-क़ानून से होगा।"

इस बार बाप बोला, "देखिए, इस बच्ची पर नाराज़ होने से क्या फ़ायदा। क़ायदे-क़ानून के सामने इस बेचारी का क्या वजूद।"

"सब इसी का किया-धरा तो है।"

"हमारे यहाँ लड़कियाँ कुछ करती हैं! पहले भी एक शौहर के साथ बाँध दी गई थी। बाद में जब वह लाम पर से कई साल तक लौटा नहीं और लापता मान लिया गया तब यह दबाव बना, कब तक घर में बैठाए रखोगे। वह कहती भी रही कि ज़िन्दगी में एक से सुख नहीं मिला तो क्या ज़रूरी है कि दूसरे से सुख मिल जाएगा! मैं यहीं पड़ी रहूँगी। लेकिन दुनिया इस बात को लेकर परेशान थी, कहीं ऊँच-नीच हो गई तो...? प्रायः सबके कहने पर गाय की तरह गले की रस्सी दूसरे के हाथ में पकड़ा दी गई, तो वहाँ चली गई।" बाप का गला भर आया। वह बोल नहीं पाया। वे जो समाजी लोग लड़की से यह जानने के बहाने से कि वह किसके साथ रहेगी, यह हलफ़ चाहते थे कि वह पहले ख़ाविन्द के साथ रहेगी तुनककर बोले, "चलिए, यहाँ वक्त बेकार करना है, इन लोगों के दिल में न दीन के लिए इज़्ज़त है, न ईमान के लिए।"

पिता बोला, "इसीलिए तो बेटी की गर्दन आप लोगों के सुपुर्द कर दी है कि हम दीन में विश्वास नहीं रखते। हम पर तोहमत न लगाइए। जो आपको तय करना हो, कर दीजिए। इसके पास न ज़बान है, न दिल।"

"इसके पेट में पल रहे बच्चे का क्या होगा?"

"यह भी आप ही को तय करना है।"

"इसे मानना होगा, यह बच्चा हराम है।" वह फफककर रो पड़ी। वे बोले, "रोने से कोई फ़ायदा नहीं, जो किया है उसका अज़ाब तो तुम्हारे सिर पर है।"

"अज़ाब...' उसके अब्बू ने दोहराया। आगे के अल्फ़ाज़ उसके गले में फँसे

रह गए। वह देर तक खाँसता रहा। उन्होंने फिर उसी सवाल को दोहराया। लड़की की ज़बान फिर पहले की तरह तालू से जा चिपकी। कुछ देर वे इन्तज़ार करते रहे। फिर उठते हुए बोले, "हम कल फिर आएँगे, कल हमें माकूल जवाब चाहिए।" वे उठे क़दम मिलाते हुए चले गए जैसे पलटन के आदमी हों।

वह अब्बू से चिपटकर और ज़ोर-ज़ोर से रोने लगी। अब्बू की आँखें भी गहरे भर आई थीं। अब्बू के मुँह से निकला, "बेटी, सब्र कर, जो अल्ला की मर्ज़ी।"

"नहीं अब्बू, अल्ला को दोष मत दीजिए। अल्ला ज़िन्दगी देता है। मेरा बच्चा हराम कैसे हो गया? सबने देखा, आनेवाले बच्चे के वालिद से बाज़ापता शादी हुई थी। मैं जानती थी, मेरी ज़िन्दगी में शादी का सुख नहीं है तो नहीं है। अब तो मेरी और तेरे इस बच्चे की, जो अभी दुनिया में आया भी नहीं, ज़िन्दगी ऐसे भिनक गई जैसे सिर पर रखा गन्दगी का बर्तन फूट गया हो। मैं कैसे कहूँ, मेरा बच्चा, जिसे मैंने अपने शौहर के नुत्फ़े से पाया, मेरे लिए हराम हो गया। मैं और मेरा बच्चा दोज़ख में भी जगह पाने के हक़दार नहीं रहे। आदमी हर हालत में पाक-साफ़ रहता है।" वह इस तरह बिलबिला रही थी जैसे दर्द उसे किसी भी करवट चैन न लेने दे रहा हो।

उसकी माँ कहीं से लौटी थी। उसने बुर्का उतारकर खूँटी पर टाँगा और बेटी के पास आई। वह बोली, "बेटी, टीवी वाले तुमसे और तुम्हारे अब्बू से बात करना चाहते हैं।" वह गुमसुम लेटी रही। माँ ने उसके जवाब का इन्तज़ार करके फिर अपना सवाल दोहराया। वह थकी-सी आवाज़ में बोली, "मुझे किसी से बात नहीं करनी।" करवट बदलकर लेट गई।

"सरकारी महकमा है, क्या पता कुछ रास्ता निकल आए। उनकी आवाज़ दूर-दूर तक पहुँचती है।"

"नहीं माँ, नहीं, मैं औरत हूँ। लोग पहचानकर सड़क चलते पत्थर मारेंगे। एक ऐसे ख़ाविन्द के होते हुए जो मुल्क के लिए लड़ने गया था, दूसरे के घर में बैठ गई, उसका हमल लिये घूम रही है। उनसे कोई नहीं पूछेगा कि तुम इतने दिन कहाँ ग़ायब रहे। ग़ायब रहे तो ख़बर भिजवा देते। किसी ने कुछ नहीं किया। आज अल्ला ने उन्हें उम्र बख्श दी तो यह दुनिया मेरी और मेरे होनेवाले बच्चे की बदख्वारी करने पर आमादा है। अल्लाह ने उन पर करम किया, वे उम्रदराज़ हों... ।" वह फट पड़ी। बाँध इस तरह टूटा कि सँभलने में नहीं आ रहा था। माँ चुप कराने में लगी थी। वह बोलना चाहकर भी बोल नहीं पा रही थी। हर शब्द उसके गले में काँटे की तरह अटका था। वे काँटे एक के बाद एक बढ़ते जा रहे थे। बमुश्किल तमाम चन्द अल्फ़ाज़ उसके मुँह से बाहर आए, "अम्मी, मैंने सुना था दीनी क़ानून ज़िन्दगियों को सँवारता है, लेकिन मेरी ज़िन्दगी तो बिखर गई। मैं किसे दोष दूँ? मेरे पेट में पल रहे बच्चे के अब्बा ने तो मुझे बेवा समझकर मेरा हाथ पकड़ा था। उसके वालिद

ने अब्बू से आकर कहा था, जैसी तुम्हारी बेटी वैसी मेरी...आज मेरी इस बच्चे और इसके अब्बा की ज़िन्दगी के बीच सब आ गए। .ख़ुदाई क़ानून से लेकर इन्सानी क़ानून तक दुश्मन की तरह हमें देख रहे हैं। बेवा होते ही तुम लोग ज़िबह कर देते... आज यह ज़माना हमारी चिन्दी-चिन्दी कर देने को शमशीरें ताने तो न खड़ा होता। आप लोग भी...। अब्बू बेचारे क्या करें। मैं तो हमल भी नहीं गिरा सकती। कम-से-कम यह बच्चा तो दुनिया में आने के बाद बेहुर्मति से बच जाता।'' उसकी साँस इस तरह फूल रही थी जैसे पीछा करते बिजार से बचने के लिए बेपनाह दौड़ रही हो।

माँ ने फिर समझाने की कोशिश की, ''तुम उनसे बात करके तो देखो, शायद...।''

''वे नंगा नाच देखने और दिखानेवाले लोग हैं, इन्सान के लिए तो हज़ार क़ानून हैं। उनके लिए न ज़मीनी क़ानून है, न आसमानी। तुमने देखा नहीं जब से वे लौटे हैं तब से मेरा ही तप्सरा आ रहा है। बिना सामने आए बेपर्दा कर दिया। सामने आने पर तो न जाने क्या होगा। वे तो देश के लिए लड़े, मैं तो अपने और अपने बच्चे के लिए भी कुछ कर पाने में मज़बूर हूँ।''

माँ ने तीसरी बार कहा, ''बेटी, दुनिया तो उस पर शक्ल दिखाने के लिए बेज़ार रहती है, वे तेरी .ख़ुशामद कर रहे हैं।''

उसके अब्बू बाहर बैठे सुन रहे थे। वे अन्दर आकर बोले, ''बस बहुत हो चुका, क्यों सब उसके पीछे पड़े हो। उन्हें क्या हक है किसी की ज़ाती ज़िन्दगी में दख़ल देने का। अब यह सब बन्द करो। अल्लाह की मरज़ी पर छोड़ो, वही एक रास्ता है। हम मुसलमान हैं, वही सहारा है।'' गला खँखारा, पर साफ़ नहीं हुआ। सिर हाथों में थामकर बैठ गए। घरवाली ने कुछ कहना चाहा। पति ने मना कर दिया, ''तुम समझती क्यों नहीं, अब यह मसला हमारा नहीं रहा, पंचायती हो गया है। पंचायत कब क्या करे, कोई कुछ नहीं कह सकता। वहाँ न जज़्बात होते हैं, न रहमो-करम। इन्तज़ार करने के अलावा कुछ नहीं कर सकते। मैंने सुना है, ये लोग भी टीवी पर पंचायत कराकर इस धूल को दुनिया में फैला देंगे। पंचायतवालों के सामने पता नहीं किस-किस का मुस्तक़बिल होगा, होगा भी या नहीं।'' एक गहरी ख़ामोशी तारी हो गई।

अँधेरा होने लगा था। घर में मरघट का-सा सन्नाटा था। बच्चे ऐसे दुबके से और ख़ामोश थे जैसे अँधेरे में डरा दिए गए हों। डरे-डरे फुसफुसाकर बात कर रहे थे। कोई सुन लेगा तो पता नहीं क्या हो जाएगा। अब्बू उठे और बाहर निकल गए। बेगम ने पूछा भी कहाँ जा रहे हो। उन्होंने या तो अनसुना कर दिया या वे ख़यालों में इतना महब थे कि सुना ही न हो। वे चलते चले गए। जहाँ रुके वह विजेता दामाद के घर का पिछवाड़ा था। उन्होंने अपने-आप से पूछा, तुम यहाँ क्यों आ गए? यहाँ आकर तो तुम ख़ाली हाथ लौट चुके हो। यहाँ तुम हार चुके हो।

अब तुम्हारी बेटी का घर वहाँ से उठकर यहाँ आ जाएगा। शायद लड़कियाँ ख़ानाबदोश ही पैदा होती हैं। यहाँ से उजड़े वहाँ, वहाँ से उजड़े कहाँ। अगर आनेवाला बच्चा लड़की हुई तो करेला और नीम चढ़ा। उसकी ख़ानाबदोशी तो जन्म से ही शुरू हो जाएगी। वे वहीं बैठ गए। उनके घुटने जाम हो गए थे। थोड़ी देर उस अँधेरे में डूबे से बैठे रहे। एकाएक उन्हें लगा उनका दूसरा दामाद भी वहाँ है। वे खड़े हो गए। वे नहीं चाहते थे कि उनकी तरह वह भी बेइज़्ज़ती का शिकार हो। वह ही बोल रहा था, "मैं जानता हूँ, तुम्हारा दुश्मन की जेल से इतने सालों बाद सही-सलामत लौट आना पूरे मुल्क के लिए एक हीरो की वापसी की तरह है। यह भी समझता हूँ कि तुमने दुःख-ही-दुःख झेले होंगे। लेकिन मैं नहीं जानता, तुम्हें कैसे समझाऊँ कि हम बहुत .खुश थे। हम दोनों। जब हमें पता चला कि तुमने हमें बख़्श दिया है, हम दोनों की शादी को तुमने मंजूर कर लिया तो हमें लगा कि तुम इन्सान नहीं फ़रिश्ता हो। वह तुम्हारा इतने साल इन्तज़ार करती रही। गाँववालों ने ही ज़ोर दिया कि उसकी शादी कर दी जाए। वह तीन साल से मेरे साथ है और .खुश है। मेरे बच्चे की माँ बननेवाली है...।" अब्बू का मन हुआ वह उसका हाथ पकड़ कर ले जाए। यह सब तो उससे और उसके अब्बा से कहा जा चुका है। क्या वह उसके कहने से मान जाएगा। भले ही वह दुश्मन की गिरफ़्त में रहा हो, पर अब तो विजेता की तरह आया है। फ़तह का अहसास बड़ी मुश्किल से आदमी की आदमियत को ज़िन्दा रहने देता है। लेकिन वह बोले जा रहा था और विजेता चुप था।

"शरीयत, पंचायत, समाज, मीडिया सब तुम्हारे साथ हैं। लेकिन तुम चाहो तो तीन ज़िन्दगियों को बचा सकते हो। तुम ही अकेले हो जो हमारा साथ दे सकते हो, हमें बरबादी से बचा सकते हो। उस बच्चे को जिसने अभी दुनिया की शक्ल नहीं देखी, आने से पहले ही हराम करार दे दिया गया। यह कौन-सा क़ानून है जिसके तहत अल्ला का नूर माना जानेवाला बच्चा और उसको जन्म देनेवाली माँ भी तोहमत की ज़िन्दगी जीने के लिए मजबूर हैं। किसकी ख़ता है। बच्चे की, मेरी या उसकी माँ की? मैं कैसे मान लूँ उसका क़ानून इतना संगदिल है? उसकी रहमत से तो सारी क़ायनात रोशन है...।

उसने उसे बीच में टोका, "मियाँ, तुम कह चुके तो सुनो, हम फौज़ी हैं। फौज़ जब मुल्क की इंच भर ज़मीन ख़ाली कराने के लिए जान की बाज़ी लगा सकता है तो अपनी शरीक़-ए-हयात को दूसरे मर्द के सुपुर्द करके कैसे ख़ामोश रह सकता है। तब मैं नहीं था, अब हूँ। तब जो हुआ सो हुआ, उससे मेरा ताल्लुक नहीं।"

"उससे मेरी बाज़प्ता शादी हुई है। आपके वालिद यानी मेरे ख़ालू भी उस शादी में मौजूद थे। उसके पेट में मेरा बच्चा है।" वह हँसा, "किसी के आँगन में उसकी ग़ैरहाज़िरी के दौरान अपना खलिहान डालकर क़ब्ज़ा करना चाहते हो। अमाँ यह सब किसी और को बताना। अगर मैं सब लोगों की नज़र में नापैद हो गया

था और वह बिना ख़ाविन्द के रह नहीं सकती थी तो शरियत के मुताबिक़ इजाज़त क्यों नहीं माँगी, गुपचुप निकाह क्यों पढ़ा? एक बात समझ लो, अगर तुम क़ब्ज़े को सच मानते हो तो हमारे पास उसका भी रास्ता है—क़ाबिज़ को हटा दो, क़ब्ज़ा ख़त्म।''

अब्बू की बेचैनी बढ़ रही थी। हाथ-पाँव ठंडे पड़ रहे थे। यह क्यों नहीं समझता कि सब तय हो चुका है। हम शरीयत के ख़िलाफ़ नहीं जा सकते। अगर इसके दिल में रहम होता, पहले वाले क़ौल से ही क्यों फिरता। वे बड़बड़ाए, ''जा, बच्चे जा, गाय के गले में दूसरे का पट्टा बँधा है। पहले हिन्दू गाय कहाँ बेचते थे, अब ज़माना बदल गया।''

वह गिड़गिड़या, ''मैं आख़िरी बार कह रहा हूँ, मेरे बच्चे पर रहम करो। उस औरत पर रहम करो जिसने तुम्हारे साथ चन्द महीने गुज़ारे हैं और मेरी वह तीन साल शरीक़-ए-हयात रही है।''

''दूल्हे भाई, हम मुसलमान हैं, हराम की चीज़ पर नज़र नहीं डालते। तुम अपने पैरों निकल जाओ। मेरे ऊपर खून सवार हो गया तो ग़ज़ब हो जाएगा।''

अब्बू से रहा नहीं गया। वे निकले। हार चुके दामाद से कहा, ''तुम यहाँ क्या कर रहे हो। जो जीता सो मीर। जाओ घर। औरत मर्द की खेती है। धरती से पैदा फ़सल किसी की भी बोई हुई हो, कोई भी काट सकता है औरत उससे भी गई गुज़री है...'' अब्बू को जाने क्या हुआ, वे एकाएक फफक पड़े। फिर सँभलकर बोले, ''ये ज़मीनी दुश्मन से लड़कर जीते, तुम अपने से लड़ो...सबकी लड़ाई अपनी है।''

रामानन्द बाबू उसी दिन चले गए थे

रामानन्द बाबू का परसों यानी चुनाव के एक दिन पहले देहान्त हो गया था। इस बार चुनाव आयोग ने पैरा मिलिट्री फोर्स लगायी थी। पुलिस को दरवाज़े के बाहर कर दिया था। अन्दर पैरा मिलिस्ट्री ग्रुप के सिपाही गन ताने घूम रहे थे। जब एक मिनिस्टर ज़बरदस्ती अन्दर जाने लगा तो सिपाही ने गन तान दी। बिना यह सोचे समझे कि वह मुख्यमन्त्री का भाई यानी स्थानापन्न मुख्यमन्त्री है और सामान्य मनुष्य से भिन्न है। मन्त्री रहते-रहते इस तरह के सामान्य व्यवहार की आदत नहीं रहती। भले ही उसे पहले भीड़ के जूते-चप्पल तक बर्दाश्त करने पड़े हों। हरलाँकि इनके साथ भले ही ऐसी बात न रही हो। क्योंकि वे अपने-आपको ख़ानदानी ज़मींदार बताते रहे हैं। वह तो और भी कोढ़ में खाज़। ज़मींदारों की सहनशीलता तो और भी न्यूनतम होती है। जब जाँच हुई तो कमांडों ने कह दिया एक तो हमारे अफसरों का आदेश कि अगर कोई सिविलियन पोलिंग केन्द्र में अनधिकारिक रूप से घुसने की कोशिश करे तो पहले रोको, समझाओ और ज़बरदस्ती घुसने की तीसरी स्टेज आ जाये तो एक्शन। तीसरी स्टेज आ गयी थी। उनका बस चलता तो वे कार समेत घुस जाते। दूसरे मिनिस्टर को न तो नियमों में छूट दी गयी है और न मिनिस्टर किसी के माथे पर लिखा होता है। उसकी बात का जवाब किसी के पास नहीं था। कम्पनी कमांडर आया और कह गया—भविष्य में मन्त्री जी तशरीफ लायें तो हमें ख़बर कर दें, हम अपने कमांडो साथ लगा देंगे। यह और भी संकट में डालनेवाली बात थी। खैर मन्त्री जी की बात तो एक क्षेपक की तरह आ गयी। इन बातों को नज़रअन्दाज़ करना ही ठीक है।

रामानन्द बाबू मन्त्री तो नहीं थे, लेकिन ज़िन्दगी भर अफसर रहे। अफसर पद में छोटा और हकूक में बड़ा होता है। बिना उसके काम चलना मुश्किल। वह कलम चलाये तो कागज में गति आये, यानी मुर्गा बोले तो सवेरा हो। वे मर गये। अगर वे कुर्सी पर मरते तो कुछ छूट मिल भी जाती। लेकिन इतने सख्त अमल में जहाँ मुख्यमन्त्री भी चोट खाये ततैये की तरह भिनभिनाते घूम रहे हों वहाँ चुनाव के दौरान रामानन्द बाबू के दाह-संस्कार करने के लिए गाड़ियाँ मुर्दाघाट तक ले जाने

की इजाज़त कैसे मिल सकती थी। बड़ी नम्रता के साथ समझा दिया गया कि सात बजे से पहले जला दें और पाँच बजे शाम तक या तो वहीं रहें या पैदल घर लौट आयें। इसलिए रामानन्द बाबू अफसर की हैसियत से मरते तो हो सकता था पुलिस बैंड ढमाढम करता आगे-आगे चलता। अगर ऐसा न भी होता तो कम-से-कम पाँच गाड़ियों का काफ़िला तो मुर्दाघाट तक गया ही होता। सब लोग उनके शरीर को कोरियर वाली स्क्रोपियो की छत पर रखकर सवेरे पाँच बजे ही मुर्दाघाट पहुँच गये। और सात बजे के पहले ही सब घर पर थे। पाँच बजे शाम को चुनाव ख़त्म होने के बाद फूल चुने गये।

रामानन्द जी के जीवन में अनेक अपवाद थे। अफसर होते हुए भी ख़ुशमिजाज, रसिक और मिलनसार, सबसे बड़ा अपवाद था। उनकी असल पत्नी का स्वर्गवास कई साल पहले हो गया था। सेवानिवृत्ति के साल-दो साल बाद ही। उसके बाद वे तीस वर्ष तो जीये ही। जब ये गये 90 के आस-पास थे। बड़ा बेटा कुछ ही दिन पहले अमेरिका में ईश्वर को प्यारा हो गया था। तब वे पूरी तरह चेतन नहीं थे। यानी प्रतिक्रिया ली दी होती थी। हाँ, एक बात और उन्होंने इस बीच अपने से लगभग चालीस साल छोटी लड़की से शादी कर ली थी। जब वे उसे लेकर अपने मँझले बेटे के पास आने लगे तो बहू-बेटे ने मना कर दिया। आप चाहें तो रहिए, पर उन्हें बर्दाश्त करना मुश्किल होगा। बहू-बेटा उनकी नई संगिनी को मैडम कहते थे। अपने से छोटी को माँ कैसे कहें। आख़िर यही रास्ता निकाला गया कि पिताजी नवस्थापित ससुराल में ही शिफ्ट कर लें। यही हुआ भी। रामानन्द बाबू घर-जवाँई की हैसियत पा गये। हालाँकि घरजवाँई का मतलब परम्परागत घरजवाँई से भिन्न था। बाद में तो उन्होंने ही सबसे ऊपर की मंजिल पर एक भरा-पूरा घर बनवा लिया। वैसे भी वे अपना और अपने परिवार यानी पत्नी का खर्च स्वयं ही उठाते थे।

रामानन्द बाबू के दो बेटे विदेश में बस गए थे। एक तो सबसे बड़ा था जिसकी उनके मरने से कुछ ही पहले मृत्यु हुई थी। दूसरा सबसे छोटा था। हालाँकि सबसे छोटा किसी ज़माने में उनका चमचा कहा जाता था। लेकिन रामानन्द बाबू की नयी पारिवारिक योजना ने खटाई की तरह पूरे परिवार को तलछट की तरह बाँट दिया था। मँझला बेटा और बहू यहीं थे इसलिए जाकर कभी-कभार मिल आते थे। पोता-पोती पहले बहुत घुले-मिले थे। लेकिन आँख ओट तो पहाड़ ओट। जब वे वहाँ जा बसे तो बिसरते गये। बच्चे भी बड़े हो रहे थे। उनकी तरफ से उनके दिल-दिमाग़ भी सिकुड़ रहे थे। रामानन्द बाबू की वर्तमान जीवन-संगिनी ही इस पूरे वितंडावाद की जड़ थी। वे समझते थे उसी ने उन्हें मायाजाल में फँसाकर सबसे अलग किया था और अब दोनों हाथों से लूट रही थी। यह किसी को नज़र नहीं आता था कि आयु का इतना अन्तर होने के बावजूद वह उनकी कितनी सेवा करती है। फिर प्रेम तो किसी उम्र में भी सम्भव है। अगर यह कोई कह देता तो वे लोग यही कहते,

'उसे कौन मिलता, कभी उसकी शक्ल देखी? डेमलकट! वह प्रेम नहीं पैसे की हवस है। बूढ़े आदमी से जवान लड़की को क्या प्रेम।' उसके आगे बात करने का कोई मतलब नहीं रहता था।

मँझले बेटे अंजन बाबू का कोई काम-धाम नहीं था। बाकी दोनों तो पढ़-लिख गए थे और इंजीनियर बनकर जन्मना भारतीय नागरिकता का अमेरिकी नागरिकता से विनिमय कर लिया था। लेकिन अंजन यहीं रह गया था। रामानन्द बाबू ने पढ़ाने से लेकर तरह-तरह के रोज़गार कराने की हर चन्द कोशिश की लेकिन अंजन बाबू की चाल में कोई अन्तर नहीं आया। भाइयों के पास अमेरिका भी भेजा पर महीना दो महीना रहकर चले आए। आख़िर में यही सोचा कि शायद शादी से कोई हल निकले। हरियाली घोड़ी पर बैठा दिया। घोड़ी को हरियाली इसीलिए कहा गया होगा कि सूखे यानी कुवाँरे जीवन में, सवार होते ही हरियाली ला देती होगी। पर वह टोटका भी काम नहीं आया। वही चाल बेढंगी। लेकिन जब रामानन्द बाबू की मैडम आयीं तो अंजन और खंजन, यानी श्रीमती अंजन, जिन्हें रामानन्द बाबू उनकी आँखों के कारण खंजन कहते थे, दोनों के कान खड़े हुए। अब हुआ मटियामेट। मैडम आ गयी तो सब बँट जाएगा। अब जो मजे में चल रहा है वह डगर मुश्किल हो जाएगी। उन्होंने पहले तो बात न करके अपनी नाराज़गी दिखायी। रामानन्द बाबू ब्रिटिश और भारतीय सरकार की सरहद पर सरकारी सेवा में भर्ती हुए थे। यानी वह सरकार जानेवाली थी और देसी सरकार आनेवाली थी। उन्होंने दोनों की नज़र देखी थी।

वे जानते थे कि ज़रूरतमन्द की नाराज़गी, पतुरिया के नखरे और विधवा विलाप से ज़्यादा तर्कसंगत कुछ नहीं होता। सबको आसरा चाहिए। लेकिन यहाँ बात उससे भी कुछ अधिक थी। वे कुछ पूछते कि अमुक बात का क्या हुआ तो उचटता हुआ जवाब देते—पता नहीं। पता लग गया तो बता देंगे। अगर पूछा क्या बना है तो बहू कहती—अभी सोचा नहीं जो बनेगा सबके सामने आ जाएगा। अफसर को अपने से बड़े अफसर यानी मुन्तजिम की बात अनसुनी करने की और मातहत की बात को पहले नज़रअन्दाज़ करने की आदत होती है, फिर अप एण्ड डाउन करता है। लेकिन जब मातहत हमराज होने के साथ गुस्ताख भी होने लगता है तो अफसरी मातहती में बदलने लगती है। उसके लिए सबसे बड़ी यन्त्रणा यही होती है। वह जल्दी-से-जल्दी निजात पाने की कोशिश करता है। हम लोगों के यहाँ बहू मातहतों की भी मातहत मानी जाती है यानी श्रेणियों में भी चतुर्थ श्रेणी। श्रेणियों का अहसास ही सबसे ज़्यादा दिमाग़ खराब करता है। रामानन्द बाबू के लिए अपना प्रथम श्रेणी में होना और बहू का अपनी श्रेणी लाँघकर ऊपर बढ़ते जाने के बीच की टकराहट प्राण-लेवा साबित हो रही थी। उनकी यह बात समझ में नहीं आ रही थी कि एक औरत दूसरी औरत के भविष्य के ख़िलाफ इतना वितंडावाद कैसे खड़ा करती है कि वह बड़े-छोटे का रिश्ता ही भूल जाये। नए रिश्ते को छूत की बीमारी की तरह पोह-पोह

करे। बेटा भी उसके साथ मिलकर बाप से अबोला कर दे। पोता-पोती को लगे कि कल तक जो बाबा था वह अब अजनबी बूढ़ा हो गया। वे बाबा की बात मानकर उनकी नयी पत्नी को दादी कहने की जगह अपने माँ-बाप के स्टाइल में उन्हें मैडम कहने में सुविधा महसूस करते थे।

एक दिन रामानन्द बाबू ने बहू-बेटे को बुलाया। बाकी दोनों बेटे और उनके परिवार अमेरिका में थे। उन्हें बुलाकर बात करने का सवाल ही नहीं उठता था। उनके बारे में वे भी जानते थे कि वे भले ही चुप हों पर मन से वे भी उनके साथ नहीं हैं। इस उम्र में आकर वे अकेले पड़ गये थे। वे नख़रे के साथ आये, 'कहिये, कैसे बुलाया? जल्दी बताइये, कई काम हैं।'

'मुझे मालूम है। काम के महत्त्व को एक सरकारी नौकर से ज़्यादा कौन जानता है। तुम्हारी व्यस्तता भी मुझसे छिपी नहीं।' बेटा चुप हो गया। लेकिन बहू बोली, 'पापा, आप उन्हें इसीलिए कहते हैं कि इनके पास कोई काम नहीं। अगर ऐसा न होता तो क्या ताना देते?'

'नहीं, मैं इसलिए कहता हूँ कि यह मेरी सन्तान है। इसे मैंने पाला है और आज तक पाल रहा हूँ। तुम इसकी ज़िन्दगी का बहुत छोटा हिस्सा जानती हो। लेकिन इसमें कोई शक नहीं कि तुम्हारा इस पर पूरा अधिकार है। उसे मैं क्या कोई नहीं बाँट सकता।'

'मेरा यह मतलब नहीं था।'

'कोई भी और कुछ भी मतलब हो। मेरी बात पर ध्यान दो।' वे दोनों उनकी तरफ देखने लगे, देखें पिताजी क्या बॉमशैल फोड़ते हैं।

वे कुछ देर ख़ामोश रहकर बोले, 'मैं जानता हूँ इस उम्र में मेरा शादी करना तुम लोगों को अच्छा नहीं लगा। उसका कारण मैं समझ सकता हूँ। हमारे समाज में एक बूढ़े इनसान को मरने से पहले हर दृष्टि से मृत मान लेने की लम्बी परम्परा है। उसके न इमोशन्स हैं, न ज़रूरतें। एक सामान्य आदमी की तरह जीने की इजाज़त नहीं है। उसे उन लोगों पर निर्भर रहना चाहिए जिन्हें वह पसन्द नहीं होता, लेकिन मुझे इस बात का कोई पछतावा नहीं। हालाँकि मैं चाहता था कि हम सब साथ रहें। साथ रहेंगे तो एक-दूसरे का सहारा बनेंगे। अगर तुम नहीं चाहते तो हम लोग कहीं और रहने का प्रबन्ध कर लेंगे।'

दरअसल, उन लोगों ने यह नहीं सोचा था कि रामानन्द बाबू उनके पिता होते हुए एकदम ऐसा तागा तोड़ निर्णय ले लेंगे। उनका चले जाने का मतलब था बाकी परिवार के लिए मुश्किलों का आमन्त्रण। बहू बोली, 'पिता जी, हमें शादी से कोई आपत्ति नहीं। बस हमारा कहना यही था कि जैसे चल रहा है वैसे चलता रहे। आप चाहें वहाँ जाकर उनके पास रह लें। वैसे आपका यह घर तो है ही।'

एक बुजुर्ग जैसे सब कुछ समझते हुए हँसता है उसी तरह हँसे, 'तुमने ठीक

कहा—घर मेरा है, और है भी, लेकिन मैं अपनी पत्नी को लाकर अपने घर में नहीं रह सकता। क्यों तुम समझदार भी हो और दूरदर्शी भी।'

'बच्चे बड़े हो रहे हैं...'

'बच्चे बड़े हो रहे हैं या नहीं, पर तुम लोग ज़रूर बच्चे बन गये हो। इस उम्र में मेरी यह शादी तुम जवानों की शादी से भिन्न है। तुम जानते हो कि उसकी शादी नहीं हो सकती थी। उसके पास न रूप है और न...खैर छोड़ो। मुझे एक कम्पनी की ज़रूरत थी। तुम लोग अपनी-अपनी ज़रूरत में मुबतिला हो। मैं अगर देखभाल या कम्पनी के लिए तुम लोगों पर निर्भर करूँगा तो स्वाभाविक है तुम लोगों के ऊपर इससे भी ज़्यादा वजन बन जाऊँगा जितना अब हूँ। इसलिए मेरा यह निर्णय मेरे अपने लिए है। इसमें किसी का न दखल है और न किसी और का हित है।

इस बार बेटा बोला, 'बड़े भैया तो आपको अमेरिका बुला रहे हैं। हम लोगों के साथ आपको अच्छा नहीं लगता तो आप वहाँ जा सकते थे।'

'किसलिए? वहाँ का समाज तो और भी ज़्यादा आत्मकेन्द्रित है। भारत से जानेवाले तो नये मुसलमान की तरह और भी ज़्यादा अल्ला-अल्ला पुकारते हैं। अमेरिका यह, अमेरिका वह। हिन्दुतान ऐसा हिन्दुतान वैसा। वे शुरू में बता देते हैं कि पिताजी आपने देखा ही होगा कि यहाँ हिन्दुतान की तरह नहीं कि आप किसी के घर जब चाहो पहुँच गये। पेरेन्टस को भी फोन करके बच्चों से सुविधा-असुविधा के बारे में पूछना पड़ता है। यहाँ पर भी हालात वैसे ही होते जा रहे हैं। मैं तो वहाँ रहकर देख आया हूँ। यहाँ भी सामने है।'

बहू ने हस्तक्षेप किया, 'हमारा मतलब यह नहीं था। बस...'

'बस...करने की ज़रूरत नहीं, मैं चला जाऊँगा। आप लोग, आपके बच्चे यहाँ आराम से रह सकते हैं। मकान भी तुम्हारे नाम कर दूँगा।' उनकी आवाज़ में भारीपन आ गया था। दोनों ने एक-दूसरे की तरफ देखा। पत्नी ने पति की तरफ इशारा किया कि वह बोले। वह चुप था। कुछ देर उसी तरह बैठा रहा। पत्नी ने हल्का टहोका लगाया। वह बोला, 'आप चले जायेंगे तो हम तो मझधार में रह जायेंगे। बेटी बड़ी हो रही है। उसकी शादी के बारे में तो आपने स्वयं कहा था कि उसकी शादी आप करेंगे। पढ़ाई भी दोनों बच्चों की आपकी वजह से हो रही है। घर का खर्च...'

वे अजीब तरह हँसे, 'हाँ, ये सब बातें तो ठीक हैं। लेकिन मैं तो बूढ़ा आदमी हूँ, कब तक जीऊँगा। तुम लोग नौजवान हो। कुछ भी करने की सामर्थ्य रखते हो। मुझ पर कब तक निर्भर रहोगे। यहाँ से आज जा रहा हूँ, वहाँ से कल जाना होगा। लेकिन तुम्हारी 'मैडम' ने शादी करते हुए यह नहीं सोचा। वह भी कह सकती थी कि तुमसे शादी क्यों करूँ, आज हो, कल का क्या पता। लेकिन उसने यही कहा कि जब तक साथ हैं, साथ देंगे। आगे की आगे देखी जायेगी। लेकिन खैर, तुम

लोग साथ की बात नहीं, आगे की बात कर रहे हो। आगे की वे ही लोग बात करते हैं जिनका भविष्य होता है। हम जैसे लोग करेंगे तो मूर्ख कहलायेंगे। वैसे जब तुम लोग पैदा हुए तो हम लोगों ने भी की थी। मैंने और तुम्हारी माँ ने। अच्छा हुआ, वे नहीं हैं। पता नहीं उन्हें कैसा लगता। मैंने इसीलिए साथी खोज लिया। उसे बीता हुआ पता नहीं। मैं वर्तमान गुज़ार सकूँगा। उनका यह वर्तमान अतीत बनकर भविष्य में शायद कोई रद्दोबदल कर सके। जहाँ तक अपना सवाल है, अब इस शकिस्ता कश्ती में साहिल की तमन्ना करना तो अनहोनी की तमन्ना करना होगा।' रामानन्द बाबू उठ गये।

बहू ने पूछा, 'हम क्या करें...?'

'तुम्हें कुछ नहीं करना, मुझे ही करना है।' कहकर वे दूसरे कमरे में चल गये। थोड़ी देर दोनों चुपचाप बैठे रहे। बेटे ने ही कहा, 'तुमसे कहा था कि मैडम भी रह लेंगी। हमारा क्या बिगड़ जायेगा। लेकिन तुम्हारे दिमाग़ में तो फितूर घुसा था। वह आ गयी तो सब बँट जायेगा। अब...?'

'तो बुला लो, मैंने क्या मना किया। मैंने तो तुम्हारे कारण कहा था कि तुम, बुरा मत मानना, कुछ करते नहीं। पिताजी के सहारे चल रहा है, आगे भी चलता रहेगा। अगर वे आ जायेंगी तो सब उनके हाथ में चला जायेगा।'

'जब कहीं पार नहीं बसाती तो मैं ही कान उमेठने के लिए एक अदद गधा मिलता हूँ।'

'गधी तो मैं हूँ, रात-दिन खटती हूँ, फिर भी सबकी बुरी।'

'ठीक कहती हो, निठल्ला तो मैं ही हूँ।'

बेटे को एकाएक ध्यान आया 'पापा कहाँ हैं?'

वह उठकर बाहर तक गयी। कुछ देर बाद लौटी, 'वे अपने कमरे में किवाड़ बन्द किये बैठे हैं। मुझे लगता है, बहाना सोच रहे थे।'

'बस करो। अपनी गलती भी माना करो।'

वह पैर पटकती हुई चली गयी।

अगले दिन जब वे लोग सो रहे थे तो रामानन्द बाबू ने कार निकाली और अपना सामान भरा और चले गये। एक नोट छोड़ गये कि 'मैं जानता हूँ, जो मेरा सुख है, वह मेरा है। आप सबका सुख अपना-अपना है। बेहतर यही है हम एक-दूसरे के लिए भार न बनें। जहाँ तक नन्हीं की शादी और बेटे की पढ़ाई का सवाल है, उसके बारे में मुझे अपना कहा याद है। सवाल तुम्हारा और तुम्हारे परिवार के गुज़ारे का है। उसके बारे में मैं चाहूँगा, तुम कमाने का जुगाड़ करो। मैंने बहुत कोशिश की, तुम अपने भाइयों की तरह पढ़ लो, लेकिन सम्भव नहीं हो सका। मैंने काम कराने की भी कोशिश की। या तो तुम्हारा मन नहीं लगा या फिर तुम्हारे भाग्य ने

साथ नहीं दिया। मैं यही कह सकता हूँ—बरकत अपने परिश्रम से ही होती है। उससे सारे परिवार के लोगों में आत्मविश्वास बढ़ता है। मैं जानता हूँ, मेरी बातों से तुम्हें दुख होगा। पर यह स्थिति मेरे मरने के बाद आती, अच्छा है मेरे रहते ही आ गयी। मैं यही कह सकता हूँ कि जो थोड़ा-बहुत सम्भव हो सकेगा, तुम्हारी सहायता करता रहूँगा, लेकिन उस सहायता से ज़िन्दगी नहीं सँवर सकती। बीच-बीच में बच्चों को देखने आता रहूँगा। तुम भी जब चाहो, बिना रोक-टोक आ सकते हो। आख़िर मेरे अंश हो। हाँ, यह कार ले जा रहा हूँ। यह भी मैं तुम्हें दे दूँगा, जब चाहे ले आना। सुखी रहने के लिए स्वतन्त्रता भी ज़रूरी है।' आगे लिखा था—तुम्हारे पिता रामानन्द। इस नोट ने खलबली मचा दी थी। बच्चे हतप्रभ रह गये थे। बाबा कहाँ चले गये। बेटी ज़्यादा लाडली थी। वह कई दिन तक स्कूल से आते ही रोने लगती थी। बाबा के पास जाऊँगी। बेटा समझदार था वह बीच-बीच में पूछ लेता था, बाबा कहाँ गये, कब आयेंगे? पिता चुप रहते थे। माँ झुँझला पड़ती थी। मुझसे पूछकर थोड़े ही गये या मैंने भगा दिया। पिता कुछ कहते-कहते रुक जाता था। रंजन काम के चक्कर में सुबह निकल जाते थे, शाम को थके लौटते थे। किसी-न-किसी बात पर पति-पत्नी की कहा-सुनी हो जाती थी। बच्चे डर के मारे दुबक जाते थे।

एक दिन पत्नी ने कहा, 'क्या कार पिताजी को दान कर दी? वे दोनों मस्ती काट रहे होंगे।'

'अपनी ज़बान पर काबू रखो। मैं कौन हूँ दान करनेवाला? उन्होंने ही हमें मकान दान दिया, कार भी उन्हीं की है। मैं माँगने जाऊँ? लाओ कार।'

'उन्होंने लिखकर दिया है। अगर उन्हें खयाल नहीं कि अपने लिखे का सम्मान करें तो क्या हमें नहीं चाहिए कि उनकी बात रखने के लिए ही जाकर ले आएँ?'

'ओह, अच्छा तो आप सब उनके सम्मान के लिए कर रही हैं। दरवाज़ा भी उनके सम्मानार्थ ही दिखाया था, मकान और कार तो खैर सम्मान रखने के लिए स्वीकार किये ही हैं।'

बात बढ़ती गयी। यहाँ तक बढ़ी कि बच्चे डर के मारे रोने लगे।

रात भर मियाँ-बीबी के बीच बात नहीं हुई। सुबह भी अनबोला ही सा रहा। खाना लग गया। भूख नहीं। अब तो मिल रहा है जब मिलना बन्द हो जायेगा तो भूख लगे तो क्या, न लगे तो क्या। पति गुस्से में उठकर चला गया। पत्नी बड़बड़ाती रही, 'गुस्सा बला का...काम धेले का...' फिर बिना वाक्य पूरा किये रोने लगी। पति सीधा पिता जी के पास गया। उसे देखकर वे खुश हुए, 'अच्छा हुआ, तुम आ गये। कई दिन से तुम सबकी याद आ रही थी। बच्चे-बहू कैसे हैं।' वह 'हूँ हाँ' करता रहा।

'क्या बात है? चुप क्यों हो?'

'बोलने को बचा भी क्या है?' उन्होंने बेटे की तरफ देखा।

''घटनाएँ नदी में उठती लहरों की तरह होती हैं। आईं और गयीं। तुम लहरों

को पकड़कर बैठे नहीं रह सकते। क्योंकि वे स्वतन्त्र हैं। अगर रुक जायें या बँध जायें। सब कीचड़ के अधीन हो जायेंगी। बहना बन्द हो जायेगा। सड़ान्ध आने लगेगी। इसलिए बहते रहने दो। बहने देने से मन की सफाई भी रहेगी।' वे उठे अन्दर गये और कार की चाबी उसे सौंपते हुए कहा, 'तब से खड़ी है। सर्विसिंग करा दी थी। लेते जाओ। काम आयेगी।'

'चलेगी तो वहाँ भी कितनी। पहले खाना, फिर कहीं आना-जाना।'

'ये भी रख लो।' उन्होंने धीरे से और लोगों की आँख बचाकर उसे कुछ दिया। उसने मना करना चाहा। वे बोले, 'बाद में बात करेंगे। बच्चों और बहू को ज़रूरत के समय निकालकर देना। सामान बद्री पड़चूनिया दे दिया करेगा। मैंने कह दिया है।' वह कुछ देर बैठा, फिर बोला, 'मोटरसाइकिल यहीं छोड़े जा रहा हूँ ,बाद में आकर ले जाऊँगा।'

मैडम आ गयी थीं, वे बोलीं, 'जाओगे कैसे?'

पिताजी बोले, 'हाँ, ठीक है जाओ। देर करने से क्या लाभ।'

वह सीढ़ियों से उतरता चला गया। मैडम ने ऊपर से नीचे झाँका। वह कार निकाल रहा था। घूमकर देखा। रामानन्द बाबू शायद बाथरूम चले गये थे। वे बाथरूम के पास जाकर बोलीं, 'वह कार ले जा रहा है।' पहले दो बार तो उन्होंने जवाब नहीं दिया, फिर कहा, 'आता हूँ...'

'बाद में क्या खाक आओगे।' तब तक वे बाथरूम से निकल आये, 'कहिए, क्या बात थी? बाथरूम को सकून और एकान्त की जगह माना जाता है। अगर वहाँ भी चिल्ला-चिल्ली होने लगे तो दुनिया पूरी तरह असुरक्षित हो जायेगी। मुझे बीच में आना पड़ा।'

'तुम्हारा लाडला कार ले उड़ा।'

'यह क्या कह रही हो? अगर वह कार लेकर उड़ गया तो यह एक बड़ा आविष्कार हो गया। उसे नोबेल पुरस्कार तक मिल सकता है।'

'इसका मतलब तुमने ले जाने दी है।'

'पहले यह बात बताओ, वह कार के साथ उड़ा कैसे? हवाई जहाज की तरह नाक ऊपर और पूँछ नीचे करके या हैलिकॉप्टर की तरह सीधा उठता चला गया?'

'तुम बातों की इस उलटफेर से क्या साबित करना चाहते हो? मैं क्या इतनी बेवकूफ हूँ?'

'मैंने इतनी-उतनी तो कुछ नहीं कहा... तुम चाहे इतनी समझो या उतनी। बस, यह ज़रूर है कि वह कार लेकर उड़ गया।'

'यह चकित करनेवाली बात है। कारों को तो सड़क पर चलते ही देखा है। हमारे लिए गर्व की बात है कि वह कार ले उड़ा।' मैडम काफी नाराज हो गयी थीं। वे क़दम पटकती हुई जाने लगीं तो रामानन्द बाबू ने उन्हें रोका और बैठने कि लिए

कहा, 'देखो, मेरी बातों की लज्जत से ही तुम मुझ पर प्रसन्न हुई थीं। वैसे मुझमें लज्जत की और तो कोई बात थी नहीं। जहाँ तक कार की बात है मैं कहकर आया था कि यह कार तुम ले जाना। वह लेने नहीं आया, मैंने ही आज उसे ले जाने के लिए कहा है। कृष्ण ने दुर्योधन से यही कहा था कि तुम्हें मेरी नारायणी सेना चाहिए या मैं स्वयं। तुम्हारे पास मैं हूँ और मेरा वह सब है जो उनका नहीं। अतः कार, मकान सब उनके लिए है। वे और मैं उसमें सालों-साल साथ रहे हैं। अब इस बारे में हम लोग बात न करें तो बेहतर है। मैं तुम्हारे पास आ गया हूँ, लेकिन न मैंने उन्हें छोड़ा और न उन्होंने मुझे। लेकिन साथ मेरा तुम्हारा ही है।'

'इसका मतलब...?'

'कुछ नहीं, सिवाय इसके कि रिश्ते अलग-अलग हैं। तुम पूर्ण पत्नी हो, वे बच्चे हैं, भले ही तुमसे उनका सीधा रिश्ता न हो, पर प्रकारान्तर से है। तुम्हारे अधिकार उनसे नहीं टकराते। मैं जानता हूँ कि मेरी उम्र तुम्हारे मन में असुरक्षा पैदा करती है। हम-तुम एक-दूसरे की सुरक्षा के प्रति प्रतिबद्ध हैं। जो मेरे दायित्व उनके प्रति हैं, वे तुम्हारे अधिकारों से कभी नहीं टकरायेंगे।' मैडम रामानन्द बाबू की बातों से चकरा गयी थीं। वे बोल तो नहीं पायीं, पर आँखों से आँसू टपकने लगे।

उसके बाद इस मसले पर कोई बात नहीं हुई। बस बीच-बीच में रामानन्द बाबू अपने बीच वाले बेटे के घर हो आते थे। पोती पूछती थी, 'दादू, आप पहले तो यहाँ रहते थे। अब क्यों नहीं रहते? हमें आपकी बहुत याद आती है।'

'तुम हमारे साथ चलो, नयी दादी के पास।'

'वे तो गन्दी हैं। आप यहाँ रहिए।'

'तो तुम्हें भी पता चल गया।' कहकर वे हँसे। उसके बाद उन्होंने आना कम कर दिया। सामान बद्री पड़चूनिया भिजवा देता था। बच्चों को खाने-पीने की परेशानी नहीं थी। बच्चों को इस बारे में कुछ पता भी नहीं था—कहाँ से आता है, या कौन भुगतान करता है। इसी बीच रामानन्द बाबू दोनों बच्चों के पास अमेरिका हो आये थे। लेकिन उनको वहाँ जाकर अच्छा नहीं लगा था। वे लोग स्वागत-सत्कार खूब करते थे, लेकिन न उनके मन की बात पूछते थे और न अपने मन की कहते थे। बस एक-एक बार दोनों ने अलग-अलग अपने मझले भाई और उसके परिवार के बारे में पूछा था। मैडम के बारे में न उन्होंने कुछ पूछा और न रामानन्द बाबू ने अपनी तरफ से कुछ कहा। सबसे छोटा बेटा जो भारत में साथ रहते हुए अपने को पिताजी का चमचा कहता था उसने भी उनसे कोई व्यक्तिगत बात नहीं की। हँसता था, पहले की तरह चुटकुलेबाजी करता था। यह बात अलग थी कि चुटकुले के जखीरे में अमेरिकन स्लैंग के और हिन्दुस्तानी नज़रिए से फाहशा चुटकुले जुड़ गये थे। इस मामले में रामानन्द बाबू स्वयं रसिक थे और मजा लेते थे। इसलिए उनका मन उसके पास लगता था। बड़ा एक तो सबसे बड़ा था दूसरे गम्भीर था। छोटे की जोकरी

की बातें सुनकर दूसरी तरफ मुँह करके मुस्कराता रहता था। छोटा सब कुछ कहने के बाद अन्त में एक वाक्य जोड़ देता था। 'बड़े भैया बुरा न मानना। अब आप हिन्दुस्तान से बाहर हैं।' यह तभी होता था जब वे एक शहर में इकट्ठे होते थे। वैसे उन लोगों की रिहायश लगभग 300 किलोमीटर के अन्तर पर थी। जब वे छोटे बेटे के मेहमान थे तो एक दिन उसकी पाँच साल की बेटी दबे पैर उनके पास आकर बैठ गयी थी। पहले पूछती रही थी 'दादू, आपका इंडिया कैसा है? क्या हमारे अमेरिका जैसा?' वह अंग्रेज़ी बोलती थी। हिन्दी के चन्द शब्द जानती थी।

'इंडिया तुम्हारा भी तो है।'

'नो, मेरा कैसे हो सकता है। मैं तो यू एस बोर्न हूँ।'

'लेकिन तुम्हारा घर तो इंडिया में है। तुम्हारे बीच वाले अंकल हैं। भैया है, दीदी हैं। दादी हैं।'

'नो दादी, दादी तो गॉड के पास हैं।' रुककर बोली, 'दादू, मे आई आस्क वन थिंग?'

'वन थिंग?'

'हाँ, पूछो।'

'डू यू हैव न्यू वाइफ?'

'शी इज योर ग्रांड माँ।'

'नो शी इज नॉट, शी इज योर वाइफ इजन्ट इट?'

'यस, आई एम योर ग्रांड पा, नेचुरली शी इज योर ग्रांड माँ।'

'नो वे, देयर वाज ओनली वन ग्रांड माँ नाउ शी इज नो मोर। दैट इज इट।'

उनका मन खट्टा हो गया था। उनके अपने बच्चों के दिल में तो उनकी खुशी और रंज के लिए कोई गुंजाइश नहीं बची थी। इन लोगों ने अपने बच्चे के दिल में भी उनके प्रति विकर्षण पैदा कर दिया। बच्चे क्या जानें—कौन दादी है कौन दादा। माँ-बाप ने यह भी बता दिया कि उनकी दादी गॉड के यहाँ रहती है। कहीं बच्चे भूले से भी न समझ लें कि एक वह भी दादी है जो ज़मीन पर रहती है। उन्हें याद आया, जब वे बड़े हुए तो उन्हें पता चला था कि जिन्हें वे माँ कहते रहे हैं, वे उनके पिता की दूसरी पत्नी हैं। लेकिन कभी किसी ने यह नहीं कहा कि यह तुम्हारी माँ नहीं, तुम्हारे पिता की पत्नी मात्र है। कभी-कभी आस-पास वाले या दूर पास के रिश्तेदार पूछते थे कि तुम्हारी यह माँ प्यार करती है या नहीं? उनकी समझ में नहीं आता था कि वे यह क्यों पूछते हैं? वैसे भी रामानन्द अधिक समय अपने दादा के साथ ही रहते थे। इसलिए उनको माँ के प्यार करने या न करने का अन्तर ज़्यादा मालूम नहीं था। वे लोग हो सकता था इससे भी ज़्यादा बात करते, पर उनके दादा का इतना दबदबा था कि लोग डरते थे कि उनको पता चल गया कि बच्चे से दोराहयत भरी बातें करते या उसे सिखाते हैं तो कहर बरपा हो जायेगा। हो सकता है यही

आधुनिक और विलायती संस्कृति हो कि सब कुछ जानना बच्चों का भी उसी तरह अधिकार हो जैसे आजकल एक 'सुभिक्षा' नामक मॉल के विज्ञापन में काम करने वाले मॉडल्स 'बचत मेरा अधिकार है' कहकर उसका प्रचार करते हैं। उसके बाद से उनका मन उखड़ने लगा था। वे समझ गये थे अपनापन ढूँढना मृगतृष्णा है। वहाँ से यहाँ तक इतनी दूर दौड़े पर सब जगह सेंमल की रूई के जंगल मिले। चलो वहीं चलो वहाँ के जंगलों से पहचान तो है, भले ही वे भी सेंमल के हों। उसी दिन से उन्होंने जाने की खटखटाहट शुरू कर दी। बेटों का यही कहना था कि अभी तो वीज़ा एक महीने और सार्थक है वहीं जाकर क्या करेंगे। वे यही कह देते कि वीज़ा का क्या उसे तो जब तक चाहें बढ़वाया जा सकता है। लेकिन ठहरना निरर्थक होता जा रहा है। तुम लोग इस बात को मुझसे ज़्यादा अच्छी तरह समझते हो। तुम लोग जब कभी देश आते हो तो हफ़्ता दस रोज़ के लिए। सैर-सपाटा, घूमना-फिरना उबा देता है, घर नहीं उबाता। हर जगह से घर की तरफ एक सीधा रास्ता जाता है। जहाँ रास्ता नज़र आया घर सामने आ खड़ा होता है। इशारे से बुलाता हुआ। उसका निमन्त्रण आप ज़्यादा समय तक टाल नहीं सकते। सब अपने घर की दुहाई देते हैं। कुछ लोगों के लिए तब कुछ भी कहना मुश्किल हो जाता है जब दूसरों की नज़र में उस घर की पहचान नगण्य हो।

दो-चार ही दिन बाद वे वहाँ से चल दिये थे। उनको भी उस बेगानेपन से राहत मिली थी और उन लोगों को भी लगा था—अच्छा हुआ कि .खुशी-.खुशी अपने घर चले गये, कोई विपरीत स्थिति उत्पन्न नहीं हुई; क्योंकि कई बार नयी और अजनबी धरती भी असामान्य स्थितियों का कारण बन जाती है। नयी धरती का असर अपनों पर भी उतना ही होता है जितना परायों पर। सब पहचान भर का अन्तर होता है। पहचान में अजनबीपन का अहसास ज़्यादा चोट करता है। वे हवाई जहाज की बढ़ती ऊँचाई के साथ-साथ इस तरह की बातों की गहराई में ज़्यादा और ज़्यादा डूबते गये थे। कभी-कभी बीच में सिर उठाकर बाहर देखते थे तो एक अजनबी-सा आकाश अपने चारों तरफ घिरता नज़र आता था। वे चकित थे कि इतने विस्तृत आकाश में रेगिस्तान की तरह न कोई लैंडमार्क यानी पहचान है, जैसे अपनी ज़मीन पर होती है, जिससे पता चलता रहता है, इधर से मुड़ना है या उस दिशा में घर है वगैरह-वगैरह। यहाँ न किसी का कोई घर है और न रास्ते हैं। निचाट आसमान है। जिसमें इन्सान की बनायी एक इस्पाती चिड़िया उड़ रही है। उस पर उन जैसे लोग हैं जिनका गन्तव्य कलपुर्जे तय कर रहे हैं। उन्हें पहली बार लगा कि उनकी वह दुनिया भी उतनी ही अकेली हो गयी जितना अकेलापन इस विशाल आकाश ने अपने चारों तरफ बुना हुआ है। देश पहुँचकर अकेलेपन का वह अहसास और गहरा हो गया। कहाँ जाना है? यह सवाल कोई मायने नहीं रखता था। दो घर वे देख आये थे जहाँ बेगानापन उस विदेशी धरती की तरह ही फैला पड़ा था। यहाँ भी अपना कहा जानेवाला घर

अब मँझले बेटे और बहू के पास था। पहले बच्चे दादू-दादू कहते हुए अपनों से ज़्यादा अपने थे। अब वे उनके हो गये थे। रिश्ता था जो माता-पिता द्वारा अपनी तरह व्याख्यायित हो चुका था। अब मैडम का ही घर था जिसे वे आश्रय सदन कहते थे। आश्रय सदन चाहे जितना भव्य हो या अपने से अपने का हो, वह अपना उतना ही होता है जितना अधिकार मालिक सौंपता है। उसमें भी हस्तक्षेप रहता है। यह अनुभव दोनों बेटों के घर जाकर भी हुआ था और यहाँ पर मँझले बेटे के संग भी हुआ था और मैडम के आश्रय सदन में रहते हुए भी हो रहा था। जब आश्रय सदन पहुँचे तो मैडम ने उनका मुस्कुराकर स्वागत किया। वे स्वयं ही अपना बैगेज घसीटते हुए ले गये। उस घर में उनका बेटा ले जाता था। उन्होंने पूछा, "वहाँ सब कैसे हैं?" हालाँकि वह उन सबको नाम से ही जानती थीं।

"सब मजे में हैं। यह तो पुरानी मान्यता है कि स्वर्ग में पहुँचकर नर्क की यातनाएँ याद नहीं आतीं।"

हँसकर बोली, "आपको याद आयी या नहीं?"

"मैं तो अभी नर्क का ही बाशिन्दा हूँ, अगर स्थायी निवासी बन गया होता तो शायद न आतीं।"

"इसीलिए एक महीने से पहले चले आये?" यह बात उन्हें अच्छी नहीं लगी। "नहीं, इस उम्र पर पहुँचकर आदमी दुइमना हो जाता है। न यहाँ का रहता है, न वहाँ का।" मन-ही-मन सोचा यहाँ भी वही सवाल है वहाँ से भी इसी सवाल को सुनकर आया हूँ। अभी तो एक महीना पड़ा है। फिर हँसकर बोले, "इस मुकाम पर पहुँचकर दिन और महीने में कोई फ़र्क नहीं रहता। कभी पल भी सालों जैसा लगता है और कभी पूरा वक्त पल में बदल जाता है।" मैडम समझ गयीं रामानन्द बाबू थके और हलकान हैं। अन्दर-बाहर दोनों तरफ से। वे बोलीं, "चलिए, फ्रेश हो लीजिए। रिलैक्स हो जायेंगे।" उन्होंने हूँह किया और बैगेज को अनावश्यक वजन की तरह घसीटते हुए चल दिये।

वे सामान्य नहीं हो पा रहे थे। एक दिन उन्होंने कहा, "मैं कभी किसी के आश्रय में नहीं रहा। उलझन होती है। अच्छा हो, हम अपना घर अलग ले लें।"

"पैसा कहाँ से आयेगा?"

"उसकी फिक्र करने की तुम्हें ज़रूरत नहीं।"

मैडम ने अपने घर में जिक्र किया। उनका कहना था कि हारी-बीमारी है इसलिए अपने पास कोई हो तो ठीक रहता है। अगर वे चाहें तो तीसरी मंजिल बनवा लें। ज़मीन का पैसा बच जायेगा, सिर्फ घर के निर्माण पर खर्च होगा। इस प्रस्ताव पर वे कई दिन तक सोचते रहे। उनके मन में एक ही सवाल था कि मैडम का परिवार बहुत बड़ा है। हर समय उनका हस्तक्षेप रहेगा तो ज़िन्दगी और दूभर हो जायेगी। इस बात का जब मैडम के घरवालों को पता चला तो उन लोगों ने कहलवाया कि

बिना उनकी इजाज़त उनके हिस्से में बच्चा भी पाँव नहीं रखेगा। मकान बनना शुरू हो गया। उस हिस्से का नक्शा एकदम बदला हुआ और आधुनिक था। जब प्लास्टर की स्टेज आयी तो एक दिन मैडम ने कहा, "मेरे मन में बैठे-बैठे एक बात आयी। अगर आप नाराज न हों तो मैं कहूँ।" उन्होंने इशारे से 'हाँ' कर दी।

"तीनों बेटों में से कोई भी कह सकता है कि हमारे पापा का बनाया हुआ घर है इसलिए हमारा भी अधिकार है।"

"मैं जानता था यह सवाल उठेगा, सो उठ गया। उसका इन्तजाम हो जायेगा।"

"क्या?"

"शायद तुम ज़्यादा उतावली हो।" मैडम झुँझलायीं "आख़िर मेरे घरवालों की ज़िन्दगी भर की कमाई इस घर में लगी है।"

"और मेरी?" वह रोने लगी। वे उठकर चले गये। भाई चुपचाप आया और इशारे से पूछा, "क्या हुआ?"

उसने गर्दन हिला दी—अभी कुछ नहीं।

वे उस दिन पूरी तरह खामोश रहे। मैडम दो-तीन बार कमरे में आयीं-गयीं। लेकिन वे अपने काम में लगे रहे। उसने जानने की कोशिश भी की। उन्होंने कोई ख़ास सन्तोषजनक उत्तर नहीं दिया। दो दिन बाद सवेरे उठते ही बोले, "दस बजे तैयार हो जाना। चलना है।"

"कहाँ?"

"पता चल जायेगा।" वे फिर ख़ामोश हो गये।

मैडम को काफी देर तक समझ में नहीं आया—कहाँ जा रहे हैं। रामानन्द बाबू का मूड देखकर पूछने की हिम्मत नहीं पड़ी। जब गाड़ी रजिस्ट्रार आफिस के सामने रुकी तो मैडम की समझ में कुछ आया। वे फिर भी चुप रहीं। रामानन्द बाबू का वकील कागज-पत्र लिये इन्तज़ार में खड़ा था। वे उतरे, उसके पीछे-पीछे चले गये। रजिस्ट्रार उन्हें देखकर खड़ा हो गया, "आइये सर, मैं आपके नीचे 1970 में काम कर चुका हूँ।" उन्होंने अपना बड़प्पन रखते हुए बड़े सलीके से हाथ मिलाया, "इतने ज़माने के बाद आपसे मिलकर बहुत ख़ुशी हुई।" वकील ने रजिस्ट्रार के आगे कागज बढ़ा दिये—'साहब की विल है। रजिस्ट्री होनी है।' उसने पढ़ी और साहब और मैडम की तरफ देखा। साहब बोले, "ये मेरी पत्नी ही हैं, इसमें शक की कोई गुंजाइश नहीं।" उसने गर्दन झुका ली। आधा घंटे में काम निबट गया। वे बाहर आये, वकील से हाथ मिलाया और गाड़ी में बैठ गये। रास्ते में पूछा, "विल में आपने क्या लिखा?"

"यह तो मेरे मरने के बाद ही खुलेगी।" फिर रुककर कहा, "तुम्हारी और तुम्हारे घरवालों की सब शंकाओं का समाधान है। जब तक तुम हो, मेरा सब कुछ तुम्हारा ही रहेगा। तुम्हारे बाद जो बचेगा बँट जायेगा। हालाँकि उसके बाद बचेगा, कहना कठिन है। मकान का जो हिस्सा मैंने बनाया है। उस पर जो खर्च आया है

उसका ब्यौरा विल में दिया है। उतना रुपया तुम्हारे घरवाले बच्चों को देकर मकान के मालिक हो जायेंगे। तुम अगर किसी बच्चे को गोद ले लोगी तो मकान उसके नाम कर सकती हो।"

"'आपने यह क्या किया? मेरी खिदमत का मेरे घरवालों को यह दंड मिलेगा।"

"तुम मेरी पत्नी हो..."

"मेरे घरवालों ने मकान बनाने की मंजूरी दी। हम उनसे दाम लेंगे। जो बच्चे आपसे कोई ताल्लुक नहीं रखते उनमें उस पैसे को बाँटेंगे। यह तो उनके लिए सज़ा हो गयी। यह घर दोनों परिवारों के बीच झगड़े का सबब ऊपर से बना रहेगा।"

रामानन्द बाबू ने मैडम की तरफ देखा, "तुम क्या चाहती हो?"

"मैं कुछ नहीं चाहती। अगर आप पहले बता देते तो हम यहाँ घर न बनाकर कहीं और बना लेते । आप उसे जिसे चाहे दे देते। अब मैं उनको क्या मुँह दिखाऊँगी।"

वे हँस दिये, "मैंने यह मकान तुम्हारे नाम किया है। तुम जिसे चाहे देना। मैं केवल जानना चाहता था कि मेरे प्रस्ताव पर तुम्हारी क्या प्रतिक्रिया होगी। यही सम्भव थी। जब वसीयत आ जायेगी तो तुम पढ़ लेना।" रास्ते भर एक अजीब-सी ख़ामोशी दोनों के बीच पसरी रही। घर लौटकर बाकी लोगों ने पूछा भी, लेकिन मैडम को लगा बताने के लिए उनके पास कुछ नहीं है। वह न यह कह सकती है, न वह। त्रिशुंक की तरह वे लोग अधर में लटके थे।

वसीयत आ गयी। रामानन्द बाबू ने उस वसीयत में लिखा था—शादी अब एक सौदा है वह चाहे किसी उम्र में हो। लेकिन उम्रदराज़ पति को कमउम्र पत्नी को कई तरह का हर्ज़ाना चुकाना पड़ता है। भावना से लेकर साख तक सबकी कुर्बानी। आदमी अन्दर से बाहर तक टुकड़ों-टुकड़ों में बँट जाता है। अगर पहले शादी हो चुकी हो तो पूर्व पत्नी की बची-खुची स्मृति, बच्चों का प्यार और उनके अधिकारों के सवाल, अपने मन के नये बन्धन, उनसे जुड़े अन्य सम्बन्ध, इन सबके चलते अपने मन का सन्तोष और अच्छे-बुरे भाव। इन सबका बिखराव मनुष्य की सम्पूर्णता भंग कर देता है। लेकिन जब गले से वजन लटका लिया तो फिर उसके नीचे दब मरने या उसे ढोते जाने के अलावा दूसरा रास्ता नहीं बचता। अब तो आदर्श स्थिति यही है कि कम-से-कम तनाव के साथ जिया जाये। ज़्यादा-से-ज़्यादा अपने को देने की मुद्रा में बनाकर रखा जाये। लेते रहोगे तो रखोगे कहाँ? वह तो जिम्मेदारी बढ़ाना हुआ ना। मैंने अपनी पत्नी को प्यार किया, बच्चों को प्यार किया, लेकिन हमेशा लगा—मैं बँध गया हूँ। बँधना मुझे कभी नहीं भाया, पर निभाया। पत्नी नहीं रही, उसने स्वयं जाने का तय किया। मुझे हर स्त्री के बारे में महसूस होता है कि पति पूरी तरह विश्वसनीय नहीं होता। वह तो बिल्कुल ही नहीं जो ज़रा भी स्वतन्त्रचेता होता है। जब उम्र बढ़ने लगती है तो और भी ज़्यादा असहनीय हो जाता है। वह यह क्यों नहीं समझती कि उसके साथ-साथ आदमी की भी उम्र बढ़ती है। आदमी और औरत का विचित्त सम्बन्ध होता है। आदमी पत्नी

की किसी रिश्तेदार स्त्री से बात करता है तो उसकी नज़रें शक के इर्द-गिर्द घूमने लगती हैं। आदमी और भी ज़्यादा शक्की होता है। अगर पत्नी अपने भाई या बहन पर ज़रूरत से ज़्यादा ध्यान देती है तो पति उपेक्षा की आग में जलने लगता है। मैं सामाजिक जानवर की उम्र के इस मुकाम पर अकेला रहना बर्दाश्त नहीं था इसलिए नया रिश्ता बना लिया। उसका नतीजा...कोई उनका अपना नहीं बना। साथ में पत्नी के अपने सब रिश्ते भी जीवित अवस्था में साथ आये। अपने बेटों और उनके परिवारों को खोया। मैं कहाँ हूँ? यह सवाल मुझे और ज़्यादा अकेला कर रहा है। लेकिन मुझे उसका ख़ामियाज़ा भुगतना है। इसलिए मैं सब कुछ यह मकान, नकद, एफ डी आर अपनी नयी पत्नी को सुपुर्द करता हूँ। मेरे बच्चों ने ही जब न चाहते हुए मुझे मैडम को सुपुर्द कर दिया जबकि मैं उनका बाप हूँ तो मुझे यह सब जो निर्जीव पर सक्रिय है छोड़ने में क्या लगता है। उसे सन्तोष होगा, उसका त्याग सकारथ हुआ। इस सबके बाद मैडम के पास उस सबकी तफसील थी जो रामानन्द बाबू की सम्पत्ति थी। अन्त में अपने बच्चों और पत्नी की मृत आत्मा से क्षमायाचना की थी। फिर अन्य औपचारिकताओं का इन्दराज था। यह भी लिखा था जब तक मैं जीवित हूँ उपर्युक्त सब कुछ उनके अधिकार में रहेगा।

जिस रोज़ वे मरे, वे अपनी ज़िन्दगी का नवां दशक पार कर चुके थे। उनका स्मरण तन्त्र फेल होने लगा था। जब उनके मँझले बेटे ने उनसे कहा कि बड़े भैया हमें छोड़ गये। पहले तो उन्होंने सुना नहीं। जब दोबारा कहा तो बोले, "वह तो पहले ही चला गया था। मुझसे कहकर गया था। मैं जा रहा हूँ। वह कह रहा था—मेरे साथ वहीं चलिए, यहाँ तो हम कुछ सेवा नहीं कर पाएँगे। वहाँ करेंगे। देखो, क्या होता है।"

उस दिन पहली बार मंझले बेटे को लगा कि पिता जी के हाथ से ज़िन्दगी की डोर फिसल रही है। उसने अपने आपसे कहा भी कि चुनाव तक ये इस डोर को सँभाले रहें। वरना इस बंदिश में मुर्दाघाट तक ले जाना मुश्किल है। उसने उनका ध्यान बँटाने के लिए कहा भी—"पिता जी चुनावों में इस बार कमीशन ने बहुत सख़्ती की है। यहाँ तक कि एमर्जेन्सी में भी आप बिना इजाज़त के वाहन सड़क पर नहीं निकाल सकते।" वे हँसे, "तो क्या हुआ? मैं तो उसी दिन चला गया था।"

"किस दिन?" उन्होंने उसके सवाल का जवाब नहीं दिया। थोड़ी देर बाद बोले, "अभी चल सकता हूँ। इतने दिन से इन्तज़ार कर रहा हूँ। सब जा रहे हैं, मुझे ही कोई ले जाने को तैयार नहीं।" मैडम आ गयीं। वे बोलीं, "बेसिर-पैर की बातें करते रहते हैं। सुनते-सुनते कान पक गये। कभी अपने बड़े बेटे के बारे में कहते हैं, कभी ...अब क्या कहूँ, देर हो गयी, अब घर जाओ।"

तब तक वे जा चुके थे। सवेरे पाँच बजे ले जाकर जला देने के सिवाय कोई रास्ता नहीं था।

लेकिन बच्चा कहाँ है?

वह बच्चा कहाँ है? है भी या नहीं? अब कितना बड़ा होगा? कैसा लगता होगा? उसकी शक्ल अपने पिता या दादा से मिलती होगी या उसने अपने ननिहाल की शक्ल के साथ साम्य बैठा लिया होगा? हालाँकि शक्लें इतनी आसानी से बदली नहीं जातीं। ज़िन्दगी भले ही बदल जाए। ये सब बातें उस बच्चे के बाबा-दादी अपनी-अपनी तरह से सोचते रहते थे, पर कोई किसी से ज़िक्र नहीं करता था। दादी ज़रूर कभी-कभी जन्मदिन पर कह देती थी कि अब हमारा बच्चा चार साल का हो गया होगा। पता नहीं, कैसा होगा? तीज-त्यौहार पर याद आ जाती थी। दादा हूँ हाँ कर देते थे या कह देते थे—अब क्या याद करना जब कुछ किया ही नहीं जा सकता। वे लोग घर ही छोड़ गए। दादी का मन दुख जाता था—अगर कुछ कर नहीं सकते तो क्या याद करना भी गुनाह है। दादा घुटती-सी आवाज़ में कहते—राम नाम की तरह करना चाहो तो याद करती रहो। राम राम रटने से राम नहीं आता, यह तो बच्चा है। बच्चे का पिता बाहर रहता था। अपने बच्चे के बारे में क्या सोचता था इस बारे में उन लोगों को कोई अनुमान नहीं था। अनुमान तो था, लेकिन पता नहीं था। पिता है तो सोचता ही होगा। जब कभी मिलता था तो अपने आप ज़िक्र नहीं करता था। माँ भूले-बिसरे पूछ बैठती थी—'तुझे कभी बेटे का ध्यान आता है?'

'क्या ध्यान आएगा जब देखा ही नहीं। आप लोग तो अस्पताल में जाकर देख भी आए थे। अच्छा ही हुआ, देखा नहीं...देखे का दुःख है...खैर, जो हुआ, अच्छा ही हुआ।'

बात बड़े अटपटेपन के साथ ख़त्म हो जाती थी। किसी को पता नहीं रहता था कि उसके बाद किसके मन में क्या हो रहा है। कौन क्या सोच रहा है। उसके बाद बातों का सिलसिला काफ़ी देर तक टूटा रहता था। किसी को उस समय तक बात का सिरा नहीं मिलता था जब तक कोई बाहरी हस्तक्षेप न हो जाए। यानी कोई आ न जाता या कहीं जाना न पड़ जाता हो। जिन लोगों को बच्चे के बारे में मालूम था, वे भी इस बारे में कम ज़िक्र करते थे। करते भी थे तो यह जानने के लिए कि कहाँ क्या स्थिति है। दरअसल बच्चा पिता के घर तो जन्मा नहीं था। गर्भ धारण के तुरन्त बाद ही रीता अपने पीहर चली गई थी। नौ महीने में से साढ़े

सात महीने वहीं पूरे हुए थे। जब बच्चे के जन्म की सूचना उन्हें मिली थी तो वह तीन-चार दिन का हो चुका था। उस समय उसके दादा उसे देखने गए थे। जब वे पहुँचे तो उसी दिन शाम को जच्चा बच्चे की अस्पताल से छुट्टी होनेवाली थी। दादी ने उसे देखकर कहा था, 'देखिए, यह तो एकदम वैसा ही है जैसा जन्म के समय रंजन लगता था। ठीक वैसे ही अपने होंठ सिकोड़ता है।' दादा हँस दिए थे 'अभी से शक्ल का क्या पता चलेगा, जैसे-जैसे बड़ा होगा वैसे-वैसे शक्ल बदलेगी।' फिर धीरे से कहते, 'सीरत भी।'

जाने को रंजन का मन भी था। इस सवाल को लेकर कि रंजन को वहाँ जाना चाहिए या नहीं—गहराई से विचार-विमर्श हुआ था। हालाँकि इस सवाल पर विमर्श तो विमर्श, विचार करने का भी सवाल नहीं उठता था। पिता नहीं जाएगा तो कौन जाएगा। लेकिन कई बार स्थितियाँ अविश्वसनीय की हद तक अविश्वसनीय हो जाती हैं।

रंजन की तरह रीता का भी पहला वैवाहिक सम्बन्ध समाप्त हो चुका था। रंजन और उसके माता-पिता सब चाहते थे कि तलाकशुदा लड़की से ही शादी हो। जब लड़की के पिता से बात हुई तो रंजन के माता-पिता इसी बात से खुश हो गए कि वैसी ही लड़की मिल रही है जैसी वे चाहते थे। उन्होंने केवल इतना ही पूछा कि तलाक का क्या कारण था? उन्होंने जो जवाब दिया तो उसे आरम्भिक अविश्वास की जगह इस विश्वास के साथ सुना कि जो वे कह रहे हैं, सच ही कह रहे होंगे। लड़की के माता-पिता ऐसी स्थिति में वैसे ही दुःखी होते हैं। उनसे ज़्यादा खोजबीन करना उनके दिल को दुखाना होगा। बात-बात में उन्होंने बताया था कि वह लड़का एक बार लड़की को लेने आया लेकिन पता नहीं क्या हुआ कि आधी रात को चप्पल तक छोड़कर भाग गया। यह बात खटकी तो ज़रूर पर उन्होंने बात इस अन्दाज से कही जैसे उसमें ही कुछ कमी थी। वह लड़की का सामना न कर पाया हो। बल्कि उन लोगों ने शंकित होने की जगह उनकी बात का समर्थन ही किया कि उसे ऐसा नहीं करना चाहिए था। अगर कोई बात थी भी तो आप लोगों को बताकर जाना चाहिए था। उन्होंने भी बहुत ज़ोरदारी से कहा था—'जी हाँ, हमारा भी यही कहना था, अगर कोई बात है तो हमसे कहो। इस तरह भागना तो कायरता है। उन लोगों ने तलाक का दावा दायर भी किया तो हम खामोश रहे। ऐसे आदमी का क्या विश्वास जो आधी रात को चप्पल छोड़कर भाग जाए कि वह हमारे हक में फ़ैसला होने पर भी लड़की के साथ सम्मानजनक व्यवहार करेगा।' पता नहीं उस वक्त उन पर कौन-सा वशीकरण सवार था कि वे सब बातें या तो उनके सिर पर से गुज़र गई थीं या फिर भावातिरेक के कारण वे श्रवण शून्यता के शिकार हो गए थे। रंजन को भी लड़की पसन्द आ गई। शादी भी हो गई। यहाँ तक कि रंजन और रीता हनीमून भी कर आए। अकेले बेटे के माँ-बाप जितने खुश हो सकते थे, वे थे। आख़िर एक बार परिवार टूटने के पहले हादसे के बाद दूसरे गठबन्धन के सफल होने की सम्भावना

बनी थी। लेकिन इस बीच एक घटना ऐसी घटी कि सब सन्न रह गए। आँसुओं का एक दिन ऐसा विस्फोट हुआ कि लगा सारी खुशियाँ उन्हीं में समा जाएँगी। यह एक अप्रत्याशित घटना थी। यदाकदा घर की याद लड़कियों की आँखें गीली कर देती हैं। लेकिन रीता का तो अपना पीहर छोड़कर आने का दूसरा अवसर था। ऐसा लगा जैसे रोने का उसे दौरा पड़ा हो। काफ़ी देर बाद जब मामला कुछ सँभला तो बहुत पूछने पर उसने यही कहा—घर की याद आ रही थी।

रंजन की माँ ने बहुत पूछा, 'तुम्हें यहाँ कोई तकलीफ़ है? रंजन ने कुछ कहा?' वह गर्दन हिलाकर इनकार ही करती रही। घर की याद के अलावा जैसे कहने को कुछ और था ही नहीं।

कुछ ऐसी ही घटना चार-छः दिन बाद फिर घटी। रीता रंजन का नाश्ता बना रही थी तो गर्म तवे पर छन से पानी की-सी बूँद टपकी। पास में ही बैठे रंजन और उसकी माँ का ध्यान गया तो देखा कि वह परांठा बेलती जा रही है, रोती जा रही है।

रंजन की माँ ने पूछा, 'बेटी, तुम पहली बार रंजन के लिए नाश्ता बना रही हो और रो रही हो। तुम्हारा मन न हो तो मैं बना देती हूँ।'

वह बोली कुछ नहीं बस रोना जारी रहा। रंजन को शायद अच्छा नहीं लगा। वह बिना नाश्ता किए उठ गया। वह भी अपने कमरे में चली गई। घर में सन्नाटे के साथ-साथ तनाव का एक चन्दोवा-सा तन गया था। उस दिन उसने न अपने कमरे से बाहर क़दम ही रखा और न ही कुछ खाया-पिया। सबके मन में एक सवाल था कि क्या दूसरी बार भी वही ग़लती हो गई जो पहले हुई थी? उस लड़की ने तो रंजन से यही कहा था कि मेरे लिए तुम्हारे साथ पति-पत्नी की तरह रहना सम्भव नहीं है। यह भी क्या प्रकारान्तर से यही कहना चाहती है? यह सवाल घरवालों के लिए इतना परेशानकुन हो गया था कि न किसी को उठते चैन मिल रहा था न बैठते। रंजन के पिता स्वयं रीता के कमरे में गए तो शायद वह गहरी नींद में सो रही थी। उनके दरवाज़ा खटखटाने के बावजूद कोई जुंबिश नहीं हुई थी। ऐसा दो ही स्थितियों में सम्भव है या तो इरादतन कोई सो रहा हो या इतनी गहरी नींद में हो कि बेचने कि लिए कोई घोड़ा ही न बचा हो। वे लौट आए थे। किसी को नींद से जगाना उन्हें कभी अच्छा नहीं लगता था। रात को रंजन देर से अपने कमरे में सोने गया था। उसके जाने के लगभग घंटा भर बाद ही रीता की ज़ोर-ज़ोर से बोलने की आवाज़ आने लगी थी, 'मैं यहाँ नहीं रह सकती, मुझे अपने घर जाना है। मैं न यहाँ रो सकती हूँ, न हँस सकती हूँ। सब बातों पर पाबन्दी है। इस माहौल में रहना मेरे लिए मुश्किल है। मेरे मम्मी-पापा, भाई-बहन सब वहीं हैं। यहाँ मेरा क्या रखा है। मुझे कल ही जाना है।' उसकी माँ उठकर चलने को हुई तो पिता ने रोक दिया, 'तुम्हारा जाना ठीक नहीं, उन दोनों को आपस में सुलटने दो।' माँ परेशान थी, पिता खामोश ...'शादी को महीना भर भी नहीं हुआ और रोना-गाना शुरू हो

गया। क्या इस लड़के की ज़िन्दगी ऐसे ही गुज़रेगी?' उनकी समझ में कुछ नहीं आ रहा था कि क्या कहें। वे बोले, 'हमें इतनी जल्दी किसी फ़ैसले पर नहीं पहुँचना चाहिए।' रंजन उससे कह रहा था, 'यह तो पहले सोचना चाहिए था।'

'मुझे कुछ नहीं सोचना, मुझे घर जाना है।' लगभग एक बजे तक उसी तरह रुक-रुककर बातें होती रहीं जैसे रुक-रुककर गोलियाँ चलती हैं। एक बजे के क़रीब रंजन ने रीता के घर फ़ोन किया, 'रीता का यहाँ मन नहीं लग रहा है। आप इसे बुलवा लीजिए।' इतना कहकर फ़ोन रीता को पकड़ा दिया। वह शायद काफ़ी देर तक बात करती रही। हो सकता है, वे उसे समझा रहे हों। उस फ़ोन के बाद शान्ति हो गई। रीता का भाई तीसरे दिन आकर उसे ले गया था। केवल रीता ही खुश थी। रंजन ने उसके भाई को कहते सुना था 'यहाँ भी आपने वही सब शुरू कर दिया, इस तरह कैसे चलेगा? अतीत में जीने से क्या लाभ?' उसका मन हुआ अतीत का मतलब पूछे। लेकिन बात को बढ़ाने से क्या लाभ? उसने अपने को समझा लिया। घर भर में अच्छा-ख़ासा उचाटपन था।

उसके जाने के बाद बीच-बीच में एक-दो बार फ़ोन करके रीता को बुलाने के लिए कहा भी गया, लेकिन उधर से यही कहकर टाल दिया गया कि जल्दी ही विदाई का मुहूर्त निकलवाकर फ़ोन कर देंगे। एक-आध बार उधर से रीता की माँ की बीमारी का उल्लेख भी किया गया। उसी बीच पता चला कि वह गर्भवती है और पहला बच्चा पीहर में ही होने की परम्परा है इसलिए बच्चे के जन्म के बाद आना ठीक होगा। इस बात ने घर के सब लोगों के मन कुन्द कर दिए। गर्भवती होने और रंजन के परिवार को उसके उत्तराधिकारी मिलने का जो उत्साह होता वह देखते-देखते चूल्हे के सामने रखे गए मक्खन की तरह पिघल गया। इस बीच यह भी सुझाया गया कि फ़िलहाल उसको भेज दें जब समय आएगा उसके पहले बुलवा लीजिए। लेकिन उन लोगों का टाल-मटोल कर देना रंजन और उसके घरवालों के मन में कई ग़लत-सही सवालों को जन्म दे रहा था। कुछेक सगे-सम्बन्धियों की राय थी–बहू आपकी है। नाती आपका होगा, वे कौन होते हैं न भेजने का निर्णय लेनेवाले? दरअसल घर में कोई भी पहली वाली स्थिति की पुनरावृत्ति नहीं चाहता था। लेकिन अन्दर-ही-अन्दर एक अजब-सा तनाव और दूरी बढ़ रही थी। रंजन को इलाहम की तरह महसूस होने लगा था कि शायद पहली कहानी फिर दोहराई जानेवाली है। उसने मन एक तरफ कर लिया कि वह अब इस बारे में न कुछ सोचेगा और न फ़ोन करके उतावलापन दिखलाएगा। यह ज़रूर था कि पिता बनने का अहसास पिछली पत्नी का पत्नी बनकर न रहने की बात से उपजी आत्मविश्वासहीनता आत्मविश्वास में बदल रहा था। इस बात के लिए वह कहीं-न-कहीं रीता के प्रति अनुगृहीत भी अनुभव करता था। पिछली घटना के बाद यह जानते हुए भी कि ऐसा कुछ नहीं है जो वह कभी-कभी सोचता है, एक तरह की शारीरिक शिथिलता महसूस करने

लगता था। वह यही सोचने लगता था कि उसने भले ही अपने कारणों से पत्नी की तरह न रहने की बात कही हो, लेकिन अगर कहीं ऐसा वाक़ई हुआ; जैसा वह कभी-कभी महसूस करता है तो उसके पुरुष होने का अर्थ ही क्या रह जाएगा। जीवन के चार पुरुषार्थों में एक तो कम हो ही जाएगा। अहसास भले ही बचा रहे। सक्रियता के बिना अहसास पस्त ही अधिक करता है। अर्थ की भी जीवन में कितनी प्रासंगिकता रह जाएगी, कहना मुश्किल है। किसके लिए? मोक्ष को किसने देखा? जो यहाँ लोगों को सहज उपलब्ध है, वही नहीं मिलेगा तो अनजाने मोक्ष की तमन्ना कौन करे? अगर करे भी, जब सीढ़ी का पहला ही डंडा टूटा हो तो अन्तिम डंडे पर पहुँचना, राम भजो! उसका मन होता था कि जिस महिला ने सम्पूर्ण पुरुष होने के उसके अहसास को पुख़्ता किया उसे मनाकर ले आना ही उचित है। एक बार उसने रीता को फ़ोन भी किया। सबसे पहले उसने यही उलाहना दिया कि मैं इतनी जल्दी फँसना नहीं चाहती थी, तुमने फँसा दिया। मेरी ज़िन्दगी की गाड़ी यहीं रोक दी। उसके बाद उसका आगे बात करने का मन नहीं हुआ। उसने यही कहा, 'ठीक है, मिलेंगे तो बात करेंगे। अपना ध्यान रखना।'

वह तत्काल बोली, 'अब क्या ध्यान रखना है; जो होना था हो गया। तुम आज़ाद घूमो, मैं तुम्हारा किया-धरा भुगतूँ।' उसने फ़ोन रख दिया। बार-बार उसके मन में यही सवाल उठता था कि उसके और रीता की सोच में कितना अन्तर है। लेकिन वह अनुगृहीत है कि उसने माँ बनकर उसे सम्पूर्ण पुरुष होने का अहसास कराया। स्त्री की पूर्णता भी तो माँ बनने में होती है, रीता को ऐसा क्यों अनुभव नहीं हो रहा? क्या उसके लिए माँ बनना एक व्यर्थ की चीज़ है या बाधा है?

प्रसव के कोई महीने भर पहले रंजन के ससुर का फ़ोन आया कि रंजन जी को भेज दें, वे रीता को विदा कराकर ले जाएँ। सब चकित थे। यह अचानक परिवर्तन कैसे? ऐसे में काल्पनिक और नकारात्मक आशंकाएँ अधिक अंकुरित होने लगती हैं। बच्चा सही-सलामत है या नहीं? समय से पहले तो नहीं हो गया? इसमें कोई चाल तो नहीं? उन्होंने पूछा भी 'सब ठीक तो है ना?' उधर से यही जवाब आया—न ठीक होने की क्या बात है, आख़िर अपने पिता के घर है? जो बातें सामान्य से भी सामान्य होती हैं वे एकाएक कितनी असामान्य हो जाती हैं। सोच-विचार के कई सत्रों के बाद तय हुआ कि रंजन लेने जाए। लेकिन पूरी सावधानी के साथ। मोबाइल पर एक-एक क्षण की ख़बर देता रहे। ख़तरे की ज़रा भी बात नज़र आए तो फ़ौरन ख़बर दे। ये सब बातें रंजन को स्वयं बेतुकी लग रही थीं। क्या ख़तरा हो सकता है? वह अपने बच्चे की माँ को इतने दिन बाद लेने जा रहा था। उसने उसे पिता बनने का अवसर दिया। उस सबके बावजूद इतनी आशंकाएँ, इतनी वर्जनाएँ उसे डरा क्यों रही हैं? उसके पिता ने कहा तो कुछ नहीं, पर उनके मन में भी यह सवाल घूम रहा था कि रीता का पहला पति आधी रात को चप्पल छोड़कर क्यों भागा था?

रंजन की बुआ ससुराल से लगभग पचास किलोमीटर दूर दूसरे शहर में रहती थीं। वह उन्हीं के पास जाकर ठहरा। वे लोग पहले स्वागतार्थ तैयार थे। रीता के चेहरे पर रंजन से इतने दिन बाद मिलने के बावजूद तनाव था। रंजन ने पूछा, 'तुम्हें अच्छा नहीं लग रहा कि हम लोग इतने दिन बाद मिले हैं, वह भी ऐसे मौके पर?'

'अच्छा-वच्छा तो सब लग रहा है पर; यह जानलेवा वज़न...' पेट की तरफ इशारा किया।

रंजन तल्खी से बोला, 'यह क्या बोले जा रही हो...यह सौभाग्य की बात है या जानलेवा होने की?'

'मुझे नहीं चाहिए यह सौभाग्य, मेरी जगह तुम होते तो पता चलता। इससे तो मौत ही अच्छी रहती।' रंजन की समझ में नहीं आया वह क्या जवाब दे। खाना खाते वक्त भी उसके दिमाग़ में एक ही सवाल था—क्या हम दोनों की सोच में कहीं कोई गम्भीर कमी है? माँ बनने पर एक औरत का यह सब सोचना कहाँ तक स्त्रियोचित है? एक नई ज़िन्दगी के आगमन के सन्दर्भ में यह मौत की बात कितनी संगत है? एक बच्चे का जन्म ज़िन्दगी का प्रतीक होता है या मौत का? वह हँस-बोल रहा था, पर एक अनजाना भय धीरे-धीरे उसके मन में पाँव जमा रहा था। उसे अनायास महसूस होने लगा था कि रीता के घरवाले भी असहज हैं। खाना खाने के बाद वह अलग कमरे में आराम करने गया तो उसे लगा वह बेआराम अधिक है। रीता आई पर काफ़ी देर के बाद। वह कुछ दूरी पर बैठ गई। रंजन ने हँसकर कहा, 'पास बैठने में क्या डर लगता है?'

'हाँ, एक बार तो पास आकर देख लिया।' वह झुँझला उठी।

'क्या यही बात रह गई करने के लिए? मुझे लगता है तुम्हारे सोच में कुछ गड़बड़ है।'

'यही सही, मैं बर्दाश्त नहीं कर सकती, मर जाना इससे बेहतर समझती हूँ। तुम बच्चे के सहारे मुझे बाँध देना चाहते हो।' उसे लगा प्रकारान्तर से वह गाली दे रही है। वह झटके से उठकर चली। रंजन को लगा कुछ गिरा है। उसने उठाकर देखा! एक मुड़ा हुआ सफ़ेद काग़ज़ था। रंजन ने उठाया। खोला। पढ़ा। पढ़ते-पढ़ते उसके माथे पर पसीने की बूँदें उभर आईं। वह कुछ देर बुत बना बैठा रहा। दोबारा पढ़ा। उसके हाथों में कम्पन था। उसमें लिखा था...'मुझे किसी से कोई शिकायत नहीं। लेकिन मैं अपने माँ-बाप और बहन-भाइयों से दूर नहीं रह सकती। मेरी इस घर और शहर में यादें-ही-यादें दफ़न हैं। वे मेरे लिए उतनी ही ज़िन्दा हैं जितनी मेरी अपनी ज़िन्दगी। इन सबके बिना मेरे लिए कहीं और जाकर इस भुलावे में रहना कि मैं अपना परिवार बसा रही हूँ नामुमकिन है। इसलिए मैं अपनी ज़िन्दगी समाप्त कर रही हूँ। बच्चे के आने पर...मुश्किल होगा।'

रंजन को लगा उसकी साँस रुक रही है। वह रीता को उस दिन शाम को

लेकर लौट जानेवाला था। लेकिन ऐसे में उसे लेकर जाना कितना सुरक्षित होगा? यदि उसने गाड़ी में ही ऐसा कुछ कर लिया तो वह क्या करेगा? कैसे उसे बचाएगा और कैसे अपने को ...? घर जाकर हुआ तो ...? उस काग़ज़ को उसने एक बार फिर पढ़ा और मोड़कर जेब में रख लिया। वह इन्तज़ार करने लगा–रीता आए तो वह उससे पूछेगा कि यह सब क्या है? अगर वह नहीं जाना चाहती तो न जाए, पर अपनी और बच्चे की ज़िन्दगी ख़तरे में न डाले। लेकिन काफ़ी देर तक इन्तज़ार करने के बाद भी वह नहीं आई। उसके मन में अन्य सवालों के साथ एक और सवाल बार-बार आ रहा था–ऐसा तो नहीं यह पत्र उसने रंजन को डराने के लिए लिखा हो? अगर वह उसके अनजाने गिर गया होता तो पता लगने पर वह उसे ढूँढ़ने आती। ऐसे पत्र के बारे में तो इन्सान अतिरिक्त रूप से सचेत रहता है। बार-बार उसका हाथ वहीं जाता है–सही-सलामत है या नहीं? उसने वहाँ से निकल चलने का तय कर लिया। उसने अपने किसी मित्र को मोबाइल पर कहा कि वह उसे फ़ोन करे और किसी बहाने से बुला ले। वह कमरे से बाहर निकल आया। सब लोग बाहर बैठे थे। सब लोग खड़े हो गए। रीता बैठी रही। तभी उसका मोबाइल बजा।

पहले वह ग़ौर से उसकी बात सुनता रहा। फिर बोला, 'लेकिन, मैं तो तुम्हारी भाभी को विदा कराने आया हूँ। हम दोनों का रात की गाड़ी से लौटने का रिज़र्वेशन है।' उधर से फिर कुछ कहा गया। वह बोला 'अगर ऐसा है तो मैं रात की गाड़ी से चलकर सबेरे वहाँ पहुँच जाऊँगा।'

उसके ससुर ने पूछा, 'क्या बात है?'

'मुझे अभी जाना होगा। रात की गाड़ी से जयपुर एक इंटरव्यू के लिए जाना है। सबसे पहले जाकर रिज़र्वेशन का इन्तज़ाम करना होगा।'

'हमने तो रीता की विदाई का पूरा इन्तज़ाम कर लिया है। उसका क्या होगा?' तल्खी से पूछा।

'मेरे लिए भी कैरियर का सवाल है। मैं भी आया तो इसी काम से था। ये रहे दोनों रिज़र्वेशन टिकट।' उसके ससुर ने टिकट लेकर देखा। गर्दन हिलाते हुए वापस कर दिए और बोले, 'मजबूरी है, लेकिन मैं चाहता हूँ अगली तारीख़ तय करके जाएँ?'

'इनसे पूछकर मुझे तारीख़ की सूचना दे दीजिए, मैं आकर ले जाऊँगा। सब कुछ इनके ऊपर ही निर्भर है।'

'आप क्या कहना चाहते हैं?'

'यह आप इनसे ही पूछिए। शायद अभी इनका मन ससुराल जाने का नहीं है।' रीता ने रंजन की तरफ ग़ौर से देखा।

वह चलने लगा तो उसके छोटे साले ने कहा, 'चलिए, मैं आपको स्कूटर से छोड़ आता हूँ।'

'क्या जयपुर?' सब हँस दिए।

रंजन ने मना कर दिया, 'अभी तो मुझे रात के लिए एक बर्थ का इन्तज़ाम करना है। इसलिए तिपहिए या टैक्सी से जाना ठीक रहेगा। पता नहीं, कहाँ-कहाँ भटकना पड़े।'

जब वह निकला तो रीता अपेक्षाकृत अधिक सहज नज़र आई। कुछ दूर तक रंजन अपनी जेब पर हाथ रखे झपटता हुआ चला गया। सड़क पर पहुँचने के बाद उसने मुड़कर देखा। फिर वह आटो रिक्शा की प्रतीक्षा करने लगा। बीच- बीच में वह पीछे मुड़कर देख लेता था, कोई आ तो नहीं रहा है। जब तक आटो मिला, मुड़कर देखने की प्रक्रिया चालू रही। आटो में बैठकर उसे साँस में साँस आई। वह एक ऐसा बिन्दु था जब उसके मन में सवाल-पर-सवाल आ रहे थे। उस पत्र को निकालकर दो-तीन बार पढ़ा भी। आख़िर वह बच्चे को लेकर इतनी परेशान क्यों है कि बात आत्महत्या तक पहुँच गई? बच्चा इसका कारण नहीं हो सकता। अगर ऐसा होता तो वह उसे इतने समय तक गर्भ में क्यों रखती? वह अब उसे अपने घर ले जाने का साहस नहीं कर सकता। अगर वह रीता को नहीं ले जाएगा तो बच्चे का क्या होगा? वह अपने, रीता और बच्चे के बीच के सम्भावित रिश्ते को लेकर परेशान हो उठा। अगर बच्चे के प्रति इस तरह का रुख अख्तियार करेगी तो उसकी परवरिश कौन करेगा? अपने घरवालों को छोड़ना उसे मौत को गले लगाने जैसा लग रहा है। 'घरवाले' कहीं किसी बात को छिपाने का बहाना तो नहीं? सभी लड़कियाँ अपना घर छोड़कर ससुराल जाती हैं। वह दिन उनके लिए उत्सव की तरह होता है। बच्चे के जन्म के बाद उसे कौन देखेगा? उसका दिमाग़ उसे चैन नहीं लेने दे रहा था। तरह-तरह की आशंकाएँ उसे बेपनाह सता रही थीं। जिस बच्चे ने अभी जन्म नहीं लिया था वह तरह-तरह से उसकी नज़रों के सामने आ रहा था। एक कोमल सुन्दर बेपनाह मुस्कुराता बच्चा। पता नहीं, वह उसे देख भी पाएगा या नहीं?

जब तक वह बुआ के घर पहुँचा वह बुरी तरह पस्त हो चुका था। कुछ देर तक वह ख़ामोश रहा। बुआ जी से भी ज़्यादा बात नहीं की। इतना ही कहा कि अगर रीता का या उसके किसी घरवाले का फ़ोन आए तो कह दें कि जयपुर चले गए। उनकी समझ में कुछ नहीं आ रहा था। उन्होंने पूछना भी चाहा, लेकिन उसने यही कहा—'अभी बहुत थका हूँ। सबेरे बताऊँगा।' अगले दिन सबेरे की गाड़ी से वापस घर लौट गया। हर तरफ सन्नाटा था। चाहे प्लेटफ़ार्म का शोर हो या गाड़ी की खटर-पटर। उसे लग रहा था उसकी सब इन्द्रियाँ सुन्न होती जा रही हैं। घर पहुँचकर भी वह रीता के इस व्यवहार के बारे में किसी को सन्तोषजनक उत्तर नहीं दे पाया। उस पर एक आतंक-सा तारी था। रंजन के घरवालों ने कई बार फ़ोन भी किया, लेकिन फ़ोन भी जैसे चुप हो गया था। बच्चे का क्या होगा, यह सवाल सबके मन में इस तरह उभरता था जैसे कोई बच्चा अगवा कर लिया गया हो और

घरवाले उसकी पल-पल घटती सुरक्षा को लेकर सुलग-सुलग कर राख हो रहे हों। उन्होंने वहाँ के स्थानीय सम्बन्धियों से सम्पर्क करके पता लगाने की कोशिश की। लेकिन कोई कुछ नहीं बता पाया। उसके पिताजी ने कहा भी कि वे जाकर पता लगा आएँगे। रंजन ने मना कर दिया। हो सकता है आपके जाने पर वह उस चिट्ठी की इबारत को हक़ीक़त में बदल दे। बच्चा तो जाए ही हम सब भी किसी ऐसी मुसीबत में पड़ जाएँ जिससे निकल पाना मुश्किल ही नहीं, असम्भव हो जाए।

एक दिन सबेरे-सबेरे उसके पड़ोसी ने फ़ोन किया कि रीता ने बेटे को जन्म दिया है। वह अमुक नर्सिंग होम में है। घर भर में खुशी की लहर दौड़ गई। हालाँकि यह ख़बर उनके घर में से किसी ने देना गवारा नहीं किया था। रंजन के जन्म के बाद परिवार में यह पहला बच्चा हुआ था। उसकी माँ, पिताजी और बहन बच्चे और माँ के लिए साज़ सामान वगैरह लेकर अविलम्ब चल दिए थे। उसी समय यह बात भी उठी कि रंजन को भी जाना चाहिए या नहीं। लेकिन उस चिट्ठी ने उसे इतना डरा दिया था कि वह यही कहता रहा, 'मैं जाऊँगा तो मुझसे बच्चे को लाए बिना रहा नहीं जाएगा। रीता पता नहीं क्या कर बैठे। मैं आप लोगों के लौटने का इन्तज़ार करूँगा।'

लौटकर उन लोगों ने बच्चे का जो विवरण दिया रंजन चुपचाप सुनता रहा। बस रीता के बारे में ही एक सवाल पूछा कि उसे कैसा लग रहा था। उन्हें एक वाक्य ही याद रहा था जो उसने बड़ी तल्ख़ी से कहा था, 'चलो, इस काम से छुट्टी मिली, अब किसी काम-धन्धे से लगूँगी।' हालाँकि रंजन की माँ ने कहा भी–'बच्चा सँभल जाए तो...' बीच ही में वाक्य काटकर वह बोली, 'यानी ज़िन्दगी भर का दुःख।'

उसकी माँ बोली, 'सब कुछ लड़कियों को ही भोगना पड़ता है।'

'जैसे किसी और की कोई ज़िम्मेदारी ही नहीं।'

'बच्चा पालना तो माँ की ही ज़िम्मेदारी है।'

'और आप लोगों की?'

'हम लोग भी अपना काम करेंगे।' रीता ने कुछ बोलना चाहा, पर उसकी माँ ने आँख के इशारे से रोक दिया। लौटने के बाद घर भर एक ऐसी उदासीनता में डूब गया था जैसे वही उनका मूल स्वभाव हो। वे दूसरे-तीसरे दिन फ़ोन करके जच्चा-बच्चा दोनों के बारे में जानने की कोशिश करते थे। अक्सर तो स्विच ऑफ़ ही रहता था। कभी कोई बोलता था तो आधा-पौना जवाब देकर रिसीवर रख देता था। उनके इस रुख से घरवाले चकित भी थे और दुःखी भी। एक बार उन्होंने बच्चे के लिए कुछ सामान पार्सल से भेजा तो वह लौट आया। उस पर लिखा था कि एड्रेसी हैज़ लेफ़्ट। यह सबके लिए इतना बड़ा झटका था कि सबको लगा अब तो सब कुछ चला गया हालाँकि पहले ही उनके हाथ में क्या था। कई दिन तक बदहवासी की हालत रही। सब लोग इस जुस्तजू में थे, किसी तरह पता चले कि वे कहाँ गए

हैं। पोस्ट ऑफिस से पता चलवाया तो वे लोग कोई पता नहीं छोड़ गए थे। उस वक्त अपनी ग़लतियाँ एक-एक करके याद आ रही थीं। उनके पास उनके किसी रिश्तेदार तक का पता नहीं था। यह एक ऐसी शून्यता थी जो बाहर से अन्दर तक व्याप्त हो गई थी। रंजन समझ नहीं पा रहा था कि यह कैसी विडम्बना है जिसे देखा नहीं, छुआ नहीं, जो एक बार सीने से भी नहीं लगा उससे इतना ममत्व! एक अनदेखी तस्वीर उसके अन्तरमन में बनती थी और देखते-देखते तिरोहित हो जाती थी। बच्चे को एक बार गोद में लेकर खिलाने का वह संस्पर्श दादी के मन में ज़ख्म की तरह टीसता था। केवल उसका दोबारा स्पर्श ही उससे निजात दिला सकता था।

आख़िर एक दिन सबने बैठकर उस बच्चे की अनुपस्थिति में उसका विधिवत नामकरण किया। उस समय एक सवाल सभी के मन में आया था कि कभी मिला तो क्या वह अपने को उनके द्वारा दिए गए उस नाम से पहचान पाएगा? जैसे हम सब किसी एक नाम से बँधे होते हैं उसी तरह वह भी एक उसी नाम के अधीन हो गया होगा जो उन लोगों ने उसे दिया होगा। वह नाम क्या होगा? अपने ही बच्चे के प्रति उनका यह अजनबीपन उन्हें आहत कर देता था। वे अक्सर अब उसके अपने दिए नाम से उसे आपस में सम्बोधित ही नहीं करते थे बल्कि उसके लिए तीज-त्यौहार पर प्रार्थना तक करते थे। कहीं बाहर जाते थे उसके नाम से कोई-न-कोई चीज़ खरीदते थे। कभी आया और पूछा आपको मेरी याद आती थी तो उनके पास एक प्रमाण तो होगा, 'देखो, तुम्हारे नाम की सब चीज़ें जोड़-जोड़कर रखी हुई हैं सोचा जब भी आओगे तो तुम्हारे सुपुर्द कर देंगे।' उसके दादा तो कई बार प्रार्थना करते समय यह कहकर अश्रुसिक्त हो जाते कि यह कैसी विडम्बना है अपने ही अंश का नाम-गाम नहीं जानते। जो हमारा फ़र्ज़ था वह तक नहीं कर पाए। बस, तू ही यह ज़िम्मेदारी निबाह। तू ही उसकी रक्षा कर, बल-बुद्धि-विद्या दे। उन्हें ध्यान आता वे यह क्या पुरानपन्थी बात कर रहे हैं। उन्होंने फिर अपने को सुधारा और बुदबुदाए—बस जल्दी-से-जल्दी आकर हमारे गले लग जा। नहीं यह भी नहीं, बस सुखी रहे । फिर अपने से पूछा कि जो हम नहीं कर सकते या नहीं कर पा रहे हैं उसे किसी अदृश्य शक्ति के सुपुर्द करके हम कैसे निश्चिन्त हो सकते हैं। यह कहाँ ज़रूरी है कि वह हमारी बात सुन ही ले और हमारा कहा कार्यान्वित कर दे। उन्हें एकाएक रंजन का कहा वाक्य याद आया—'हमें इस बात से ही खुश होना चाहिए कि वह अपनी माँ के पास है। माँ चाहे जैसी भी हो उससे बेहतर संरक्षक कौन हो सकता है?' शायद यही समझदारी है...।

लेकिन बच्चा कहाँ है? क्या कभी वह जान पाएगा मेरा अपना कोई घर है जहाँ मेरे अपने मेरा रात-दिन इन्तज़ार कर रहे हैं?

आप गाँधी का पता जानते हैं?

डाकिया परेशान था। एक डाकिया क्या देशभर के डाकिए परेशान थे। चिट्ठी अहमदाबाद से चली थी और अहमदाबाद ही पहुँची थी। जिस पते पर पहुँची वह पता भी ठीक था। लेकिन जिस नाम से वह पहुँची वह व्यक्ति अब वहाँ नहीं रहता था। डाकिए ने लिफ़ाफ़े पर यही लिखकर वापिस कर दिया कि 'एड्रेसी' वहाँ नहीं रहता। कहाँ गया या मकान बदल लिया यह कुछ नहीं लिखा। लिफ़ाफ़ा अहमदाबाद के मुख्य पोस्ट आफिस पहुँचा। पहले तो उस पर लिख दिया गया कि 'सेंडर' को वापिस भेज दिया जाए। जिस दिन भेजा जाना था उस दिन वहाँ सुपरिंटेंडेंट पोस्ट आफ़िस का निरीक्षण था। वह नियम के अनुसार चलनेवाले व्यक्ति थे। उन्होंने लौटे हुए पत्रों पर नज़र डाली तो वह नाम देख चौंक पड़ा—'अरे, यह कैसे इन पत्रों में पड़ा हुआ है? यह इतने बड़े आदमी की चिट्ठी है कि अगर मीडिया को पता चल गया तो लेने के देने पड़ जाएँगे। तत्काल उनको या उनके वारिसों को पहुँचा कर हमारे पास ख़बर पहुँचाई जाए।'

लेकिन सर, मैंने पता लगवाया था यह व्यक्ति सौ सवा सौ साल पहले हुआ था। सत्तरेक साल पहले इस पते को छोड़ गया फिर नहीं लौटा। अगर ऊपर चला गया होगा तो विभाग के पास ऐसा कोई साधन नहीं कि उस तक चिट्ठी पहुँचाई जा सके।'

'चिट्ठी अब आई है तो पहुँचाने की ज़िम्मेदारी भी पोस्टआफ़िस पर है। ' सर, बैंक की चिट्ठी है। हो सकता है बैंक के ड्यूज हों, देना भूल गए हों। अब पता चला हो तो माँग की जा रही हो।' यह दूसरे अफसर ने धांस लगाई।

'सुना है, इस व्यक्ति का तो कोई बैंक एकाउंट ही नहीं था।'

'लेकिन इस पते पर क्यों चिट्ठी भेजी गई? सुना है, पहले तो अपने पिता के साथ जाकर राजकोट में बस गया था। माँ-बाप भी सैकड़ों साल पहले चल बसे।' फिर लिफ़ाफ़ा उठाकर पढ़ा, 'पिसर भी वही है जो इस व्यक्ति का था। लिफ़ाफ़ा तो डिलीवर होना है इसमें रिस्क नहीं लिया जा सकता, अगर नहीं हुआ तो सारी क़ायनात हिल जाएगी।'

पोस्टमास्टर ने कहा, 'सर, देखिए, ऊपर लिखा है रेफ़रेंस योर एप्लिकेशन फ़ार द पोस्ट आफ़ एल डी सी। तारीख भी पिछले महीने की है।'

'क्या?'

'हाँ, सर, देखिए...।'

'तो क्या...इतना बड़ा आदमी एल डी सी की नौकरी...नहीं, यह नहीं हो सकता।'

हो सकता है सर, सुना है वह कहा करता था कि पंक्ति में सबसे पीछे खड़े हुए आदमी को देखो। इस हेरारकी में तो सबसे पीछे एल डी सी खड़ा होता है। वह सबसे ऊँचे आदमी को नीचे रखना चाहता था। शायद इसीलिए उसने आवेदन-पत्र भेज दिया हो जिससे लोग समझें इतना बड़ा आदमी एल डी सी के पद पर काम कर रहा है।'

सुपरिंटेंडेंट साहब झिड़कते हुए बोले, 'व्हाट ए रबिश एडमिनिस्ट्रेशन... एडमिनिस्ट्रशन, ऐसे नहीं चल सकता।'

पोस्टमैन ने पूछा, 'सर, इसे डैड लेटर बाक्स में डालकर दर्ज करवा देता हूँ। ज़ाप्ते की कार्यवाही भी हो जाएगी और दर्ज भी हो जाएगा। वहाँ तो सर...' कहकर चुप हो गया।'

'तुम ऐसा सोच भी कैसे सकते हो? व्यक्ति मौजूद है, पिछले साल जब उसने जॉब के लिए एप्लाई किया...इसका मतलब वह यहाँ था। उसने अपना परमानेंट एड्रेस पोरबन्दर का दिया है। उसे तलाश करना होगा। हो सकता है कहीं चला गया हो। हम उसको भेजे गए पत्र को डेड लेटर्स में कैसे डाल सकते हैं। वह ज़िन्दा है अगर हमने डेड लैटर में डाला तो हत्या की साज़िश का इलज़ाम पहले हत्यारे पर से हटकर हमारे विभाग पर आ जाएगा। दुनिया भर में भारतीय पोस्टल सेवा खूनी सेवा के नाम से मशहूर हो जाएगी। पुलिसवालों की तरह एक ऐसे आदमी को पोस्टल विभाग ने मरा दिखा दिया जो ज़िन्दा है। कुरियर सर्विसवालों की बन आएगी। हम सबको बाहर का रास्ता दिखा दिया जाएगा।'

सब चुप होकर सुपरिंटेंडेंट साहब के चेहरे की तरफ देखे रहे थे। वे एक दूसरे अफ़सर से बोले, 'आप सब बड़े शहरों के पोस्टमास्टर्स को फ़ैक्स भेज दें कि इस तरह का एक पत्र अमुक के नाम हमारे जी पी ओ में आया हुआ है। आप लोग पता लगाकर सूचित करें कि वह आपके शहर या क्षेत्र में तो नहीं है?' दूसरे अफ़सर से कहा, 'बैंक से डीटेल्स पता लगाएँ। हो सकता है नाम ठीक हो, पता ग़लत लिख दिया गया हो। इस नाम से जुड़ा यह पता सबको मालूम है।'

'कल आप लोग पूरी सूचना लेकर दफ़्तर में उपस्थित हों। इसमें ज़रा भी कोताही नहीं होनी चाहिए।' सब लोग चिन्तित मुद्रा लिये अपने-अपने कमरों में चले गए।

उस रात सुपरिंटेंडेंट साहब सो नहीं सके। उनके कमरे में प्रार्थना की मुद्रा में उसी नाम के एक सन्त की तस्वीर लगी थी। उन्हें एकाएक हू इज़ हू की याद

आई। 20-25 साल पहले जब उन्होंने भारत सरकार की बचत योजना में देश के पोस्ट आफ़िसों में सबसे अधिक पैसा लाने का रिकार्ड कायम किया था तो लोगों ने उन्हें बताया था कि हू इज़ हू में तुम्हारा नाम छपा है तो तब वही हू इज़ हू ख़रीदवा कर मँगाया था। एक-एक नाम तलाशा था पर नाम नहीं मिला था। उन्होंने उसे ताले में इस तरह बन्द कर दिया था जैसे काल कोठरी में खूनी को बन्द कर दिया जाता है। खूनी को तो बाहर निकाला भी जाता है पर उन्होंने हू इज़ हू को हवा तक नहीं लगने दी। एकाएक उन्हें उसका ख्याल आ गया। उसमें मेरा नाम नहीं था। हो सकता है सम्पादक भूल गया हो लेकिन इस इतनी बड़ी हस्ती का नाम तो होगा ही। उसमें उनका जन्म, निर्वाण सब लिखा होगा। यह भी लिखा हो सकता है कि बावन भगवान जैसे पोंगल पर केरल में अपनी प्रजा को देखने आते हैं उसी तरह हो सकता वे भी आते हों। उन्होंने सोचा हो कि बड़े बड़े होते जा रहे हैं, छोटे और छोटे। चलकर देखें लोग कैसे जीते हैं। इस पद पर आवेदन-पत्र देने से इन बड़े लोगों का ध्यान उनकी तरफ जाए और लोग उन लोगों की तरफ भी ध्यान देना शुरू कर दें। यही सोचकर उन्होंने आवेदन-पत्र भेज दिया हो। वैसे भी गुजरात का मामला है। जब से छोड़ा बसने के लिए लौटे ही नहीं। पिछले दिनों जो गुजरात में हुआ उससे भी वे ज़रूर आहत हुए होंगे। उनका मन छटपटा रहा होगा—यह सब क्या हो रहा है, क्यों हो रहा है? कौन करा रहा है? आज जो लोग हैं उनमें से ज़्यादातर तो तब पैदा भी नहीं हुए होंगे या फिर चड्ढी पहने घूमते होंगे। अगर वे आ भी गए तो कौन बताएगा? साहब की चिन्ता रक्तचाप की तरह बढ़ती जा रही थी। अगर वे कहीं मिल गए और पूछा कि सुपरिंटेंडेंट साहब मेरी बैंक वाली चिट्ठी का क्या हुआ? उन्हें तो सब पता होगा। उनकी आत्मा ने सब कुछ बता दिया होगा। उनकी आत्मा तब भी बोलती थी। मैं अगर निरीक्षण के लिए न गया होता तो मैं इस अज़ाब से बच जाता। वे आ गए और उन्होंने सार्वजनिक बयान दे दिया कि बैंक से आई मेरी चिट्ठी सुपरिंटेंडेंट पोस्ट आफ़िस की नोटिस में थी। उसके बावजूद वह मुझ तक नहीं पहुँची, जो वे दे सकते हैं। सत्य को भगवान माननेवाला इन्सान चुप नहीं रहता। वे न भी आएँ तो किसी दूसरे की आत्मा से बुलवा सकते हैं। आत्माओं में भी दोस्ती होती है।

अनेक ऐसे हैं जो उनका नाम लेकर बयान पेला करते हैं। पक्ष-विपक्ष दोनों में। कोई समझता है हम दो बोल में विरोध को ख़त्म कर देंगे। कोई समझता है हम तो सीढ़ी बनकर खड़े हो जाएँगे। कहेंगे जितनी ऊँचाई तक चढ़ना हो, चढ़ जाओ। दोनों पर हँसी आती है। दोनों भ्रम में हैं। अचानक सुपरिंटेंडेंट साहब को हँसी आ गई। लेकिन वे इतने थक गए थे कि हँसी में हँसी उतनी नहीं थी जितनी थकान थी। वे कमर सीधी करने के लिए लेट गए और बुदबुदाए कि सवेरा हो जाएगा तो तैयार होकर सबसे पहले जीपीओ जाकर पता लगाना होगा कुछ पता चला या नहीं?

एक बार पता चल जाए तो छुट्टी हो। नहीं तो मेरी आत्मा भी पटर-पटर बोलती रहेगी। जब बोलना शुरू करती है तो रुकती नहीं। जब चुप रहती है तो बुलवा नहीं सकता। तब बहुत बेचैनी हो जाती है। वे हर वक्त कैसे झेलते होंगे। उन्हें झपकी आ गई। जगे, थके आदमी का झपकी आना स्वाभाविक रूप से भी स्थिति के हिसाब से भी एकदम वाजिब था।

जब आदमी के पास एक ही डूब होती है चाहे पानी की हो या विचार की तो उसी में डूबता-उतराता है। उन्हें साफ़ दिखाई दिया कि वे ही उसकी तरफ से पीठ फेरे खड़े हैं। वही वेषभूषा, वही दुबलापन, वही चश्मा, वही चेहरा-मोहरा पर मुरझाया हुआ? यह बस उन्हें तब नज़र आया जब घूमकर सामने पहुँचे। उनके मुँह से एकाएक निकला 'आप।'

उन्होंने जवाब नहीं दिया। गर्दन दूसरी तरफ घुमा ली। उन्होंने पूछा, 'क्या आप नाराज़ हैं?'

उन्होंने उनकी तरफ नज़र उठाकर देखा, 'मैं तुम्हें जानता नहीं, न शायद मुझे तुम ही जानते होंगे। नाराज़ होने के लिए किसी-न-किसी रूप में जानना ज़रूरी होता है।'

'आपको संसार में कौन नहीं जानता?'

'क्या आप जानते हो? वही सब पुरानी घिसीपिटी बातें। मैं कहता हूँ—मैंने कुछ नहीं किया। मैं तो मर गया था या मार दिया गया। अच्छा हुआ। तब मुझे कोई नहीं चाहता था। दरअसल मैं सबके रास्ते का रोड़ा बन गया था, अभी वही हूँ। इसलिए मैं उत्सवधर्मी न बनकर बहुत दूर चला गया था। बच्चे जब धमाल मचाते हैं तो बड़े जगह बदल लेते हैं। यह सोचकर कि आज़ादी बड़ी चीज़ है। बड़ों की उपस्थिति उसमें रोड़ा बन जाती है। मैं होता तो टोकता—यह धमाल किसलिए। अपने चारों तरफ देखो ज़मीन लाल है। लेकिन जब उन्हें स्वयं नहीं दिख रही थी तो मेरे कहने से क्या दिखती। इसलिए मैं नोवाखाली चला गया। वहाँ तब उत्सव मनानेवाला कोई नहीं था। मौत का सन्नाटा था।'

'आप ऐसा क्यों कह रहे हैं?'

'तुम बता दो मैं क्या कहूँ? मैंने इतना कुछ कहा भी, सुना भी—क्या नतीजा हुआ? सबने मजबूरी में सुना और भूल गए। मैं ऐसी लड़ाई लड़ रहा था जिसकी लोगों को आदत नहीं थी। उसमें खूनख़राबे की गुंजाइश नहीं थी। मरना है तो अपने को पहले आगे करो। सब कुछ दूसरे पर मत छोड़ो। दूसरे को आज़माने से पहले अपने को भी तो जांचो। लेकिन यहाँ तो दूसरों को जांचने की प्रयोगशालाएँ खुली हैं। भले ही सारे कीटाणु हमारी झोली में भरे हैं।'

सुपरिंटेंडेंट साहब मुँह खोले उनकी बात सुनते रहे। उन्हें यह लग रहा था वे नींद में हैं और यह भी लग रहा था कि जो हो रहा है वह सच है। उन्होंने पूछा 'आप तो...क्या फिर लौट आए?'

'मैं अभी रहूँगा और कोशिश करूँगा कि जिस सभ्यता के ख़तरे की बात मैं तब करता था, तब तो वह ख़तरा था, आज तो वह वास्तविकता है। हम तो सब उन्हीं का पढ़ाया पढ़ रहे हैं, उनकी लड़ाई हमारे सिर आ पड़ी, हमारी ज़मीन बंजर है। कहीं कोई ऐसी पैदावार नहीं हो रही जिसे हम अपनी कह सकें...सब उनकी है भाषा से लेकर आशा तक।'

'उसका क्या इलाज है? क्या कुछ हो सकता है?'

'हो सकता है, एक बार फिर मेरा बलिदान।'

'पिछली बार जो बलिदान हुआ था उसका क्या हुआ?'

'मैं काम आ गया, 'वेश्या' अपने पूरे जाहो-जलाल के साथ सदन से लेकर भवन तक सब जगह पसर गई।'

'उसको कैसे निकालेंगे?' वे हँसे।

'निकालने कौन देगा? निकालना होता तो लाकर क्यों पधराते?'

'वेश्या वेश्या क्यों और किसे कह रहे हैं?'

'वेश्या का मतलब किसी स्त्री से नहीं प्रवृत्ति से है। जिसका उद्देश्य मात्र हर चीज़ की ख़रीद-फ़रोख़्त हो। शरीर से लेकर रसूम तक...घर से लेकर संसद तक सब चौराहे पर...।'

'यह तो पूरे संसार में है। उसे आप कैसे रोकेंगे।'

'तुम्हारी मदद से।' सपरिंटेंडेंट थर-थर काँपने लगे।

'मैं समझा नहीं, मैं तो इस मशीन का घिसा हुआ पुर्जा हूँ। साल भर में मेरी जगह एक नया नकोर पुर्जा लग जाएगा। वह नई चाल में ढला होगा। मैं कुछ नहीं कर सकता।'

'कर सकते हो, मेरी बैंकवाली चिट्ठी लाकर दे दो।'

'लेकिन वह तो आपके दिए पते से लौट आई। आप उस पते पर नहीं मिले?'

'वह पता तो आदतन लिख दिया था। सोचा था डाकिया डाक फेंककर चला जाएगा। मैं चुपचाप उठा लाऊँगा। अब तो मैं अनिकेत हूँ। ख़ानाबदोश। यहाँ कोई न पहचानता है और न जानता है। मेरा देश ही देख लो, क्या हो रहा है वहाँ? बाहर तो लोग चाय-पानी को पूछते भी हैं।'

'चिट्ठी का क्या करेंगे?'

'मैं सोचता हूँ सबसे छोटा यानी बाबू बनकर फिर एक बार कोशिश करके देख लूँ। सब कुछ रुपए से और रुपए के लिए हो रहा है। बैंक केन्द्र है। वहीं से चर्खा चलाया जाए।'

'बैरिस्टर, प्रधानमन्त्री, नौकरशाह, न्यायाधीश नहीं कर पाए तो बाबू क्या करेगा?'

'उसी के बल पर सब चल रहा है। सबके आँख-कान उसी के पास हैं। हथेली में तो तेल पानी से नर्म हो जाती है। आँख में अंजन नहीं होता, कान में बाहरी

आवाज़ नहीं आती। मैं जानता हूँ वहाँ भी लोग मुझे नहीं समझेंगे, शायद उससे भी बदतर व्यवहार करें जैसे तब हुआ था। लेकिन उससे क्या डरना, काम का मतलब... जब तक जियो तब तक करो।'

'वे हँसे और गायब हो गए। वे ढूँढ़ते रह गए, ध्यान आया वे थे ही नहीं। भ्रम था। फिर ख्याल आया चिट्ठी तो है। सवेरा होने लगा था। हवा ठंडी थी पर वह सुपरिंटेंडेंट थका हुआ था। तैयार होने लगा। सोचता जा रहा था–सबसे पहले जी पी ओ पहुँचकर चिट्ठी तलाशनी होगी और पता लगाना होगा भेजनेवाला कौन था, अब कहाँ है? है भी या नहीं? होगा क्योंकि उसकी चिट्ठी है। चिट्ठी है तो वह भी है।

नोट–समाचार छपा था गाँधी जी को एक बैंक ने एल डी सी के पद के लिए इण्टरव्यू लेटर भेजा। फिर स्पष्टीकरण आया किसी ने शैतानी की। जाँच जारी है। वास्तविकता भी हो सकती है। उनके नाम से ही जूँ रेंगे।

मनहूसियत

टैक्सी में पाँच लोग थे। छठा ड्राइवर था। सब अलग-अलग दिशाओं से आने वाले अपना-अपना किराया देकर सवार हुए थे। ड्राइवर एक टाँग से लँगड़ाता था लेकिन लम्बी सफ़ेद दाढ़ी का मालिक था। धर्म का पाबन्द था। सवारियों में पीछे की तरफ़ एक महिला और उसका पति बैठे थे और तीसरा एक व्यवसायी था। सामने की सीट पर एक एजेंटनुमा चुस्त-दुरस्त नौजवान था। उसके बराबर में एक डॉक्टर था। यह बात बाद में पता चली।

शुरू में सब लोग चुपचाप बैठे रहे। ड्राइवर से लेकर डॉक्टर तक। धीरे-धीरे बात शुरू हुई। वह भी 'पत्नी' के द्वारा।

"आप शिमला ही रहते हैं?"

उसने उस बच्चे की तरह जवाब दिया जिसे ताज़ा-ताज़ा सवालों का जवाब देना सिखाया गया हो—"नो मैडम, मैं दिल्ली में रहता हूँ।" पति को हँसी आने को हुई। शायद उसने अंग्रेज़ी से अनुवाद करके जवाब दिया था।

पत्नी चुप नहीं रही। उसने पूछा, "आप नौकरी करते हैं?"

इस बार उसने लीक से हटकर स्वतन्त्र जवाब दिया, "नौकरी करता था....अब बिज़नेस करता हूँ।"

"कौन सा व्यवसाय?" इस तीसरे सवाल से पति थोड़ा खिन्न हो गया। इस सवाल की क्या ज़रूरत थी। कोई कुछ भी करता हो। कौन हमें हिस्सा बाँटना है।

उसने कहा, "सप्लाई...यहाँ भी मेरी एक दुकान है।"

पति को लगा कहीं वह कोई और सवाल न दाग दे। किस चीज़ की सप्लाई या कि दुकान कहाँ है? कितनी तरह के सवाल हो सकते थे। पता नहीं हम लोग दूसरे के बारे में जानने के लिए इतने उत्सुक क्यों रहते हैं? क्या इतना काफ़ी नहीं कि वह भी एक मुसाफ़िर है हमारी तरह। लेकिन पत्नी ने आगे सवाल नहीं पूछा। पति दरअसल उन दोनों के बीच में बैठा था। हर सवाल और हर जवाब उस पर से होकर गुजरता था। गर्दन घुमाकर उसे बारी-बारी से दोनों की तरफ़ देखना पड़ता था। अपनी उत्फुल्ल हिस्सेदारी जताने के लिए। हालाँकि उत्फुल्लता की कोई बात नहीं थी।

सवाल-जवाब बन्द हो गए तो पति के अन्दर उथल-पुथल शुरू हो गई। पति अपनी परेशान होने की आदत को थामते-थामते और परेशान हो गया। सवाल चींटियों की डार की तरह पंक्तिबद्ध होते जा रहे थे। अगर कोई चींटियों की पाँत को तोड़ना भी चाहे तो तोड़ नहीं सकता। चींटियों का यह जातीय गुण होता है। थोड़ा-बहुत घूमकर उनकी डार चलती रहती है। पति के सामने सवाल था इसने नौकरी क्यों छोड़ी? निकाल दिया गया? या व्यवसाय के लिए जितना पैसा कमाना था, कमाकर त्यागपत्र दे दिया? या फिर किसी भ्रष्टाचार के चक्कर में फँस जाने के डर से भाग खड़ा हुआ? सवाल-दर-सवाल थे। उनका जवाब पति के पास नहीं था। हो भी कैसे सकता था? जवाब उसी व्यवसायी के पास हो सकता था। जिसने नौकरी छोड़कर व्यापार शुरू किया था। हो सकता है उसने विश्व बाज़ार से जुड़ने के लिए यह तरीका निकाला हो। बिज़नेस टाइकून बनने की उसकी जिजीविषा ने उसे नौकरी को लात मारने के लिए मजबूर कर दिया हो और वह उसी स्वप्न में ही जी रहा हो। देश हो या नरेश या नागरिक सबका और सबसे बड़ा सपना यही है। बाकी सपने दफ़न कर दिए।

पत्नी शायद सवाल-जवाब से सन्तुष्ट होकर सीट के तकिए से गर्दन लगाकर नींद ले रही थी। पति जाग रहा था और सोच रहा था—सवालों का सिलसिला चालू करके अपने-आप सो गई। उसके लिए मुसीबत खड़ी कर दी। डॉक्टर उस एजेंटनुमा आदमी से बात कर रहा था। उसकी स्थिति भी पति वाली ही थी। एजेंट और ड्राइवर के बीच में सैंडविच बना बैठा था। डॉक्टर ही बोल रहा था। अगर पत्नी भी जगती होती तो शायद वह भी बात करती होती। ड्राइवर को भी शायद पता चल गया था कि उसके बराबर में बैठा आदमी आँखों का डॉक्टर है। उसकी दाढ़ी फुर-फुर कर उठी थी। पर वह बोला कुछ नहीं था। कुछ समय के लिए छः के छः प्राणी चुप हो गए थे। गाड़ी की घरघराहट बढ़ गई थी। डीजल इंजन का शोर ज़्यादा होता है। पत्नी को परेशानी होने लगी थी। उसने सामान्य ढंग से सबकी रुचि के लिए एक सकारात्मक वाक्य फेंका, "कुछ भी कहिए, यहाँ के आदमी बहुत भले हैं?"

उसके बराबर में बैठे व्यवसायी ने हामी भरी, "आप ठीक कहते हैं। निहायत शरीफ़।"

पति का उत्साह बढ़ा, वह बोला, "चोरी-चकारी शायद उनके संस्कार में ही नहीं। बात भी प्यार से करते हैं।"

व्यवसायी उनींदा हो रहा था। उसने कोई जवाब नहीं दिया। पति को लगा उसका इतना सकारात्मक वक्तव्य जाया हो गया, लेकिन कुछ ही देर बाद अनअपेक्षित रूप से सामने की तरफ़ से जवाब आया। ड्राइवर बोला, "सर जी, माया ही बुराई की जड़ है। यहाँ के लोग ग़रीब हैं इसलिए भले हैं।"

पति को उसका हस्तक्षेप करना कुछ-कुछ बेइज़्ज़ती जैसा लगा। क्या बाकी लोगों में से कोई जवाब नहीं दे सकता था? मुँह में क्या दही जमी थी? व्यवसायी

आँख बन्द किए-किए बोला, "हर जगह हर तरह के लोग होते हैं। इसमें कोई शक नहीं यहाँ के लोग शरीफ़ हैं।" उसने एक आप्त वाक्य और ठोंक दिया, "मेहनत आदमी को तराशती है।"

डॉक्टर जिसके सिर के बीचोंबीच एक बावली-सी बनी थी और तीनों तरफ़ घास-पतवार की तरह बाल उगे थे, रह-रहकर सिर पर हाथ फेर रहा था। इसी बात पर उसने आपबीती बताकर एक कहानी सुनानी शुरू कर दी–"मैं और मेरे बच्चे (यह आदमी की तानाशाही नहीं तो क्या है कि पत्नी भी बच्चों में ही शरीक हो जाती है) टैक्सियों से लौट रहे थे। जिस उत्सव में हम सम्मिलित हुए थे वह सफलतापूर्वक निबट गया था। हम लोग बहुत ख़ुश थे। आदमी ख़ुश ही रहे तो भी ठीक है लेकिन ख़ुशी के साथ हम लापरवाह भी हो गए थे। जब घर पहुँचे। गाड़ियों से सामान उतारा और कमरों में ऐसे फैल गए जैसे रुका हुआ पानी खोल दिए जाने पर सड़कों पर फैल जाता है। थोड़ी देर बाद शेव करने के समय मुझे अपने किट की ज़रूरत पड़ी। सारे में तलाश किया वह नदारद था। विदेश से लाया था। उसमें प्रसाधन का सभी सामान था..." उसकी कहानी यानी आपबीती का अन्त ही नहीं हो रहा था। वह सामने मुँह किए सुनाता जा रहा था। बीच-बीच में गर्दन टेढ़ी करके पीछे भी देख लेता था। पति ही सामने पड़ता था, उसे हुकाँरा भरना पड़ता था। वह कह रहा था–"हार-झक मार के टैक्सी स्टैंड फ़ोन किया। मुझे उनमें से एक टैक्सी का नम्बर याद था। मैंने कहा मैं 4332 नं. की टैक्सी के ड्राइवर से बात कर सकता हूँ?"

उधर से आवाज़ आई, "आप क्या रिज के नीचे नम्बर वाले बंगले से बोल रहे हैं?"

"हाँ, मैं वहीं से बोल रहा हूँ। अभी-अभी दो टैक्सियाँ हमें छोड़कर गई हैं। उनमें से किसी में हमारा एक किट तो नहीं रह गया?"

"उस पर कुछ लिखा है?"

"डॉ. टी. के. वर्मा..."

"हाँ, है, आकर ले जाइए...तो जनाब यहाँ भी ईमानदारी का यह स्तर है।

ड्राइवर ने फिर पहले वाव्य से मिलता-जुलता वाक्य बोला, "जहाँ माया कम होती है वहाँ सन्तोष ज़्यादा होता है।" फिर डॉक्टर की तरफ़ मुख़ातिब होकर बोला, "डॉक्टर साहब, आप काहे के डॉक्टर हैं?" हालाँकि वह जानता था।

"आँखों का..."

ड्राइवर ने फौरन डॉक्टर की तरफ़ गर्दन घुमा दी। गाड़ी उस समय चढ़ाई पर थी। एक तरफ़ नीचे खड्ड था, दूसरी तरफ़ ऊँचे-ऊँचे दरख़्तों से सुसज्जित पहाड़ थे। वह बोला, "सर जी, मेरी आँख..." उसने आँखें निकालीं।

डॉक्टर साहब बोले, "ड्राइवर साहब सामने देखिए...आँख तो यहीं रहेगी, हम चले जाएँगे।" कहकर ज़ोर से हँस दिया। बाक़ी सब भी हँस दिए।

"सड़क तो खाली पड़ी है। अंग्रेज़ों के जमाने से गड्डी चला रहा हूँ। सर जी, एक किलोमीटर पहले सड़क बता देती है....सड़क हमारी भाषा समझती है, हम सड़क की। जो नहीं समझता वह पता नहीं सड़क उसे कहाँ तक ले जाए। वह चालू हो गया था, "अंग्रेज़ों के जमाने से गड्डी चला रहा हूँ। तब दो कम्पनियाँ थीं। उनमें एक हिमालय थी....पैंतालीस रुपए में टैक्सी शिमला से कालका जी जाती थी, तब गड्डियाँ भी विलापती होती थीं। बहुत ठोक बजाकर ड्राइवर की भर्ती की जाती थी। उन गड्डियों में गोरे चलते थे या रईस राजे। दस-दस रुपया बक्शिस दे देते थे। तब का दस रुपया आज के हज़ार रुपए के बराबर। हाँ तो सर जी, मेरी आँख! वैसे तो दूर तक देख लेती हैं पर पास का देखने में ना-नुकुर करती हैं।...जैसे सामने पहाड़ आ गए हों।"

"विटामिन ई आँखों के लिए अच्छा रहता है।"

"कहाँ मिलेगा?"

"अंग्रेज़ी दवाओं की दुकान पर।"

इस बार ड्राइवर ने व्हील पर से हाथ हटाकर अपनी बायीं आँख को उँगली से कुछ ज़्यादा ही खोलते हुए कहा "देखो जी, इस आँख से पानी बहता रहता है।"

डॉक्टर में बेशुमार धैर्य था। वह बोला, "विटामिन खाओ, सवेरे मुँह में ठंडा पानी भरकर पचास बार पानी के छींटे दो...पानी बहना बन्द हो जाएगा।"

"ये तो कोई बात न हुई...यह तो दादी-नानी वाला नुस्खा हो गया...पानी के छींटे कोई इलाज हुआ?"

डॉक्टर हँसा, "क्या आँख निकालकर उसे धो-पोंछकर फिर से लगाना ही इलाज होता है?"

"ये बात नहीं सर जी, कुछ सोहणी दवा-शफ़ा, इंजेक्शन-विंजेक्शन तजवीज़ करो।"

डॉक्टर की समझ में नहीं आ रहा था, वह ड्राइवर की बात का क्या जवाब दे। पत्नी ने आँखें खोलकर पहले अपने पति की तरफ़ देखा। व्यवसायी पति से धीरे-धीरे कह रहा था, "ड्राइवर साहब डॉक्टर साहब से उनकी सारी डॉक्टरी सीखने के चक्कर में हैं।" पति हँस दिया था।

गाड़ी जहाँ से गुज़र रही थी वहाँ दायें हाथ पर बहुत गहरी घाटी थी। उसमें बादल इस तरह लकालक भरे पड़े थे जैसे वह बादलों का सागर हो। कहीं से धूप निकलकर जमीन पर आ पड़ती थी तो लगता था जैसे सोती स्त्री का आँचल हट जाने से बेपर्दगी हो गई हो। फिर यथावत हो जाता था।

पत्नी ने काफ़ी देर चुप रहने के बाद एक सवाल किया। शायद वह सवाल डॉक्टर को ही सम्बोधित था। "यहाँ बर्फ़ कब से पड़नी शुरू हो जाती है?"

"दिसम्बंर, जनवरी, फरवरी में तो पड़ती ही है...कभी-कभी नवम्बर में भी पड़ जाती है।" जवाब भी डॉक्टर ने ही दिया था।

एजेंट यानी पाँचवाँ आदमी अभी तक चुप बैठा था। बीच-बीच में झपकी भी ले लेता था। वह एकाएक उत्साहित होकर बोला, ''बर्फ़ पड़ती होगी तो सारे में चाँदी बिछ जाती होगी। कितना मज़ा आता होगा। यहाँ के लोगों को लगता होगा जैसे स्वर्ग उनके क़दमों में लोट रहा है।''

ड्राइवर तपाक से बोला, ''ये तीन महीने हम लोगों के लिए नरक होते हैं, नरक।''

एजेंट उसकी बात सुनकर हतप्रभ रह गया था ''ड्राइवर साहब, आप यह क्या बात कर रहे हैं...स्वर्ग और नरक में कुछ तो फ़र्क कीजिए।''

वह बोला ''ठीक है, आप दो महीने इस स्वर्ग में आकर रह जाएँ। हमें अपने उस नर्क में रहने के लिए भेज दें। यह आप ही लोगों के लिए स्वर्ग है...चार-छः दिन रहे और चले गए। यहाँ रहनेवालों को रोटी चाहिए, कपड़ा चाहिए, आग चाहिए...हड्डियों तक में जाड़ा जम जाता है। आप लोगों के हीटर चलते हैं, मकानों में आग जलती है....ऊपर से नीचे तक गर्म कपड़े पहनकर चिड़ियाघर के जानवरों को देखने की तरह बर्फ और यहाँ के ठिठुरते बाशिन्दों को देखते निकलते हैं....'' वह काफ़ी उत्तेजित हो गया था। एजेंट की समझ में नहीं आ रहा था कि तारीफ़ करते मुँह में छाले क्यों पड़ गए।

ड्राइवर सीट पर नीचे खिसक गया था। वह उचककर ऊपर को हुआ। उसके उचकने के कारण डॉक्टर और एजेंट को भी अपने-आपको पुनर्व्यवस्थित करना पड़ा। अपने को सीट पर जमाकर बोला ''सर जी, आपको मालूम है कितने लोग अगली गर्मी नहीं देख पाते। स्टियरिंग पकड़ना मुश्किल होता है। पहिए बर्फ़ में फँस जाते हैं...खोदकर निकालने पड़ते हैं। न करें तो खाएँ क्या... बहुत से छोटे-मोटे दुकानदार दुकानों में तख़्ते ठोककर नीचे उतर जाते हैं। यहाँ बर्फ़ फाँककर तो रहा नहीं जा सकता। बाहर से आनेवाला...''

ड्राइवर का वाक्य बीच में ही रह गया। वह भिंची ज़बान से मिमियाया, ''वो गया निच्चे...।''

जितनी तेज़ी में वह बोल रहा था आवाज़ उतनी ही दब गई थी। जैसे उसका गला दबाया जा रहा हो। किसी की समझ में नहीं आया उसकी आवाज़ को यह क्या हो गया? फिर बोला, ''ओ रब्ब! तैनू यह क्या कित्ता...'' उसकी भाषा भी उलट-पुलट हो गई थी।

सब भौंचक्के से देख रहे थे। ड्राइवर के दाँत भिंच गए थे। गाड़ी रुक गई थी। वह दरवाज़ा खोलकर लँगड़ी टाँग से भागता चला जा रहा था। एजेंट कह रहा था, ''मैंने तो ऐसा कुछ नहीं कहा, फिर इसे क्या हो गया?''

डॉक्टर की समझ में भी नहीं आ रहा था। अगर यह दौरा था तो वह भागने कैसे लगा? वह सड़क के एकदम किनारे जाकर खड़ा हो गया था जहाँ से खड्ड शुरू होता था। सब लोग दौड़े। कहीं वह छलाँग न लगा जाए। पत्नी पीछे रह गई थी

उसे खड्ड को देखकर पता नहीं क्या होने लगता था। पति भी बाक़ी लोगों से दो-चार क़दम पीछे था। ड्राइवर एकाएक माथा पकड़कर बैठ गया।

सबने एक साथ ही पूछा, "क्या हुआ, सरदार जी? तबियत तो ठीक है?"

उसने जवाब देने के बजाय नीचे की तरफ इशारा कर दिया और बोला, "वाहे गुरु...रहम करना।"

घाटी में से धुएँ का बादल उठता चला आ रहा था। वह बोला, "देख्या सा'ब घर कैसे जल रहे हैं?"

"यह किस चीज़ का धुआँ है?" पति ने पूछा।

"चार पहियों पर दौड़ती जा रही ज़िन्दगियों की चिताओं का....कहता नहीं था मैं दूर तक देख लेता हूँ...पास का नहीं देख पाता?" रुककर बोला, "ट्रक खड्ड की तरफ़ मुड़ा, बस पलक झपकते नीचे चला गया। पता नहीं कितने बन्दे थे? घर के घर जल गए, सर जी! ये पहाड़ है साब जी...इसे किसी से मुरव्वत नहीं।" उसकी काया बन बिगड़ रही थी।

सबके मुँह से हल्की-सी चीख़ निकलती। तब तक दो-चार लोग आकर किनारे खड़े हो गए। धुएँ का दरिया उल्टा बह रहा था। ऊपर की तरफ लोग झाँककर देखने की कोशिश कर रहे थे। ड्राइवर बोला, "शाहो, मौत का पेट बहुत गहरा होता है। इक बार उसमें गया क्या कभी नज़र आता है...यह खड्ड भी उन बेचारों की मौत की वादी बन गया। वाहे गुरु...।"

एजेंट बोला, 'चलिए, ड्राइवर साहब, मैंने अपने क्लाइंट को समय दिया हुआ है...वक्त पर न पहुँचा तो कम्पनी को लाखों का नुकसान हो जाएगा।"

सब लोग गाड़ी की तरफ़ लौट पड़े। पत्नी पहले ही आकर गाड़ी में बैठ गई थी और रूमाल से आँखें मल रही थी। ड्राइवर जितनी तेज़ी से दौड़ा था वह उतनी ही मरियल चाल से लौट रहा था। वह सबके पहुँचने के बाद पहुँचा।

डॉक्टर बोला, "लोग तेज़ चलाने से बाज़ नहीं आते...रोज़ एक-आध सुपुर्दे खड्ड हो जाते हैं।" सुपुर्दे खड्ड उसने व्यंग्य के अन्दाज में कहा था।

व्यवसायी बोला, "दीज़ आर प्रोफ़ेशनल इंज़र्डस्।"

पत्नी भारी आवाज़ में बोली, "ड्राइवर साहब, धीरे चलाइएगा।"

पति ख़ामोश था। कुछ देर के लिए सभी ख़ामोश हो गए थे। थोड़ी देर बाद एक चाय की दुकान आई तो एजेंट बोला, "रोकिए, चाय पीकर ज़रा इस मनहूसियत से उबर लिया जाए।"

गाड़ी रुक गई। पत्नी गाड़ी में बैठी रही। पति आधा इधर आधा उधर उन लोगों के साथ घिसटा जा रहा था। गाड़ी शायद गर्म हो गई थी। ड्राइवर टाँग घसीटता हुआ बिसलरी की ख़ाली बोतल में पानी लेने के लिए नल की तरफ़ जा रहा था।

चैम्पियन के पापा और मणी की माँ!

'अजीब बात है। वे रो रहे हैं पुरुष और पति होकर?'

'क्यों, पुरुषों के रोने पर क्या प्रतिबन्ध है। पति-पत्नी होना एक निजी रिश्ता है। ऐसे रिश्तों में तो हँसने-रोने पर वैसे भी कोई प्रतिबन्ध नहीं होता।' जिन्होंने यह कहा था, वे नितान्त अपरिचित थे। शायद यह बात जो मैंने अपने आपसे कही थी उन महानुभाव ने सुन ली थी। मैं शायद जोर से बोल गया था। दरअसल आश्चर्य और ग़म के आलम में आदमी यह भूल जाता है कि वह क्यों और क्या बोल रहा है। मैं गमगीन से ज़्यादा चकित था। हालाँकि था शोक का मौक़ा। जो नहीं रहे थे वे इतने आयु समृद्ध व्यक्ति थे कि साठ-साठ साल के डेढ़ आदमी बन सकते थे। एक पूरा और दूसरा आधा। यह हुई काल्पनिक गणना। क्योंकि वह ऊपर जाने से पहले 90 साल का अंदद नाटा आदमी था। उनका नाम अठावले भाई था। लोग इस सम्बोधन से कम पुकारते थे, 'चैम्पियन के पापा' ज़्यादा कहते थे। मुझे भी जब मेरे ड्राइवर ने आकर बताया था तो यही कहा था कि चैम्पियन के पिता नहीं रहे।

मेरे मुँह से एकाएक निकला, 'अरे...अभी पिछले महीने तो उनकी पत्नी मरी है। उस दिन तो...' मुझे पूरा नज़ारा याद आ गया। चैम्पियन के पापा जिस तरह से रो रहे थे, मैं चकित रह गया था। तभी मेरे मुँह से निकला था, 'अजीब बात है...वे रो रहे हैं पुरुष और पति होकर।' मेरी ज़बान पकड़ी गई थी। मैं सोचता रह गया था कि मैंने क्या कुछ गलत कहा है? गलत...? शायद गलत ही था। रोने-हँसने का हर एक को अधिकार है। ज़रूर दोनों में बहुत प्यार रहा होगा।

मैं जब छोटा था तो मेरे रिश्तेदारी में एक महिला की मृत्यु हो गई थी। उन्हें हम चाची जी कहते थे। यहाँ तक कि उनका बेटा भी मेरे बराबर ही था। उसकी मम्मी को ले जाने से पहले उसे किसी दूसरी जगह भेज दिया गया था। बच्चे का कलपना और उसे बर्दाश्त करना मुश्किल होता है। वह भी ऐसी स्थिति में जब माँ को अन्तिम यात्रा पर ले जाया जा रहा हो। लेकिन वह ठीक उसी वक्त आ गया जब उसकी माँ की अर्थी उठ रही थी। एक मिनट को सब सन्न रह गए। जैसे चोरी

करते पकड़ लिये गए हों। किसी माँ को उसके बच्चे से छिपाकर अन्तिम यात्रा पर ले जाने से बड़ी चोरी क्या हो सकती है। बच्चे की तो सबसे बड़ी दौलत माँ ही होती है। उसने रोना शुरू किया, मुझे आज भी याद है कि जैसे सारी कायनात हिल गई थी। हर किसी ने उसे चुप कराने की कोशिश की लेकिन जैसे उसके अन्दर अन्धड़ चल रहा था। उसके पिता तक असहाय हो गए थे। उस दृश्य को देखकर मुझे उस बच्चे की याद आ गई थी। आज मैं बच्चा कह रहा हूँ हालाँकि वह मेरा हमउम्र था। मुझे भी रोना आ गया था। बच्चों का अजब मनोविज्ञान होता है एक बच्चा रोता है तो दूसरे बच्चे बिना कारण रुआंसे हो जाते हैं। मुझे रोते देखकर अन्दर ले जाकर बताया गया था कि जिसकी माँ हो अगर वह दूसरे की माँ के मरने पर रोता है तो माँ को गाली लगती है। यह कैसा तर्क था। माँ माँ होती है किसी की भी हो। यह बात मेरे दिमाग़ में थोड़ा बड़ा होने पर आई थी।

मैं बहुत से परिवारों की गृहिणियों की मृत्यु में शामिल हुआ हूँ, पर किसी को मैंने चैम्पियन के पिता की तरह हिल-हिलकर रोते और उस बच्चे की तरह यह कहते नहीं देखा था कि 'तुम अकेली नहीं जा सकतीं मुझे भी लेकर चलो...मैं किसके सहारे रहूँगा।' पति के मरने पर स्त्रियाँ ज़रूर विलाप करती हैं, लेकिन चैम्पियन के पिता की तरह विलाप क्या, बाँध तोड़ आँसुओं का प्रवाह उनका भी नहीं देखा था। पहले मृत पति के साथ औरतें चिता पर बैठा दी जाती थीं। पता नहीं तब वे कैसे सहती होंगी। रोती होंगी या उठकर भागती थीं। उन्हें पकड़कर फिर चिता सुपुर्द कर दिया जाता था। यह तो विचित्र पुरुष-विलाप था। कुछ एक लोग चैम्पियन के पिता को इस तरह रोते देखकर मुस्कुरा रहे थे। यह कैसा मर्द है! लेकिन जिन सज्जन ने मुझे यह कहकर चुप कर दिया था कि रिश्तों में रोने-हँसने पर प्रतिबन्ध नहीं होता। मुझे वहाँ दूसरा कोई ऐसा नहीं लगा था कि इस तरह कहकर उन मुस्कुराने वालों की मुस्कान मूछों की तरह उखाड़ ले। घर आने के बाद भी मुझे उस हमउम्र बच्चे का चिल्लाकर यह कहना कि माँ मत जाओ मुझे भी साथ ले चलो और चैमपियन के पिता का विलाप एक के बाद एक रह-रहकर सुनाई पड़ता रहा था। यह घटना कई दिन तक मेरे दिमाग़ में घूमती रही थी। शायद इसलिए कि एक वयोवृद्ध व्यक्ति उस बच्चे की तरह रो रहा था जिसकी माँ बचपन में ही मर गई थी। इसकी पत्नी तो पूरी उम्र जी थी। उसे दो बेटे और एक बेटी का बाप बना दिया था। लेकिन अब वह अकेला था। अकेलापन क्या इतना भयावह होता है? मैं सिहर उठा था। फिर सोचा, हो सकता है यह पत्नी के प्रति उनकी अनन्यता हो।

दो-चार दिन बाद मैं उनके एक पारिवारिक मित्र से मिला और चैम्पियन के पिता के पत्नी-प्रेम के बारे में प्रशंसा से ओतप्रोत भाव से बताया...पहले तो वे चुप रहे फिर बोले, 'लौटकर मैंने भी सुना कि अठावले जी उस दिन बहुत भाव-विह्वल हो गए थे। यहाँ तक कि अपनी पत्नी की अर्थी को ले जाने नहीं दे रहे थे।'

पहले तो मैं पति के उस रोने को एक घटना समझ रहा था। लेकिन अब वह एक वास्तविकता बन गई थी। मैं इस बात की हर किसी से प्रशंसा करता था कि इस आयु में इतना भावुक होना कितना मुश्किल है। इतना प्यार कि एक वयोवृद्ध पति नादान बच्चे की तरह हुमक-हुमककर रोने लगे। उनके पारिवारिक मित्र भी चकित थे। बाद में पता चला कि उन दोनों पति-पत्नी की कभी नहीं पटी। एक मिनट बिना लड़े नहीं रहते थे। एक-दूसरे को वे ऐसी गालियाँ देते थे कि बच्चे को लगता था कि वे साथ क्यों और कैसे रहते हैं। उन दोनों को एक-दूसरे को जलाने और फूंकने में ज़रा भी हिचक नहीं होती थी। कल की मरती आज मर जा की महारनी पढ़नेवाला उस दिन उसी के मरने पर इस तरह फूट-फूटकर रो रहा था? यह सवाल मेरे लिए पहले से बड़ी समस्या बन गया था। क्या यह लड़ना-झगड़ना और एक-दूसरे को कोसना ही उनके परस्पर प्यार का तरीका था? यहाँ तक कि वे अलग-अलग रहते थे। यद्यपि माँ चैम्पियन के पास रहती थी पर अठावले जी चैम्पियन के पिता कहलाने के हक़दार बने हुए थे। माँ वहीं रहते हुए भी छोटे बेटे मणी की माँ कहलाती थी। पिता मणी के पास रहते थे। रिश्तों का यह समीकरण गणित के युग्म बनाने की तरह क्रिस क्रास था। अलबत्ता सवेरे जब चैम्पियन के पिता टहलने निकलते थे तो अख़बार पढ़ने चैम्पियन के घर आते थे। दरअसल मणी अंग्रेज़ी का अख़बार मंगाता था। चैम्पियन उनके लिए हिन्दी और मराठी अख़बार मंगाता था। मणी की माँ सवेरे जल्दी उठती थी। जब तक चैम्पियन के पिता आते थे वह नहा-धोकर तैयार होकर चाय गैस पर चढ़ा देती थी। कभी आने में देर हो जाती थी तो पानी तब तक खौलता रहता था जब तक आ नहीं जाते थे। बहू ने उन्हें टोका भी था—अम्मा जी पिता जी को आने में देर हो जाए तो गैस बन्द कर दिया कीजिए। आजकल गैस की वैसे ही किल्लत है। वे सुन लेती थीं, बस। वे आकर न दरवाज़ा खटखटाते थे और न घंटी बजाते थे। मणी की माँ पहले ही बाहर चबूतरे पर एक चाय की मेज़ और दो कुर्सी डाल देती थी। वे आकर सिर्फ़ इतना पूछते थे—अख़बार आ गया? अख़बार आ जाता था तो मेज़ पर रखा होता था, नहीं तो रबर बैंड में लिपटा आस-पास पड़ा होता था। वे अख़बार सामने तानकर कुर्सी पर बैठ जाते थे। मणी की माँ चाय के साथ दही और बासी पराँठा लाकर रख देती थी। वे कनखी नज़र से देख लेते थे कि आ गया। दरअसल चैम्पियन के पिता को दही के साथ बासी पराँठा पसन्द था। मणी की माँ सोने से पहले बिला नागा दो पराँठे सेंककर रख देती थी। दूसरे नम्बर पर पोहे पसन्द थे। कभी-कभी जल्दी उठकर गर्मागर्म पोहे बना देती थी। वे अख़बार पढ़ते हुए, कनखियों से देखते रहते थे। आख़िर मणी की माँ को कहना पड़ता था, 'नख़रे क्यों कर रहे हो, खाते क्यों नहीं?'

वे तड़ककर उत्तर प्रदेशी लहजे में कहते थे—'कौन भड़ुआ नख़रे कर रहा है।' बस इसी तरह के वाक्य पर चख़-चख़ शुरू हो जाती थी—'तुम अपने को भड़ुआ

कहकर मुझे गाली देते हो।' उनका खाना भी जारी रहता था और शब्दाक्रमण भी। खा चुकने के बाद वे चाय का प्याला उठाते थे और तुरन्त बोलते कि 'नहीं मन था तो न बनाती, ठंडा पानी लाकर रख दिया।'

'जब तुम अख़बार पढ़ते रहोगे और बात-बेबात झगड़ते रहोगे तो चाय क्या तुम्हारे गुस्से से गर्म हो जाएगी?'

'ज़बान चलानी है तो मैं जाकर घर पी लूँगा।'

'यह क्या घर न होकर बाहर है। सीधे कहो न, गर्म कर दो। क्यों सारी रामायण गा रहे हो।'

'तुम तो महाभारत पर उतरी हुई हो।'

वे चाय गर्म करने के लिए जाते-जाते भी कहने से नहीं चूकती, 'महाभारत के कर्णधार तो तुम ही हो।'

वे बुड़बुड़ाते हुए अख़बार उठा लेते। कई बार चेहरे पर हल्की-सी मुस्कुराहट झलक आती लेकिन तुरन्त ही गम्भीर हो जाते, 'पता नहीं किस मिट्टी की बनी है।' कभी जब बच्चे जल्दी उठ जाते तो खिड़की से माँ को दिखाकर पूछते, 'माँ, दादी- बाबा क्यों लड़ते रहते हैं?'

वह यह कहकर टाल देती–'बेटा, हम बूढ़े हो जाएँगे तो हो सकता है हम भी तुम्हारे दादी-बाबा की तरह ही हो जाएँ, तब यही बात तुम्हारे बच्चे तुमसे पूछेंगे।'

उनके पापा पत्नी के कान में बुदबुदाकर कहते, 'क्यों नहीं बता देती इसी को 'हिचकोला' प्रेम कहते हैं।' दोनों हँस देते।

मणी की माँ चाय लेकर आती तो अपने लिए भी ले आती, 'लो, मैंने दूसरी चाय बना दी। थोड़ी-सी बच गई तो अपने लिए भी लेती आई।'

वे तपाक से बोलते, 'जब कभी मेरी चाय गर्म करने जाती हो तो यह कैसे होता कि चाय हर बार तुम्हारे लिए भी बच जाती है, पीनी है तो पहले ही ले आया करो, बहाने की क्या ज़रूरत।'

इसी बात पर फिर तकरार शुरू हो जाती। तब तक चलता रहता जब तक बच्चे ऊपर से नीचे आकर उन दोनों के पैर न छूते। ये बातें सुनकर मेरा दिमाग़ और ज़्यादा घूम गया। इतना तनाज़ा और ऐसा घोर विलाप! पति-पत्नी के बीच झड़पें भी होती हैं, कहा-सुनी भी होती है पर ऐसा नहीं होता कि दोनों के बीच मुतवातिर छापामारी चलती रहे। मेरे लिए पति-पत्नी का यह रिश्ता एक तरह से रहस्य होता जा रहा था। एक सवाल यह भी था कि आख़िर चैम्पियन के पिता ऐसे तनाव के बावजूद रोज़ सवेरे आकर पत्नी के हाथ की बनी चाय ही क्यों पीते हैं? जितनी देर अख़बार पढ़ते हैं उससे अधिक दोनों के बीच चों-चों मैं-मैं होती रहती है।

धीरे-धीरे समय बीतता गया, बात भी पुरानी पड़ती गई। लेकिन जब भी कभी बूढ़े लोगों की बात चलती तो मुझे उन दोनों का किस्सा याद आ जाता था। कभी- कभी अगर कोई सन्दर्भ बनता तो उनका वह हैरतअंगेज़ किस्सा सुना भी देता था। एक बार मैं प्लेन से लौट रहा था। हॉपिंग फ्लाइट थी। गोरखपुर से चैम्पियन चढ़ा। वह और उसके साथी मैच खेलकर लौट रहे थे। उसकी सीट इत्तफाक से मेरे बराबर में ही पड़ी। वह आकर बैठने लगा तो मैंने उसे पहचाना।

'आप, कैसे?'

'मैच खेलकर लौट रहे हैं।'

वह बैठ गया। उसके सब साथी अलग-अलग बिखर गए थे। धीरे-धीरे बात शुरू हुई तो वह कहने लगा, 'हम तो साधारण श्रेणी के आदमी हैं। पिता जी ने मेहनत कर करके हम दोनों भाइयों को इस लायक़ बनाया। बाबू थे, सुपरिंटेंडेंट तब हुए जब हम पढ़-लिख गए। काम से लग गए। माँ भी घर चलाने के लिए फुटकर काम करती थीं। मुझे मौक़ा मिल गया, मैं बोला, 'भई वाह, दोनों की जोड़ी कमाल की थी। एक महीने के आगे-पीछे दोनों चले गए ऐसा कम देखने में आता है। मैं तो अक्सर लोगों को उनके आत्मीय रिश्तों की बात बताता हूँ।

मैंने बचपन में सुना था—हमारे ख़ानदान में एक रायबहादुर साहब थे। उन्होंने दो शादियाँ की थीं। पहली पत्नी से कोई बच्चा नहीं था। दूसरी शादी की, उससे दो बच्चे हुए। बस रायबहादुर छोटी बहू के हो गए। बड़ी बहू से मिलना त्यौहार बार होता था। लेकिन बड़ी बहू पर किसी तरह की रोक नहीं थी। बड़ी बहू हमेशा यही कहती थी कि वे किसी के साथ भी रहें, देखना उनको साथ ही ले जाऊँगी। यही हुआ। जब बड़ी बहू के प्राण निकले तो रायबहादुर बीमार थे। डॉक्टर देख रहा था। वे एकाएक चिल्लाए, 'ठहरो, मैं भी आ रहा हूँ।' दोनों की अर्थी साथ-ही-साथ निकली। ज़िन्दगी भर इतनी दूरी कि न तू मेरी न मैं तेरा, गए तो साथ-साथ। इसे ही कहते हैं चमत्कार या होनहार।' वह मेरा भाषण चुपचाप सुनता रहा। थोड़ा रुककर मैंने कहा, 'हालाँकि आपके पिताजी छोटे भाई के पास आज़ाद नगर में रहते थे। लेकिन सुना है इतनी दूर से आकर सवेरे की चाय आपकी माँ के हाथ की ही पीते थे। दोनों में कितना प्रेम था, इसीलिए दोनों के जाने के बीच भी महीने भर का अन्तर ही रहा।'

वह बड़े उदास स्वर में बोला 'जी।'

हवाई जहाज शायद काफ़ी ऊँचाई पर उड़ रहा था। लग रहा था—ठहरा हुआ है। मैं बाहर देखने लगा। बाहर भूरे और चितकबरे बादल तैरते ऐसे लग रहे थे कि वे उछलकर छू लेंगे। एक-दूसरे से आगे निकलने की होड़ अलग थी। वह भी बाहर देख रहा था। हो सकता है वह इस बात को आगे न बढ़ाना चाहता हो या उन बादलों में ऐसा कुछ नज़र आ रहा था जो उसे बीते दिनों की याद दिला रहा हो।

लेकिन एकाएक वह अपने आप ही बोला, 'हमारी मम्मी और पापा की भी कभी नहीं पटी।' मैं चौंका। वह बोला, 'इसीलिए वे अलग-अलग रहते थे। लेकिन विचित्र बात थी कि दिवाली-दशहरा अपनी पेंशन से माँ के लिए साड़ी ज़रूर लेकर आते थे। जब तक सवेरे माँ के हाथ का बना चाय-नाश्ता नहीं कर लेते थे न माँ को चैन पड़ती थी न उनको। उस समय भी उनकी चों-चों मैं-मैं उसी रफ़्तार से होती जैसे साथ रहते हुए पहले हुआ करती थी। कई बार समझाया पर दोनों एक-दूसरे पर दोषारोपण करने लगते थे। जैसे अपने आप दूध के धुले हों। जब हम दोनों भाई एक ही शहर में आ गए तो यही तय किया कि माँ और पापा अलग-अलग दोनों भाइयों के पास रहें। लोग मज़ाक भी करते थे कि बाग़बान दोबारा फ़िल्माने का इरादा है क्या? उनकी बात पर हँसा ही जा सकता था। जैसे ही दोनों मिलते, छापामारी शुरू हो जाती। हालाँकि आपने तो उस दिन देखा था माँ के मरते ही वे कैसे लावारिस बच्चे की तरह रो रहे थे। हर कोई जो उनके सम्बन्धों को जानता था उनके विलाप को देखकर चकित था। मैंने देखा कुछ लोग मुँह छिपाकर हँस भी रहे थे जैसे वे दिखावा कर रहे हों। पर हम जानते थे कि पापा अपनी माँ के मरने पर भी नहीं रोए थे। हालाँकि उनका अपनी माँ के साथ ज़्यादा लगाव था। बस बीच-बीच में गला रुँध जाता था और आँखें भर आती थीं। लेकिन उस रोज़ तो कमाल हो गया था। लगता है इतने दिन तक मन में संयोजित भावनाएँ अबाध प्रवाह की तरह फूट पड़ी थीं।' वह चुप हो गया। मैं सोचने लगा कि क्या ऐसा भी होता है कि कट्टो बिलार की तरह लड़नेवाला व्यक्ति, दूसरे के बिछड़ जाने पर इतना बिखर जाए?

हवाई जहाज में बाहर का तापमान बताया जा रहा था। चश्में, मोबाइल और दूसरे ऐसे सामानों के बारे में सावधान किया जा रहा था। भूल न जाएँ। जैसे जहाज ज़मीन से लगा चैम्पियन बोला, 'माँ के जाने के बाद उन्होंने सवेरे की चाय छोड़ दी थी। इतनी दूर से अख़बार पढ़ने आते थे वह भी बन्द कर दिया था। बस घर में बन्द रहते थे।'

लाउंज में जाते समय बहुत धीरे से कहा, 'आज बता रहा हूँ, वे जानकर नहीं रहे...' मैंने मुड़कर देखा। वह तेज़ी से आगे बढ़ गया था। शायद उसका सामान बैल्ट पर बेपनाह घूम रहा था।

फ़ाइल दाखिल दफ़्तर!

दिलावर चच्चू पोस्टमैन था। जब से लोग उसे जानते थे, वह वैसा-का-वैसा ही है। उतने ही बाल, गोल फ्रेम का मुंशीयाना चश्मा, थोड़ी ख़मखाई कमर, गोल ख़ाकी पगड़ी तथा खुली लम्बी काली गोरी दाढ़ी। कभी पैदल, कभी टूटी साइकल। सबसे बड़ी खूबी...दाढ़ी के बीच चाँदनी की रेखा-सी झाँकती बच्चों वाली मुस्कुराहट। चिट्ठियाँ बाँटते समय उसके चेहरे से हमेशा लगता जैसे कोई बहुत भारी काम कर रहा है। एक-एक चिट्ठी सहेजकर लाता और सहेजकर ही बाँटता। ऐसा नहीं कि फेंका और चल दिया। हर घर का दरवाज़ा खटखटाना, घंटी हुई तो घंटी बजाना...कभी-कभी आवाज़ भी लगाना... जब कोई आ जाये तो हाथ में चिट्ठी थमाना। अगर कोई चिट्ठी पढ़ने लगे तो जाते-जाते रुक जाना, देखना चिट्ठी बाँचनेवाले का भाव सुख का है या दुःख का। पढ़नेवाले के चेहरे पर हँसी आ जाती या सहज हो जाता तो दिलावर चच्चू का चेहरा फूल बन जाता। इसके बरक्स चेहरा तनता या माथे पर सलवटें पड़ जातीं तो मन मुर्झा जाता। कभी जब उसे लगता कि तनाव कुछ ज़्यादा है तो वह अपनी उम्र का फ़ायदा उठाकर समझाता, "सुखमना, चिट्ठी से क्या दुःख मनाना... वह तो चन्द मिनट की मेहमान होन्दी है...इधर आयी, उधर गई।"

हालाँकि यू. पी. में रहते उसकी उम्र गुज़र गई फिर भी अपनी भाषा के शब्द कभी-कभी बीती याद की तरह उभर आते थे।

दिलावर चच्चू चिट्ठी बाँटकर सबके बाद डाकखाने लौटता। बचे हुए मनीआर्डर/रजिस्ट्रियाँ जमा करवाता। बाबू हर बार शिकायत करता, "यार चच्चू, तुम इतनी देर से लौटते हो...तुम्हारे मारे न रक़म का मिज़ान हो पाता है, खज़ाना खोले रखना पड़ता है सो अलग।"

वह अपनी उसी मुस्कान के साथ जवाब देता, 'राम रक्ख बाबू, चिट्ठियाँ रेवड़ थोड़े ही हैं कि बाड़े में घुसाया और घर जा सोये...बच्चों की तरह सहेजना पड़ता है। पोस्टमैन को देखकर लोगों के चेहरे ऐसे खिल जाते हैं, जैसे स्कूल से पढ़कर लौटते बच्चे साथ हों। तुसी कभी चलकर देक्खो ना मेरे नाल।"

राम रम्ख बाबू के पास उसके तर्क का कोई जवाब नहीं होता। वह बात टालने के लिए कहता–"तुम चच्चू कभी छुट्टी लेकर आराम क्यों नहीं करते?"

दिलावर चच्चू उसका भी वही जवाब देता, "इतने सारे बच्चों को कौन देखेगा? रोज सवेरे मेरी गोद में आकर भर जान्दे हैं।"

उसकी बात पर आस-पास बैठे बाबू भी हँस देते। वह फौरन टोकता, "हँसी की बात नी, बच्चे को स्कूल से आने में देर हो जान्दी है तो दिल पर क्या गुजरती है? ऐसा ही चिट्ठियों का है...कहीं से चिट्ठी आनेवाली है। और न आ रही हो तो दरवाज़े पर खड़े नज़र आते हो कि नहीं?"

उसके तर्क लोगों की समझ में नहीं आते। "कहीं-न-कहीं हास्यापद भी लगते, लेकिन चच्चू इन सब बातों से बेपरवाह था।

पहली बार हुआ था कि दिलावर चच्चू ड्यूटी से कई दिन तक गायब रहा था। डाकख़ाने में भी किसी को कुछ पता नहीं था। कालोनी में लोग परेशान थे। डाक बँटने के समय सबको रोज़ उसका ध्यान आता था। दो बातें ख़ासतौर से लोगों को तंग कर रही थीं। एक तो उनकी चिट्ठियाँ मारी-मारी फिरती थीं। रोज़ नया डाकिया आता था और साइकिल से बिना उतरे घरों में चिट्ठियाँ फेंकता चला जाता था। कई एक बार तो बच्चे चिट्ठी धागे में पिरोकर पतंग की तरह उड़ाते घूम रहे थे। इसके अलावा उनके दिलों में तरह-तरह के ख्याल आ रहे थे। भगवान, चच्चू सही-सलामत हों! रिटायर होने में भी दो-चार महीने ही बचे हैं...पर आदमी का क्या पता? उसने ज़िन्दगी भर छुट्टी नहीं ली, बिना बताए ऐसे गायब हो जाएगा? अगर कभी किसी वजह से अगले दिन उसे देर से आना होता था तो वह पहले दिन आवाज़ लगाकर बता जाता था...बेबे कल देर से चिट्ठी बँटेगी। दो-चार लोग डाकख़ाने जाकर भी पता लगा आए थे। वहाँ भी कोई अता-पता नहीं था। डाकख़ाने वालों को भी आश्चर्य हो रहा था–चच्चू जैसा आदमी बिना छुटटी कैसे गायब हो गया?

कई दिन बाद दिलावर लौटा तो उसकी धजा बदली हुई थी। वह न मुस्कुरा रहा था, न उसके चेहरे पर चिर-परिचित चाँद की रेख जैसी मुस्कान थी। पाँव मन-मन भर के हो गए थे। चलने में जैसे तकलीफ़ हो रही थी। डाक बाँटते समय भी न तो उसमें उत्साह था और न चेतना। वह न दरवाज़े खटखटा रहा था, न घंटी बजा रहा था। बस इतनी एहतियात बरत रहा था कि चिट्ठियाँ सुरक्षित पहुँच जाएँ। या तो दरवाज़े में नीचे सरका देता था या फिर अगर उस घर का कोई बच्चा या बूढ़ा नज़र आ जाता था तो उसे थमा देता था।

थोड़ी देर बाद ही सबको पता चल गया था कि दिलावर चच्चू काम पर लौट आया है। लोग मिलने के लिए बाहर निकल आए। लेकिन चच्चू की हालत देखकर धक्क से रह गये। हर एक पूछ रहा था–

'दिलावर चच्चू कहाँ चले गये थे?'

'घर में तो सब ठीक हैं?'

'तुम्हारे इन बच्चों की तुम्हारे पीछे बहुत बेकदरी हुई।'

'घर में कोई बीमार तो नहीं हो गया था?'

चच्चू किसी के सवाल का जवाब नहीं दे रहा था।

गला बन्द था, आँखें नम थीं। बीच-बीच में वह चेहरे पर मुस्कान लाने की कोशिश करता था पर उसके होंठ पूरी तरह फैल नहीं रहे थे। बहुत पूछने पर इतना ही कह पाया था कि वाहे गुरु के उस दरबार में सबकी अरदास दर्ज है। इतना भी वह रुक-रुककर ही कह पाया था। लोग उसके इतने से जवाब से सन्तुष्ट नहीं थे। वे कुछ ज़्यादा जानना चाहते थे। उसके पास या तो उससे ज़्यादा शब्द नहीं थे या साहस नहीं था। आजकल डाक बाँटने में उसे ज़्यादा देर भी नहीं लगती थी। दफ़्तर वाले चकित थे कि दिलावर चच्चू इतनी जल्दी कैसे लौट आता है! राम रक्ख बाबू ने टोका भी, 'एक बात बता चच्चू क्या कॉलोनी खाली हो गई है या अपने उन बच्चों को कहीं बियावान में छोड़ आया?''

''हम कौन हैं बच्चों को बियाबान में छोड़नेवाले...अब तो बच्चे ही बड़ों को ...'' चच्चू आगे नहीं बोला। बचे हुए मनीआर्डर फ़ार्म और रुपया मेज़ पर रखकर चला गया। राम रक्ख की समझ में नहीं आया चच्चू को क्या हो गया। भरे बरतन की तरह ज़रा छुओ, छलक पड़ता है। बताता भी तो नहीं। हम क्या कोई गैर हैं। जब से ड्यूटी पर लौटा है तब से जैसे ज़बान को बन्द-सा लग गया। पहले बोलता, बातें करता था। सबके दुःख-दर्द की पूछता था। अब वह खुद ही सबकी चिन्ता की वज़ह बन गया है। उसका बेबाकपन कहाँ खो गया?

उसका मन हल्का करने के लिए उसका ही कोई साथी पूछता –''भाभी लड़कर पीहर तो नहीं चली गई?''

''कहाँ का पीहर और कहाँ का सासरा...जिन्हें जाना होता है आनन-फानन में ऐसे ही चले जाते हैं।

हर बात जली-कटी। जैसे अन्दर के फफोले फूट रहे हों।

दिलावर का एक ही बेटा था जित्तन। कोई साल भर पहले या हो सकता है उससे कम समय हुआ हो... उसने अपनी मनपसन्द लड़की से शादी की थी। दिलावर से पूछा तो वह बोला, ''ओए पुत्तर शादी तैनूं करनी, हमसे क्या पुच्छे सी।'' ''माँ ने विरोध भी करना चाहा था। दिलावर ने डपट दिया था, ''तेरा-हमारा ज़माना नहीं रहा...जिसके साथ डोर बाँध दी, बँध गई। ज़िन्दगी ढेर हो गई। नया ज़माना है। जिसे जिसके साथ रहना हो, आप तय करे।''

शादी से पहले चच्चू ने अपने प्रोविडेंट फंड से पैसा भी निकलवाया। चन्दना को बहू बनाकर घर ले आया। किसी को कानोंकान पता नहीं चला। जित्तन की

माँ का दिल गुप-चुप शादी से बुझ गया। दिल की दिल में रह गई। आस-पड़ोस में ताने सुनते कान पक गये सो अलग।

जब से चन्दना ब्याह कर आयी थी वह यही कहती थी कि उसने पहाड़ीवाले बाबा की चौकी पर जाकर दर्शन करने और परसाद पाने के सात सोमवार बोल रखे हैं। उन्हीं की कृपा से हमारा ब्याह हुआ है। अगर मानता पूरी नहीं की तो कौन जाने क्या हो? जित्तन टाल रहा था। एक दिन चन्दना अड़ गई—"बाबा ने कहलाया है, अगर चन्दना ने मानता पूरी नहीं की तो फिर वह जाने...।"

चन्दना का भाई आया हुआ था। जित्तन ने उसी के सुपुर्द कर दिया कि वह चन्दना को सातों सोमवार पहाड़ीवाली चौकी के दर्शन कर के लाये। पाँच सोमवार तो उसका भाई उसे ले जाता रहा। छठे सोमवार के लिए वह चच्चू से कह गया, "पाप्पा जी, मुझे काम से कहीं जाना है, चन्दना के दो सोमवार बचे हैं आप पूरे करवा दो। जीजा को तो इसमें विश्वास नहीं।"

दिलावर मान गया। सवेरे चार बजे ही चन्दना को जगा दिया और बोला, "तैयार हो जा चन्दना, सवेरे के दर्शन सुख देते हैं, मेरी भी ड्यूटी का हर्ज नहीं होगा। अपनी बेबे से भी पूछ ले वह चले तो वह भी दर्शन कर आयेगी।"

चन्दना ने कहा, "नहीं पाप्पा जी, उनके बस की इतनी चढ़ाई चढ़ना नहीं।"

जित्तन सोता रहा। वे दोनों पहाड़ी चढ़ गए। चौकी पर बाबा अकेला था। जाते ही बाबा ने पूछा, "चन्दना, तेरे से कहा था अपने आदमी को लेकर आना... यह किसे साथ ले आयी?"

"हमारे पाप्पा जी हैं..."

बाबा कुछ नहीं बोला। चन्दना फिर बोली, "बाबा मेरे छः सोमवार पूरे हो गये...अब तो आशीर्वाद दे दो, मेरे जित्तन का संकट टल जाए, उसका काम लग जाये।"

चच्चू बोला, "उसकी फ़िकर न कर...बाबा की किरपा से काम तो लग ही जाना है। आज नहीं तो कल।"

बाबा नाराज़गी से बोला, "जब तक तू जित्तन को हमारे दरबार में नहीं लायेगी तब तक उसका संकट नहीं टलेगा।"

बाबा ने चन्दना को प्रसाद दिया, "ले परसाद, जा, इस बार तो तुझे माफ़ कर दिया। अगली बार जित्तन को नहीं लायी तो फिर मुझे मत कहना।"

दिलावर को पत्ते पर अलग से प्रसाद दिया गया था। चन्दना का प्रसाद रक़ाबी और गिलास में था। चच्चू चन्दना को दिया गया प्रसाद देखकर चकरा गया। वह बोला, "चन्दना, यह कैसा प्रसाद है?"

बाबा गरजती आवाज़ में बोला, "यह मन्नत है... जो प्रसाद मिले पा ले, उसी में तेरा कल्याण है।"

दिलावर ने हाथ जोड़कर कहा, "बाबा जी, परसाद सिर आँखों पर... यह परसाद हमारे यहाँ जनानियाँ नहीं खातीं। चन्दना मेरे परसाद में से ही ले लेगी।"

बाबा के चेहरे पर तरारा आ गया। वह बोला, "नहीं खाना तो रख जा...। फिर देख बाबा क्या करता है?"

चन्दना डर से कांप रही थी। उसने आव देखा न ताव प्रसाद मुँह में रखा और...गटागट पी गई।

चच्चू बोला, "चन्दना, तूने यह क्या किया?"

चन्दना ज़ोर-ज़ोर से हिचकियाँ लेकर रो रही थी। चच्चू ने चन्दना का हाथ पकड़ा और तेज़ी से उतरने लगा। बाबा पीछे से बोले जा रहा था, "दिलावरे ... तू भगवान के पास से भक्त को ले जा रहा है, पछतायेगा। जिसकी किरपा से तेरे बेटे और बहू की गाँठ बँधी है, उसकी नाराज़गी बहुत महँगी पड़ेगी।"

दिलावर चन्दना का हाथ पकड़कर उतरता चला जा रहा था। साँस फूल रही थी। चन्दना रोती जा रही थी। कहती जा रही थी, "पाप्पा जी, मुझे छोड़ दो...बाबा मेरा घर बरबाद कर देगा, मुझे छोड़ दो।"

लेकिन दिलावर के कान तक न बाबा की बात पहुँच रही थी और न चन्दना की। चन्दना के पाँव लड़खड़ा रहे थे।

दोनों घर पहुँचे तो जित्तन सोया हुआ था। दिलावर ने चन्दना को खाट पर लिटाया और जित्तन को जगाकर कहा–'चन्दना को कहीं जाने मत देना। वह होश में नहीं है।'

जित्तन ने पूछा, "क्या हुआ...कुछ तो बताओ...।"

"ड्यूटी से लौटकर बताऊँगा। जित्तन की माँ भी पूछती रही, पर वह बिना कुछ खाये और बिना कुछ बताये चला गया। चलता-चलता कह गया, "ज़्यादा तबीयत ख़राब हो तो वैदजी को बुला कर दिखा देना।"

उस दिन चच्चू ने जल्दी-जल्दी डाक बाँटी। लेकिन अपने व्यवहार में कोई फ़र्क नहीं आने दिया। जब घर पहुँचा तो जित्तन कहीं गया था। और चन्दना बेसुध पड़ी थी। घरवाली आँगन में बैठी धीरे-धीरे बिलख रही थी। उसे आया देखकर ज़ोर-ज़ोर से रोने लगी। चच्चू को कभी गुस्सा नहीं आता था। घरवाली को इस तरह रोता देखकर बोला, "कौन मर गया... क्यों मनहूसियत फैला रही है?"

"मरना किसे है? मैं ही मरूंगी...चन्दना सुबह से बेसुध पड़ी है। न कुछ बता कर गये और न इसे होश आया...वह लड़का भी परेशान है।"

चच्चू ने चन्दना का शरीर छूकर देखा, शरीर गर्म था।

"जित्तन कहाँ गया?"

"वैद के पास!"

"वैद क्या करेगा?"

"तुम ही तो कह गये थे?" चच्चू कुछ नहीं बोला। बुदबुदाया "बाबा के परसाद का फल है।" पानी के छींटे दिये तो शरीर में थोड़ी जुंबिश हुई। तभी वैद्य आ गया। चच्चू ने उसे अलग ले जाकर सब कुछ बता दिया। वैद्य ने नब्ज़ देखकर कहा, "कुछ ज़्यादा नहीं बिगड़ा... सवेरे तक ठीक हो जायेगी। घंटे-घंटे भर बाद यह बटी दे देना।"

रात में चन्दना को होश आ गया था। पहले तो वह कूल्हती-कराहती रही। फिर रोना शुरू कर दिया। जित्तन उसके पास था। दिलावर और उसकी घरवाली बराबर वाली कोठरी में थे।

जित्तन ने उसे पुचकार कर सहलाया। बार-बार पूछता रहा "क्या बात है चन्दना, तू मुझे बता दे।"

वह रोती रही । उस दिन न चूल्हा चढ़ा था। न किसी ने मुँह ही बिटारा था। बात खुल नहीं रही थी। अन्दर-ही-अन्दर घुमड़ रही थी।

चन्दना दो दिन बाद ठीक हो गई थी। ठीक होते ही सातवां सोमवार उसके अन्दर फिर उमड़ने-घुमड़ने लगा। दिलावर जित्तन को सारी बात बता चुका था। उसे कह चुका था, "घरवाली को समझा ...छः सोमवार हो गये...बहुत हो गया। जो अच्छा-बुरा होना था सो हो गया। सातवां सोमवार हमारे भाग पर कोई मोहर नहीं ठोक देगा।"

जैसे-जैसे सातवां सोमवार नज़दीक आ रहा था। चन्दना ने कहना चालू कर दिया था, "मुझे जाने दो...बाबा नाराज़ हो गया तो सब बरबाद हो जायेगा। बड़ी मुश्किल से तुम्हें पाया... बस इस सोमवार को जाने दो... फिर मैं कभी बाबा की तरफ देखूंगी भी नहीं ।"

दिलावर पशोपेश में था, वह क्या करे? उसकी बूढ़ी आँखें पता नहीं क्या देख-समझ रही थीं। दिलावर की घरवाली भी चन्दना की बात सुन-सुनकर डर गई थी। कहीं कोई अनिष्ट न हो जाये। वह न चाहते हुए भी चन्दना के साथ हो गई थी। जित्तन बीच में फँसा था। दिलावर जाते हुए कहता गया, "अगर तेरी घरवाली न माने तो इसके भाई को बुलाकर उसके साथ भेज देना, लेकिन तू मत जाना"।

चन्दना जित्तन को साथ लेकर जाने पर अड़ी थी। जित्तन न चन्दना को समझा पा रहा था और न अपने माँ-बाप से कुछ कहने की स्थिति में था। चन्दना की स्थिति यह हो गई थी कि वह सोती-सोती चौंक उठती थी...बाबा बुला रहा है। जित्तन को एक-आध बार झुँझलाहट भी आई, "कहाँ है बाबा ...तेरा बाबा आदमी है या भूत? हर वक्त तेरे पर सवार रहता है।"

उसने जित्तन के मुँह पर हाथ रख दिया, "ऐसा मत कहो...बाबा सुन लेगा...वह सब जानता है।"

"जानता है तो फिर यह क्यों नहीं समझता कि मैं उसके पास नहीं जानेवाला।"

"वह तुम्हारा भला करना चाहता है।"

"चन्दना, तू क्यों नहीं समझती कि वह न तो तेरा भला चाहता है, न मेरा ...उसका ही अपना कोई भला है, न उसे तू समझ रही है न कोई और। नहीं तो बाबा होकर क्या वह तुझे मास और मदिरा का प्रसाद देता? कौन जाने उसमें क्या मिला था। वह तो पाप्पा जी तुझे लेकर चल दिए...नहीं तो पता नहीं क्या हो जाता।

"नहीं, नहीं, बस एक बार चलो। फिर मैं कभी चलने के लिए नहीं कहूँगी।"

जित्तन चुप रहा। अगले दिन सवेरे वह चन्दना को लेकर बाबा की चौकी के दर्शन के लिए चल दिया। दिलावर ने रोका तो वह बोला, "पाप्पा जी, आप चिन्ता न करो...सब वाहे गुरु पर छोड़ दो। वही सबके दुःख-सुख का मालिक है।"

दिलावर को मन-ही-मन लग रहा था अगर बाबे ने दोनों को वही प्रसाद दिया जो चन्दना को दिया था तो कौन किसको लेकर आएगा? वाहे गुरु ...बच्चों पर रहम करना।

आठवां सोमवार आ गया था। जित्तन और चन्दना सातवें सोमवार की मानता पूरी करके अभी तक नहीं लौटे थे। दिलावर कई बार चौकी हो आया था । बाबा के पैरों में लोटा था, मिन्नतें की थीं कि उसका पुत्र और बहू लौटा दे। शुरू में तो एक-आध बार बाबा मिला भी। बाद में उसने चेले-चपाटों से कह दिया—दिलावर जब आये धक्के मारकर निकाल देना। उनके सामने भी वह हाथ-पाँव जोड़ता। चेले-चपाटे हमेशा यही कहते यह तो बाबा की चौकी है...यहाँ भक्त आते हैं, दर्शन करते हैं, प्रसाद पाते हैं चले जाते हैं। अपने बहू-बेटे को अपने घर-गलियों में जाकर ढूंढ़।"

एक-दो बार चेलों ने दिलावर को पीटा भी। दिलावर काँखता-कूँखता, बिलखता लौट गया। वह बार-बार अपनी घरवाली से यही कहता—'मैंने किसी का क्या बिगाड़ा...मैंने तो कागज की चिट्ठी-पतरी को भी बच्चों से ज़्यादा माना, हमारे बच्चे हमसे क्यों दूर चले गये।'

घरवाली की जब कुछ समझ में नहीं आता तो वह दहाड़ मारकर रोने लगती थी 'बाबे, तेरा नाश हो...तूने मेरे सूरज से बेटे, चाँद-सी बहू को कहाँ छिपा दिया?"

दिलावर चच्चू, सब तरफ से निराश हो चुका था उसकी खुशामद और मिन्नत सब बेकार हो गई थी। उसके बच्चे कहाँ थे कोई बतानेवाला नहीं था। उसके लिए दुनिया बियावान हो गई थी। अन्त में वह थाने पहुँचा। शुरू में तो पुलिसवालों ने उसे भगा दिया। लेकिन बहुत रोने पर रपट लिख ली। वह रोज़ थाने जाता और पूछता, 'मेरे बच्चों का पता चला?"

सिपाही उससे ठिठोली करते। कभी कहते—जा अन्दर ...दारोगा जी के पास बैठे हैं। वह दौड़ा जाता, दरोगा जी से पूछता, "मेरे बच्चे कहाँ है' हुजूर? मुझे मिला दो।"

दरोगा जी कहते, "लगता है, कहीं मिनिस्टर हो गये हैं...आम आदमी रहे होते तो मिल गये होते।"

वह हाथ जोड़कर कहता, "हुजूर मजाक न करो। भगवान न करे किसी के बच्चे इस तरह बिछड़ें ।"

कभी जब बहुत कहता तो पुलिसिया अन्दाज़ में कहते, "अरे, कहीं मर-खप गये होंगे...या बुड्ढे-बुढ़िया से बचकर कहीं मौज-मजा मार रहे होंगे।"

मर-खपने की बात उसका कलेजा हिला देता, "ऐसा मत कहो मालिक सबके जियें। मेरे भी जियें।"

धीरे-धीरे दिलावर चच्चू समझ गया था कि जो कुछ होगा उसकी मर्ज़ी से ही होगा। आदमी होकर भी जब वह आदमी के पास नहीं पहुँच पाता तो उसके सिवाय किसका सहारा बचता है। वह घर जाता तो उसकी घरवाली पूछती, "मेरे बहू-बेटे को लाये? तुमने उन्हें रोका क्यों नहीं?"

उसका विलाप चुपचाप सुनने के अलावा उसके पास कोई रास्ता नहीं था। घर भी खाने को दौड़ने लगा था। जब रोटी-पानी का खेल भी बिखरने लगा। तो वह नौकरी पर लौट गया। अब उसी के सहारे वह और उसकी घरवाली ज़िन्दा रह सकते थे। आत्मा तो पता नहीं कैसे-कैसे और कहाँ-कहाँ टूटकर बिखर गई थी।"

नौकरी पर लौटकर दिलावर चच्चू दूसरी भँवर में फँस गया था। जब लोग पूछते थे चच्चू इतने दिन कहाँ रहे तो वह सवाल तीर की तरह अन्दर घुसकर कलेजा बाहर निकाल लाता था। कलेजा बाहर आते किसी को नहीं दिखता था। लेकिन वह देखता भी था और महसूस भी करता था। कई बार तो सवाल को अनसुना करके चिठ्ठी पकड़ाकर वह आगे बढ़ जाता था। जब सवाल कई बार दोहराया जाता था तो एक-आध बार जवाब दे देता था, "बन्दे के हाथ में क्या है जो कहीं आये या जाये, वह तो वक्त है जो नचाता रहता है।"

इस तरह का जवाब दिलावर के स्वभाव के विरुद्ध था। वह भगवान में विश्वास ज़रूर करता था। पर बातचीत के बीच न कभी वक्त को लाता था और न भगवान को। धीरे-धीरे लोगों ने इस बारे में उससे पूछना ही बन्द कर दिया। सब कुछ यन्त्रवत चलने लगा..... उसका चिट्ठी बाँटना, पुलिस स्टेशन चक्कर लगाना, दिल चीरकर रख देनेवाले जवाब सुनना, मन-ही-मन बिसुरते हुए लौट जाना और घरवाली का दिन-दिन घुलते जाना और कोने में बैठकर घुट-घुटकर रोते रहना ...।

इसी बीच एक घटना और घटी। उस घटना का न तो कोई इमकान था और न ज़रूरत, लेकिन घटनायें जब घटती हैं तो घटती ही जाती हैं। उसके सिरे कहीं के कहीं जाकर जुड़ते हैं। कॉलोनी में एक मेम रहती थी। शुरू-शुरू में जब वह उस कालोनी में चिट्ठी बाँटता था तो मेम उससे अक्सर पूछती थी, 'हमारी चिट्ठी आता... ।"

वह कहता था "मेम साहब, आता तो हम देता... नहीं आता तो नहीं देता।"

चच्चू की एक बुरी आदत थी। अगर कोई पूछता था उसकी चिट्ठी आई या

नहीं। और उसे मनाना पड़ता था तो लगता था जैसे वह उसकी उम्मीदों पर पानी फेर रहा है। एक दिन उसने मेम से कहा, "मेम साहब, आपका चिट्ठी ज़रूर आयेगा आपसे वायदा करता है हम आपकी चिट्ठी ज़रूर लाकर देगा।"

उसके बाद न मेम ने फिर उससे पूछा था न और चिट्ठी ही आई थी। दिलावर चच्चू भी उस घटना को भूल चुका था।

उस दिन मेम के नाम अचानक चिट्ठी आ गई। दिलावर चच्चू को कई साल पहले मेम से किया गया अपना वायदा याद आ गया। उसे लगा वाहे गुरु ने नौकरी से मुक्ति पाने के पहले वायदा पूरा करने का मौका दे दिया। मेम की चिट्ठी लेकर जाते हुए उसे लग रहा था उसके पैरों में बड़े-बड़े गुब्बारे बँधे हैं और वह उड़ता जा रहा है।

मेम वरांडे में कुर्सी पर चुपचाप बैठी थी। दिलावर चच्चू ने जाकर सलाम किया और बोला "मेम साहब, मैं दिलावर पोस्टमैन हूँ। आपको याद होगा...मैंने आप से बहुत दिन पहले चिट्ठी लेकर आने का वायदा किया था...वाहे गुरु ने मेरी बात रख ली...आपकी चिट्ठी आ गई।"

उसे लगा मेम ने हूँ किया। दिलावर को धक्का-सा लगा। मेम को चिट्ठी आने की कोई ख़ुशी ही नहीं हुई।

चिट्ठी पर सरकारी मोहर लगी थी। टिकट भी सरकारी थे। मेम की गर्दन थोड़ी-सी टेढ़ी हुई और दिलावर की तरफ देखने लगी। पोस्टकार्ड आधा छपा था आधा लिखा। उसे लगा मेम कह रही है चिट्ठी पढ़ो। हालाँकि उसने कुछ कहा नहीं था। सिर्फ गर्दन टेढ़ी हुई थी जैसे उसे देख रही हो। वह चिट्ठी पढ़ने लगा, "आपकी बेटी लीडा का तलाश करने पर भी कहीं पता नहीं चला... फ़ाइल दाखिल दफ़्तर की गई।"

दिलावर का दिल कांप गया। उसने चिट्ठी मेज़ पर रखी और तेज़ी से बाहर निकल गया।

घर पहुँचा तो बुदबुदा रहा था, "फ़ाइल दाखिल दफ़्तर ...फाइल दाखिल दफ़्तर।"

उसने अनबँटी डाक तख़त पर रख दी और लेट गया।

उसकी घरवाली ने आवाज़ देकर पूछा,"आज आप जल्दी आ गये...बच्चों का पता मिल गया क्या?"

उसने धीरे से कहा, "फ़ाइल दाखिल दफ़्तर ...।"

"कैसी फाइल?" बुढ़िया ने पूछा।

इस सवाल का वहाँ कोई जवाब नहीं था।

तरकश

विजयसिंह (शैडो) पाँव झारने के लिए जब चिलमची में पानी लेकर लौटा तो देखा बलवन्त बाबू सोने के कमरे में ही टहल रहे हैं। क्षण भर वह उन्हें आश्चर्य-भरी नज़र से देखता रहा, फिर गरम पानी की चिलमची हलकी-सी आवाज़ के साथ फर्श पर रख दी। आवाज़ शायद उन्हें सुनायी नहीं पड़ी। टहलते समय उनके हाथ बराबर क्रियाशील थे। कभी पीछे और कभी सीने पर। लटके रहने पर उनकी अँगुलियों में माला फेरने की-सी हरकत होने लगती थी। विजयसिंह ने घड़ी की तरफ देखा—एक बजने वाला है। वह सोचने लगा—भैयाजी को जगाया जाए; क्योंकि डॉक्टर ने कहा है कि रात को ज़रा-सी भी अधिक देर तक जागने पर साहब का ब्लडप्रेशर बढ़ सकता है। लेकिन उसने भैयाजी को बुलाकर लाना उचित नहीं समझा। ऐसे मौकों पर भैयाजी साहब को ज़बरदस्ती लिटा तो देते हैं, पर उनके जाते ही साहब फिर उठ बैठते हैं। इस बार विजयसिंह ने खँखार का प्रयोग किया, लेकिन बलवन्त बाबू ने बिना उसकी तरफ देखे ही कहा, ''पानी छोड़ जाओ...हम अपने-आप पाँव झार लेंगे।''

विजयसिंह ने कहना चाहा—''नहीं साहब, मुझे जाने की जल्दी नहीं...मैं तो सिर्फ़ आपको समय बताना चाहता था, क्योंकि डॉक्टर ने ज़्यादा देर तक जागने को मना किया है। लेकिन ''जी...नहीं...'' कहते-कहते आगे कुछ भी कहने का प्रयास कर के पेट्रोल की तरह अचानक समाप्त हो गया। दरअसल बलवन्त बाबू ने उस की तरफ कुछ इस तरह देखा कि उनकी नज़र के इशारे के साथ-ही-साथ वह खड़ा होता चला गया और वह नज़र उसे अधमरे कनखजूरे की तरह उठाकर कमरे से बाहर छोड़ आयी।

बलवन्त बाबू की चहलकदमी बराबर जारी है। यह जानकर उसके मन में अजीब-सी बेबसी उभरने लगी, क्योंकि अधिक जागने से उनके स्वास्थ्य को ख़तरा है—और उनका स्वास्थ्य करोड़ों आदमियों का स्वास्थ्य है। लेकिन वह उनको रोक पाने की स्थिति में बिल्कुल नहीं। सोने के कमरे में उनको टहलते हुए देखकर वह और भी अधिक चिन्तित हो उठा। इससे पहले टहलने का यह कार्यक्रम रोजाना दफ़्तर

में या बाहर वाले बरांडे में होता रहा है। बारह बजे के करीब जब दफ़्तर से उठते हैं तो दिनभर बैठे रहने के कारण पैरों में जमे हुए खून का दौरा ठीक करने के लिए पन्द्रह-बीस मिनट टहला करते हैं। टहलना ख़त्म करने पर बिना किसी का नाम लिये ही पुकारते हैं–"चलो।" विजयसिंह तुरन्त पैड उठाकर उनके पीछे-पीछे हो लेता है। यह पैड रात को उनके सोने के कमरे में ही रहता है। उस पर अँगरेजी में लिखा है 'एम. एम.' और 'कान्फीडेन्शल।' जब बलवन्त बाबू कमरे की ओर जाते हैं तो ज़मीन पर बेंत टेकने की आवाज़ रात के उस मौन और स्थिरता को कुरेदती-सी महसूस होती है। कमरे में प्रवेश करने के लिए जहाँ छह सीढ़ियाँ चढ़ने का सवाल आता है उस जगह बलवन्त बाबू ठहर जाते हैं और विजयसिंह उनके पीछे से निकल कर बायीं बगल में आ जाता है। उस समय बलवन्त बाबू के लिए उनका अपना वजन लगभग नगण्य हो जाता है–आधा विजयसिंह के कन्धे पर और आधा लाठी जितनी मोटी बेंत पर! पलँग के बराबर ही बिछी आराम-कुरसी पर बलवन्त बाबू पाँव फैलाकर लेट जाते हैं। विजयसिंह सेकंडों में 'बिजली के डंडे से पानी गरम कर ले आता है और किसी दवा की एक-दो बूँद डालकर उनके पाँवों को झारने लगता है। बलवन्त बाबू को लगता है कि उनके पाँवों की थकान धीरे-धीरे उस पानी में घुलती जा रही है। फिर विजयसिंह उनकी टोपी, बास्कट, कुरता अन्दर वाले ड्रेसिंग रूम में टाँग आता है। और बलवन्त बाबू जम्हाई लेते हुए, चुटकी बजाकर पलँग पर लेट जाते हैं।

बलवन्त बाबू की वही बिना नाम की आवाज़ सुनायी दी–"सुनो..." वह तुरन्त गया। अभी तक टहलना जारी है। उसे खड़ा देखकर उन्होंने कहा, "ज़रा शिक्षा मन्त्री, उद्योग मन्त्री और सूचना मन्त्री तीनों को फ़ोन करो।"विजयसिंह ने घड़ी की ओर देखा। बलवन्त बाबू उसका तात्पर्य समझ गए और बोले, "कहना, हम अभी बात करेंगे।" विजयसिंह उनके बेडरूम में लगे गोपनीय टेलीफ़ोन से ही सबको फ़ोन करने लगा। दो ने तो स्वयं ही उठाया और बड़ी रुखाई से बोले–"कौन?" बिना अपना नाम बताए वह जल्दी से बोल गया, "मन्त्री जी से इसी समय मुख्यमन्त्रीजी बात करना चाहते हैं।" दूसरी तरफ का स्वर तुरन्त नरम पड़ गया–"अच्छा दे दो।" लेकिन बलवन्त बाबू ने उन दोनों से एक ही वाक्य कहा–"तुरन्त चले आओ।" लेकिन तीसरे मन्त्री के शैडो ने ही टेलीफ़ोन उठाया, वह काफ़ी देर तक हील-हुज्जत करता रहा–"मन्त्री जी सो रहे हैं...उनके पास कैसे जाया जा सकता है..." देर होते देख विजयसिंह ने रिसीवर बलवन्त बाबू के हाथ में पकड़ा दिया। उन्होंने डाँटते हुए कहा, "अपने मन्त्री जी से कहो–हम से इसी वक्त टेलीफ़ोन पर बात करें..." और रिसीवर रख दिया। मिनट भर बाद ही फ़ोन की घंटी बजने लगी। बलवन्त बाबू ने टहलते-ही-टहलते, उनसे भी इतना ही कहा, "तुरन्त चले आओ।"

पन्द्रह मिनट के अन्दर तीनों लोग उपस्थित थे। बलवन्त बाबू ने 'एम. एम.' और 'कान्फीडेन्शल' वाला पैड इन तीनों के सामने रख दिया और स्वयं उसी तरह टहलना जारी रखा। बलवन्त बाबू ने टहलते हुए कहा, ''आपने ट्रान्सफर्स की चेन देखी–सब जगहों पर अपने-अपने लोगों को बैठा कर शासन अपने हाथ में लेना चाहता है। मुझ तक से नहीं पूछा और आदेश भेज दिए गए। मेरे पास तो यह फाइल केवल सूचनार्थ आयी है।'' बलवन्त बाबू के चेहरे पर अपमान की अभेद्य भावना थी। तीनों लोगों में शिक्षामन्त्री थोड़े बुज़ुर्ग और दबंग भी होने के कारण बोले, ''आप चिन्तित क्यों हैं? इन 'आर्डर्स' को कैंसिल कर दीजिए।'' बलवन्त बाबू ने उनकी ओर गौर से देखा और कहा, ''यह तो मैं कर ही सकता हूँ... और वह भी यही चाहता है।'' उसके बाद कुछ देर तक चारों चुप रहे। फिर बलवन्त बाबू पलँग पर बैठ गए और धीरे-धीरे कुछ समझाने लगे। चलते समय बलवन्त बाबू ने सूचना मन्त्री से कहा, ''अभी जाकर कलक्टर को टेलीफ़ोन कर दीजिए और सुबह पाँच बजे विशेष प्लेन से चले जाइए...फ़ाइल लेकर दस बजे तक यहाँ लौट आना है।''

तीनों मन्त्रियों के चले जाने पर बलवन्त बाबू के चेहरे का तनाव कुछ कम हुआ और उस स्थिति को अनुभव करने के लिए पलँग पर आँखें बन्द करके लेट गए। बलवन्त बाबू ने पलँग पर से ही पुकारा। विजयसिंह के जाने पर उन्होंने आई. जी. पुलिस की कोठी पर टेलीफ़ोन करने का आदेश दिया।

कुछ ही देर में दूसरी तरफ से आई. जी. साहब की हड़बड़ाहट भरी आवाज़ सुनाई दी–''यस सर...'' विजयसिंह ने बलवन्त बाबू को रिसीवर दिया। उन्होंने बड़ी नम्रतापूर्वक तुरन्त चले आने के लिए कहा और साथ ही उस समय कष्ट देने के लिए क्षमा भी माँगी। कुछ ही देर में आई. जी. साहब अपनी गाड़ी से पहुँच गए। मुख्यमन्त्री ने उन्हें बड़े स्नेह के साथ पलँग के बराबर वाली कुरसी पर बिठा लिया और धीरे-धीरे बातें करने लगे। आई. जी. के चेहरे पर क्षण-क्षण भावशून्यता आती जा रही थी। चलते समय बलवन्त बाबू ने उनसे कहा, ''ज़रा कर्नल मोथम को भी मेरी ओर से कह दीजिए...ग्यारह बजे के करीब वे भी आ जाएँ...''

जब आई. जी. साहब बलवन्त बाबू को सैल्यूट कर बाहर आए तो विजयसिंह ने उन्हें सैल्यूट मारा। सैल्यूट लेते हुए आई. जी. साहब ने मुस्कराकर पूछा, ''ठीक हो?'' विजयसिंह ने बड़े झुक-झुककर कहा, ''हुज़ूर की इनायत है।'' जब वे चले गए तो विजयसिंह सोचने लगा–बड़े आदमी की गोद में बैठे देख ये लोग अपने ही कुत्ते के हालचाल भी पूछने लगते हैं।

सुबह ठीक दस बजे सूचना मन्त्री आए तो विजयसिंह की ड्यूटी नहीं थी, फिर भी वह रामनिवास शैडो के पास आकर बैठ गया। जैसे ही सूचना मन्त्री आए जमादार-चपरासी उनको बलवन्त बाबू के पढ़ने के कमरे में ले गया। विजयसिंह रामनिवास को धीरे-धीरे रात का पूरा किस्सा सुनाने लगा। लेकिन जमादार को आते

देखकर वह चुप हो गया। पर जमादार उन दोनों के पास रुका नहीं। वह सीधा पी. ए. साहब के कमरे की ओर चला गया। फिर लौटकर मुसकराते हुए बोला, "आज दंगल है—मेहताजी की भी बुलाहट हुई है।"

लगभग बीस मिनट बाद ही मेहता साहब यानी गृहमन्त्री की कार आ गई। इतनी उम्र होने पर भी इतना सजीला व्यक्तित्व! जमादार धीरे-से बोला—"यह सूचना मन्त्री जो अन्दर बैठा है, मेहता साहब के सामने एकदम भैंसा-सा लगता है।" इस पर तीनों हँस दिए। मेहता साहब का शैडो भी उन तीनों के पास आकर बैठ गया। मेहता साहब के शैडो ने मजाक के अन्दाज़ में कहा—"आज तुम्हारे साहब ने हमारे साहब को फोन करके कैसे बुला लिया? हमारे साहब से तो सुना है, तुम्हारे साहब नाराज़ हैं।" फिर हँसकर बोला—"हमारे साहब के बिना सरकार चलाना आसान काम थोड़े ही है।"

सूचना मन्त्री अन्दर से निकले और गाड़ी में बैठकर चले गए। रामनिवास और विजयसिंह को जमादार की बात याद आ गई और दोनों एक-दूसरे को देखकर हँस दिए।

उनके आते ही आई. जी. साहब की स्टेशनवैगन आकर रुकी। आई. जी., डी. आई. जी., एस. पी., डी. वाई. एस. पी., एक दरोगा और दो सिपाही। तीनों शैडोज ने उन सबको सैल्यूट मारा। आई. जी. साहब ने विजयसिंह की तरफ फिर मुस्कराकर देखा और पी. ए. के कमरे की ओर बढ़ गए। एस. पी., डी. वाई. एस. पी., लान में टहलने लगे। दरोगाजी दरवाज़े के पास जाकर सिगरेट सुलगाने लगे। दोनों सिपाही मेहता साहब की कार और स्टेशनवैगन के बीच में खड़े होकर बातें करने लगे।

पी. ए. ने आई. जी. को समझाना चाहा कि गृहमन्त्री नाराज़ हो जाएँगे। लेकिन उन्होंने उसी समय सूचना पहुँचा देने पर अतिरिक्त ज़ोर दिया। पी. ए. को बलवन्त बाबू से जाकर कहने के लिए मजबूर होना पड़ा। बलवन्त बाबू और मेहता साहब बात करते-करते पढ़ने के कमरे से ड्राइंगरूम में आ गए थे। वहाँ की आवाज़ें बाहर तक सुनायी पड़ रही थीं। मेहता साहब के साथ बलवन्त बाबू को इतनी ज़ोर से हँसते देखकर सब लोगों को आश्चर्य था, क्योंकि बड़ी-से-बड़ी मजाक की बात पर मुस्कराना मात्र बलवन्त बाबू के लिए सीमा थी।

आई. जी. साहब के आने की सूचना पाते ही बलवन्त बाबू एकदम गम्भीर हो गए और उन्होंने नाराज़ होते हुए पी. ए. से कहा, "आप देखते नहीं—आई. जी. महत्त्वपूर्ण हैं या गृहमन्त्री? कह दीजिए बैठें।"

पी. ए. के जाते ही मेहता साहब उठते हुए बोले, अच्छा, "अब आज्ञा दें।" लेकिन बलवन्त बाबू ने बाँह पकड़कर बैठा लिया और बोले, "ट्रान्सफर्स की चेन मुझे पसन्द आयी" और मुस्करा दिए। फिर आश्चर्य प्रकट करते हुए बोले, "इस

बीच सिवाय 'कैबिनेट' के हम एक-दूसरे से मिले ही नहीं। न जाने मेरी ओर से आप के दिल में क्या बात पैदा हो गयी।"

मेहताजी कुछ कहना चाहते थे कि चपरासी ने एक कार्ड लाकर रख दिया और जल्दी से बाहर खिसक आया। बलवन्त बाबू कार्ड को उठाकर ज़ोर से पढ़ गए—"ओह, कर्नल मोथम"—फिर मजाक में बोले, "अरे भाई, हम लोग घास-पात खानेवाले—वैसे ही आप लोगों का हम पर इतना रोब है..." सुनकर मेहता साहब ज़ोर से हँस दिए। बलवन्त बाबू ने भी साथ दिया।

मेहता बाबू ने पुनः उठने का-सा आभास दिया। इस बार बलवन्त बाबू ने विशेष रुचि नहीं दिखाई। थोड़े गम्भीर होकर बोले—"मुझे आपसे एक-दो बातें कहनी थीं।" कुछ रुककर पुनः बोले, "आप मेरे बड़े महत्त्वपूर्ण साथी हैं..." पुनः वाक्य टूट गया। मेहता साहब बलवन्त बाबू के चेहरे की ओर उत्सुकतापूर्वक देखने लगे। उस समय दोनों के चेहरों पर उनके अपने-अपने भाव कठोरतापूर्ण गम्भीरता और आश्चर्य-भरी उत्सुकता—बिखरे पानी की तरह फैलते जा रहे थे। बलवन्त बाबू ने एक नज़र मेहता साहब के चेहरे पर डाली और फिर इस तरह आँखें बन्द कर लीं जैसे किसी विषम स्थिति का सामना करने से कतरा रहे हों। लेकिन धीरे-धीरे कुछ इस तरह कहना शुरू किया जैसे कोई दुखद कार्य कर्तव्यवश करना पड़ रहा है।

"कलक्टर ने आपकी रिपोर्ट भेजी है..." बलवन्त बाबू क्षण भर के लिए रुक गए और साहस बटोरने का प्रयत्न करते हुए, दृढ़ आवाज़ में पुनः बोले, "पिछले दौरे में आपने किसी सम्भ्रान्त महिला के साथ बदतमीजी करनी चाही थी।"

मेहता साहब की आँखों में क्रोध की सुर्खी दिखायी दी, लेकिन उन्होंने बड़े ठंडे ढंग से जवाब दिया, "मैं कलक्टर और उन सम्भ्रान्त महिला से मिलना चाहूँगा।"

"मैंने स्वयं इन्क्वायरी की है। बेहतर है बात पब्लिक होने से पूर्व ही दबा दी जाए, वरना..." कहते-कहते बलवन्त बाबू रुक गए और उनके चेहरे को गौर से देखने लगे। मेहता साहब की मुट्ठियाँ स्वतः खुल-बन्द हो रही थीं। उनके हाव-भाव से लग रहा था कि अपने को सँभालने के लिए उन्हें अतिरिक्त प्रयत्न करना पड़ रहा है। रोकते-रोकते भी उनकी आवाज़ में रुक्षता आ गयी—"आपकी इन्क्वायरी क्या कहती है?"

बलवन्त बाबू मुस्कराए—"मैं जो इस समय आपको बुलाकर समझा रहा हूँ...क्या यह सब समझ लेने के लिए काफ़ी नहीं है?" मेहता साहब अपनी कुर्सी छोड़कर उठ खड़े हुए और अयाचित मुँह से निकल गया—"बलवन्त बाबू..." गला रुँध गया, लेकिन उनकी इस स्थिति के प्रति बलवन्त बाबू का भाव आपरेशन करते हुए डॉक्टर का-सा था।

मेहता साहब की साँस फूलने लगी और वे यह कहते हुए तेज़ी के साथ निकल आए—"आप अपनी रिपोर्ट पब्लिक करा दीजिए, मैं स्वयं निपट लूँगा।"

लेकिन दरवाज़े से निकलते ही आई. जी और डी. आई. जी ने सामने आकर ठक-ठक सैल्यूट लगाए। मेहता साहब के पैरों में ब्रेक-सा लग गया और मुँह से निकला—"आप?"

आई. जी. ने आवाज़ को झटका देते हुए भारी स्वर में कहा, "यस सर!" मेहता साहब की नज़र चारों तरफ दौड़ गयी। लान की तरफ मुँह किए कर्नल मोथम पतले-से बेंत को अपनी पैंट पर फटाफट मार रहे थे। एस. पी. और डी. वाई. एस. पी. एक पेड़ के नीचे खड़े बतिया रहे थे और दरोगा दोनों सिपाहियों को कुछ समझा रहा था। मेहता साहब तीर की तेज़ी के साथ पुनः कमरे में लौट आए और चिल्ला कर बोले—"क्या मैं अपने को हिरासत में समझूँ?"

बलवन्त बाबू ज़ोर से हँस दिए—"हिरासत में! भला गृहमन्त्री को हिरासत में लिया जा सकता है!" फिर एकदम गम्भीर होकर समझाते हुए कहा—"बैठ जाइए। पूरी बात सुनने से पहले सन्तुलन खो देना उचित नहीं होता। फिलहाल आप इस्तीफा दे दें। किस्सा खुद-ब-खुद दब जाएगा। जिस महिला ने आप पर लांछन लगाया है, यदि वह मेरा विरोध करने पर उतर आए तो...मेरे पास भी इसके सिवाय कोई चारा नहीं रह जाएगा।" फिर अपनी आवाज़ को और गम्भीर बनाकर बोले, "जो प्रमाण हैं वे ऐसे हैं कि कोई भी हिरासत में लिया जा सकता है—सरकार के रज़ामन्द होने की देर है। अगर आप चाहें तो फ़ाइल भी देख लें।"

मेहता साहब ने कहा, " मैं जानता हूँ फ़ाइल कमजोर नहीं होगी। अगर आप मुझसे इस्तीफा चाहते थे तो और भी बहुत से तरीके थे।" कुछ देर तक मेहता साहब गरदन झुकाए कुछ सोचते रहे, फिर एकदम कहा, "लाइए काग़ज़...मैं अपनी कायरता का परिचय भी दे दूँ..."

बलवन्त बाबू ने तुरन्त एक काग़ज़ उनकी ओर बढ़ा दिया। मेहता साहब ने जल्दी से पंक्तियाँ खींच दीं, जिनका आशय सिर्फ यही था— "मैं अपनी कठिनाइयों के कारण इस्तीफा दे रहा हूँ।" बलवन्त बाबू ने इस्तीफा लेकर धन्यवाद देते हुए कहा, "जो कुछ भी हुआ है वह मेरा और राज्य, दोनों का दुर्भाग्य है...आप-जैसा व्यक्ति मुझे कहाँ मिलेगा!"

मेहता साहब उनकी बातों की ओर बिना ध्यान दिए उठ खड़े हुए। लेकिन बलवन्त बाबू ने बाहर देखते हुए मुस्कराकर कहा—"ठहरिए, मैं भी साथ चलता हूँ।"

बलवन्त बाबू और मेहता साहब को आते देखकर आई. जी. और डी. आई. जी. ने एड़ियाँ बजाकर सैल्यूट किया। कर्नल मोथम का पतला-सा बेंत बेवजह पतलून का पीटना छोड़कर उनकी बगल में स्थान पा गया। उन्होंने भी आगे बढ़कर सलाम किया। बलवन्त बाबू ने उन तीनों की ओर मुखातिब होकर मन्द-मन्द मुस्कराते हुए

कहा, "माफ़ कीजिएगा, देर हो गयी। मेहता साहब से ज़रूरी बातें कर रहा था। आप लोगों को बेकार इतनी लम्बी ड्यूटी देनी पड़ी।"

लेकिन मेहता साहब बिना किसी ओर ध्यान दिए अपनी कार की तरफ बढ़ गए। आई. जी. ने इशारा किया। एस. पी. ने बढ़कर दरवाज़ा खोल दिया। बलवन्त बाबू ने हाथ जोड़कर नमस्कार किया और मुस्करा दिए।

विजयसिंह को अचानक ध्यान आया, रात वाला पानी अभी उनके बेडरूम में उसी तरह रखा हुआ है।

प्रतिस्पर्धा

वे दोनों माँ व बेटी उसे सपने में दिखाई दीं। गाय के दूध की तरह हल्का पिलकाई लिए चेहरों का रंग। उसी रंग से मिलता-जुलता सिल्क का लिबास। वे दोनों उसे मुड़-मुड़कर देखती पैदल जा रही थीं। हालाँकि उनका पैदल चलना कम ही होता था। वह उठकर बैठ गया और उस उनींदेपन में ही सोचने लगा—यह कैसे हुआ? उन लोगों के चेहरे-मोहरे और पहनावे में इतने सालों के बाद भी कोई फ़र्क नहीं पड़ा! वह कमरे में लगे आदमक़द शीशे के सामने जा खड़ा हुआ। लेकिन कुछ नज़र नहीं आया। उसे एक क्षण को लगा कि वह है ही नहीं। परछाईं की तरह कुछ है। वह और भी परेशान हो उठा। वह परछाईं कैसे हो गया, अच्छा-ख़ासा सोया था। वे लोग सपने में भी उतने ही तरोताज़ा थे! उसने बिजली जलाई तो उसे लगा कि वह धीरे-धीरे नमूद हो रहा है। लेकिन तब के और अब के 'उसमें' ज़मीन-आसमान का अन्तर है। वास्तविकता उसके अपने मन में विकर्षण पैदा कर रही थी और वे सपने में भी आकर्षण का जाल उसी तरह फैला रहे थे जैसे तब फैलाते थे। उसे अपने ऊपर आश्चर्य हो रहा था कि वे अगर वैसे ही हैं तो वह इतना मायूस और घिनौना क्यों हो गया? क्या यही बताने और शीशा दिखाने के लिए वे दोनों उसके सपने में आए थे? फिर उसे याद आया—उसके शहर छोड़ने के बाद उनका ट्रांसफर भी बंगाल के किसी शहर में हो गया था। उससे पहले ही उसके साथ वह घटना घट चुकी थी।

उसके इम्तहान थे और उसके घरवालों को किसी नज़दीकी रिश्तेदार की शादी में मध्य प्रदेश जाना पड़ा था। उसके सामने समस्या थी कि वे उसे कहाँ छोड़ें। कभी भी उसे बुख़ार आ सकता था। उस लड़की के पापा का उस घर में तब से आना-जाना था जब से उन दोनों के पापा साथ-साथ पढ़ते थे। लड़की के पापा विलायत चले गए थे। उसके बाद वे तभी मिले थे जब वे किसी फ़ैक्टरी के जी एम होकर उस शहर में वापस आए थे और खोजते-खोजते पापा से मिलने उसके घर पहुँच गए थे। दोनों दोस्त जिस तरह गले मिले थे, देखनेवालों को रोमांच हो आया था। बाद में पता चला दोनों के बीच सब कुछ पहले जैसा ही था, स्तर के अलावा। हालाँकि

साहब का जन्म भी उसी बाज़ार के एक किराए के घर में हुआ था जबकि उनका अपना घर था। विलायत जाने तक वह घर, घर रहा था फिर स्मृति में कहीं खो गया। उसे पहली नज़र में ही उनकी बेटी रमा यानी वह लड़की और उसकी ममा अच्छी ही नहीं, बहुत अच्छी लगी थीं। रमा और वह अलग-अलग कालिजों में एक ही क्लास में पढ़ते थे। इस वाक़ये ने एक-दूसरे में उनकी आपसी रुचि बढ़ा दी थी। माँ भले ही माँ थी पर उसे लगा था वह उन्हें भी उतना ही पसन्द करता है जितना बेटी को बल्कि उससे भी ज़्यादा। कारण उसकी समझ में तब तक नहीं आया जब तक वे शहर छोड़कर चले नहीं गए। उनके कपड़ों से एक विशेष प्रकार की गन्ध आती थी। जैसे कहीं विदेशी फूल खिले हों और वह उनका भीनापन महसूस करते हुए भी उसे नाम न दे पा रहा हो। सबसे अच्छी उसे रमा की माँ की सुडौल और गदराई हुई बाहें लगती थीं। रमा की बाहें भी अच्छी और सुडौल थीं पर वे दुबली थीं। रंग की गुणवत्ता लगभग एक-सी थी। माँ के रंग में उम्र ने हल्की-सी गोधुली की चास दे दी थी। उससे रंग में संजीदगी आ गई थी। उसकी अपनी माँ का रंग भी अच्छा था। लेकिन उसमें ढलाव और ठहराव था और वे उसे हर समय उपलब्ध थीं। वह उनके घर जाने का, कोई मौक़ा नहीं चूकता था। उसने कोशिश करके अपनी माँ और रमा की माँ को नज़दीक लाने में मुख्य भूमिका अदा की थी। इसीलिए जब उन लोगों को इम्तहानों के बीच मध्य प्रदेश रिश्तेदार की शादी में जाना पड़ा तो उसकी माँ ने रमा की माँ से अपनी परेशानी का जिक्र किया। वे फ़ौरन बोलीं, अरे तो क्या हुआ? आपका बेटा हम लोगों को बहुत अच्छा लगता है। हम उसे अलग से एक कमरा दे देंगे। खूब ख्याल रखेंगे।'

'आपको परेशानी होगी।'

'काम करनेवाले नौकर-चाकर हैं। वैसे अपने पसन्दीदा इन्सान को रखने में असुविधा से अधिक प्रसन्नता होती है।'

उसकी मनचाही हो गई थी। वे लोग शादी में चले गए थे। उसे अलग एक कमरा दे दिया गया था। दो-चार दिन की असुविधा और संकोच के बाद उसे लगने लगा था कि वह उसी का कमरा है और वे सब उसके लिए हैं। एक रोज़ जब वह पढ़ रहा था तो रमा ने आकर पूछा था—'आपके काम में व्यवधान न हो तो मैं कुछ देर बैठ सकती हूँ। आप पढ़ते-पढ़ते थकते नहीं, मैं थक जाती हूँ।'

वह खड़ा हो गया और बोला, 'आइए-आइए, इससे ज़्यादा खुशी की बात क्या हो सकती है कि आप हमारे घर नहीं, कमरे में आएँ।'

पहली बार उन दोनों ने अपने-अपने एकान्त में एक-दूसरे की उपस्थिति को महसूस किया था। रमा ने पूछा, 'तैयारी कैसी चल रही है?'

'इम्तहान का डर कई बार ज़िन्दगी के डर से बड़ा होता है। दाउद ने कहा था, ए खुदा, तू मुझे परीक्षा से बचाना। पर ऐसा होता नहीं। हर क़दम पर परीक्षा

है। हम और आप साथ बैठे हैं—यह भी इम्तहान के अनसाल्वड पर्चे की तरह ही है।'

'अच्छा, अगर ऐसा है तो आप इस पर्चे को कैसे सॉल्व करेंगे।'

'उसके लिए लम्बी तैयारी चाहिए।' दोनों हँस दिए।

'आप तैयारी करें। मैं परीक्षा का मतलब समझती हूँ—सफलता या असफलता। इसलिए मैं दोनों को बराबर मानकर दोनों को स्वीकार कर लेती हूँ। दोनों में से एक तो अपने हिस्से में आएगा ही।' वे फिर हँस पड़े। रमा बोली, 'अब मैं चलती हूँ। माताएँ और पिता भी, बेटियों को रूई की बोरी की तरह समझते हैं और लड़कों को गैस का सिलिंडर। पता नहीं कब लीकेज हो जाए और बोरी आग पकड़ ले।' एक बार फिर हँसी फूट पड़ी। माँ की आवाज़ आई, 'किस बात पर हो-हल्ला हो रहा है?'

'देखो, हमारी हँसी हो-हल्ला है और ख़तरे की घंटी भी। चलती हूँ कभी वह ज़्यादा ज़ोर से बजने लगे और सारे दमकल दौड़े चले, आएँ।' इस बार वे लोग धीरे से खिखियाकर हँसे। रमा चलते-चलते बोली, 'तुम डरो नहीं माँ तुम्हें कुछ नहीं कहेगी। उन्हें तुम्हारी आँखों में समुद्र की-सी गहराई और नीलापन लगता है। वे अपने घर में उसी को रहने के लिए आमन्त्रित करती हैं जिसका कुछ-न-कुछ उन्हें पसन्द आ जाता है। इस मामले में मैं भी माँ का समर्थन करती हूँ। पापा को तो बोलने-बतियाने तक की फुर्सत नहीं। जब करते हैं, दो टूक बात करते हैं, वह कहती हुई बाहर निकल गई।

वह रमा की बातों के बारे में काफ़ी देर तक सोचता रहा था। क्या माँ-बेटी के बीच किसी तरह की दूरी है? वे उसके लिए दमकल हैं? पसन्द और शक क्या एक मरकज़ पर हैं? ये सवाल वास्तव में इम्तहानों के दिन में वाजिब नहीं थे। लेकिन सवाल परेशानकुन थे। रमा जाते हुए उसी तरह मुस्कुराहट फैलाती हुई गई थी जैसे फूल पास से गुजरते हुए खुशबू का अहसास कराता हुआ निकल जाता है। भले उसे पानी से भीगे कपड़े में सहेजा हुआ हो। उसने उस मुस्कुराहट के आधार पर एक सिद्धान्त तय किया था कि मुस्कुराहट और खुशबू को चाहकर भी छिपा कर नहीं रखा जा सकता। वह भूला हुआ सिद्धान्त आज इतने अर्से के बाद उन दोनों को सपने में देखकर फिर याद आ गया था। लेकिन सपने में उन्होंने मुस्कुराने या सुगन्ध बिखेरने की कोई ऐसी हरकत नहीं की थी। उसके बावजूद ...।

उसे अचानक याद आया—उन्हीं दिनों जब वह वहाँ रह रहा था और उसे बुख़ार आ गया था। यह अजीब संयोग था कि इम्तहान के दौरान उसे एक बार ज़रूर बुख़ार आता था। माँ मध्य प्रदेश जाते हुए इसी बात को लेकर परेशान थी। हालाँकि वह शकुन की तरह था। एक बार नहीं आया था तो वह, क्या उसके घरवाले भी परेशान हो गए थे। बुख़ार क्यों नहीं आया? जब वहाँ रह रहा था तो उसकी माँ ने मध्य

प्रदेश से फ़ोन करके पूछा था–'बुख़ार आया या नहीं? इम्तहान कैसे हो रहे हैं?' चिन्ता उसे भी थी पर उसने बात टालते हुए कहा था, 'आजकल शरीर टूट रहा है। आने ही वाला है। इम्तहान बहुत अच्छे चल रहे हैं। रमा और आंटी बहुत ध्यान रखते हैं।'

माँ ने घुड़कते हुए कहा था–'मैं इसीलिए छोड़कर नहीं जाना चाहती थी। उन लोगों के ज़्यादा ध्यान-व्यान के चक्कर में न रहना।' उसे रमा की बात ध्यान आ गई थी। दमकल इतनी दूर से भी आ सकता है। लेकिन उसके मुँह से बदन टूटने की बात माँ की जिज्ञासा शान्त करने के लिए वैसे ही निकल गई थी। लेकिन ईश्वर की करनी कुछ ऐसी हुई उसी रात को उसे जाड़ा लगा और सवेरे बुख़ार साहूकार की तरह दनदना रहा था। ग़नीमत यही थी कि पर्चों के बीच दो या तीन दिन का वक्फ़ा था। सवेरे जब आंटी आई और उन्होंने उसे पढ़ने की मेज़ पर न बैठा देख पलंग पर लेटा देखा था तो पूछा, 'तबियत तो ठीक है?'

'जी, रात बुख़ार आ गया।'

वे चिन्तित होकर बोलीं 'बुख़ार ...देखूं।' उन्होंने छुआ। उसका चेहरा लाल था और शरीर गर्म। और ध्यान उनके छूने से ज़्यादा उनकी सुडौल बाँहों पर था। उसका गाल बाँह से कुछ-कुछ सटा था। आँखें बन्द हो गई थीं।

'डॉक्टर को बुलवाती हूँ।'

'नहीं, उतर जाएगा। इम्तहानों के दिनों में वह हमेशा आता है। एक-दो दिन बाद उतर जाता है। माँ कल ही पूछ रही थी–बुख़ार आया या नहीं?'

'क्या बुख़ार आना शकुन है?' हँसकर पूछा। पूछने से अधिक हँसना अच्छा लगा।

'जी।' वे और ज़ोर से हँस दीं।

तभी रमा आ गई। उसने पूछा 'किस बात पर हँसा जा रहा है?' रमा को लगा उसने अपनी माँ से उस दिन उनके हँसने को हो-हल्ला बताने की बात का बदला ले लिया। माँ ने नीची आवाज़ में जवाब दिया।

'इसे बुख़ार आ गया। बुख़ार आना इन बाबू साहब के लिए शकुन की बात है।'

'बुख़ार क्या हँसने की बात है या डाक्टर को बुलाकर दिखाने की बात। इनके इम्तहान हैं।'

'ये कहते हैं कि हर इम्तहान में आता है। एक-दो दिन में ठीक हो जाता है।'

'तो क्या आप इनके कहने के अनुसार बुख़ार उतरने का इन्तज़ार करके इलाज कराएँगी।' हल्की-सी तल्खी थी।

'तुम किस तरह बात कर रही हो?'

'मै तो बस पूछ रही हूँ।'

'मैंने क्या यह कहा.....?'

'शायद नहीं, मैंने ऐसा समझा ...मैं डॉक्टर को फोन किए देती हूँ।'

'तुम क्यों फ़ोन करोगी? हम क्या मर गए?'

'नहीं, हम क्यों मेरेंगे, मरता तो बीमार है। इसलिए उसे इलाज की ज़रूरत होती है।'

'तुम कुछ भी बोले जा रही हो।'

'मैं बोल रही हूँ मम्मी? तुम हमेशा डाँटने या कुछ भी कहने के बाद यही कहती हो कि बोलने से कुछ नहीं होता। हाँ, डॉक्टर को न बुलाने से हो सकता है।'

'बस, बकबक बन्द करो।' तब तक पापा आ गए थे और बाहर खड़े सुन रहे थे। वे धीरे-धीरे अन्दर आए और बोले, 'तुम लोगों को मालूम है कि तुम दोनों के बीच क्या रिश्ता है?' माँ-बेटी का रिश्ता किसी तरह की स्पर्धा या राइलवरी का रिश्ता नहीं है।'

वह उनकी बातों से सन्न रह गया था। बाहों की सुन्दरता और रमा के साथ आयु की समानता का तिलिस्म बिखर गया था।

पापा ने कहा, 'अगर यह लड़का विवाद का कारण है तो मैं इसे नर्सिंग होम में शिफ्ट किए देता हूँ। ठीक भी हो जाएगा और इस खिच-खिच से निजात भी पा जाएगा।' मम्मी ने बेटी और बीमार मेहमान की तरफ देखा। मेहमान ने नज़र बचाकर माँ की बाँहों और लड़की के चेहरे की तरफ देखा। बेटी ने पहले पापा की की तरफ फिर माँ की तरफ और अन्त में बीमार मेहमान की तरफ सजल नयनों से देखा। फिर सब चले गए। स्वाभाविक है वह लड़की भी...।

नोट–दशकों के बाद उसने पहली बार सपने में उन दोनों को ठीक उसी रूप में अपनी तरफ टुकुर-टुकुर देखते हुए पैदल जाते देखा था। वह चकित था और इतना ज़माना गुज़रने पर अपने उस तिलिस्म के टूटने की उस घटना को लेकर बेचैन भी ।

खाली ज़मीन का खुला टुकड़ा

पता नहीं, ख़स्ता हाल और पस्ती के आलम में भी लोग कैसे सपरिवार विदेश रोज़गार की तलाश में पहुँच जाते हैं। शायद मरने से बचने के लिए। यह बात अलग है जब रज्जन सिंह, उनकी पत्नी और दो साल का बेटा राम रटन न्यूयार्क गए थे तो सस्ते का ज़माना था। हो सकता है आठ-दस हज़ार में वे वहाँ पहुँच गए हों या उससे भी कम में। तब हवाई जहाज़ का चलन इतना नहीं था। इतना क्या बिल्कुल नहीं था। पानी का जहाज़ जिन्दाबाद। तब के दस हज़ार अब के लाख से ज़्यादा ही होंगे। कैसे इन्तज़ार किया होगा, खासतौर से जब सब कुछ बिक चुका हो। भूखे मरने की नौबत हो। सबसे बड़ी बेइज़्ज़ती। वे रज्जन सिंह, कलावती और राम रटन के नाम से नहीं गए थे, बल्कि उनके नाम क्रमशः आर सिंह, के वती और मा. आर सिंह हो गए थे। आखिर तक वे इसी नाम से जाने जाते रहे। घर में भी इस बात का ध्यान रखा जाता था कि ग़लती से उनका आधा पौना नाम न ले लिया जाए। खासतौर से किसी बाहरी आदमी के सामने। बताया तो यह जाता है कि आर सिंह को मैनहटन में किसी भारतीय व्यवसायी की दुकान पर नौकरी मिली थी। तब चूँकि कम भारतीय विदेश जाने का साहस करते थे अतः उनकी आबादी बहुत कम थी। भारतीय व्यापारियों को भारतीय काम करनेवालों की ज़रूरत रहती थी। एक तो वे बेसहारा होते थे। कम दाम पर काम करने को तैयार हो जाते थे। रज्जन सिंह वैसे भी पढ़े-लिखे थे इसलिए उनको गुजारे लायक पैसे मिल गए थे। भारतीय मूलतः कम दाम में ज़्यादा काम लेने के आदी होते हैं। चाहे वे हिन्दुस्तान में रहें या विलायत में। कम खर्च बालानशीं या हींग लगे ना फिटकरी रंग चोखा ही चोखा। इस तरह की कहावतें हमारी पहचान हैं यानी कम खर्च से लेकर मुफ़्तख़ोरी तक की रेंज है। तब इसी तरह के सिद्धान्त बरकत लानेवाले समझे जाते थे। एक बात और थी—वे जैसे कम दाम पर आदमी का काम ख़रीदते थे वैसे ही बाज़ार के मुक़ाबले कम दाम पर माल भी बेचते थे। इससे उनका माल बिकने में ज़्यादा दिक़्क़त नहीं होती थी। इस बात से अमेरिकी व्यवसायी भारतीय व्यवसायियों को नापसन्द करते थे।

जब आर सिंह को नौकरी मिली तो उसे एक बात समझ में आई कि यहाँ बाज़ार आसान है। न झिक-झिक, न हाय-हाय। भले लोग। न मोल-तोल और न डंडी मारी। उसने जैसे दिन देश में देखे थे उनसे अच्छे दिन यहाँ भी नहीं थे। पर यहाँ इज़्ज़त थी और बेइज़्ज़त करनेवाला समाज अनुपस्थित था। किसी को क्या फर्क पड़ता था कोई बाइज़्ज़त है या बे...। लेकिन उसके दिन बहुरे। कैसे बहुरे अगर उनसे कोई यह सवाल पूछता था तो वे हँसकर कहते थे, 'वैसे ही जैसे बिगड़े थे।' उसे ज़्यादा-से-ज़्यादा दस साल लगे होंगे वह उसी दुकान का मालिक हो गया। यह कभी खुलासा नहीं हो पाया कि वह दुकान उसके पास कैसे आई। उसके बाद तो उसका इक़बाल बुलन्द ही होता गया। जब मा. आर आर सिंह मास्टर से मिस्टर हो गए तो बड़े सिंह को लगा अब वे क्या करें। वह उनसे भी तेज़ निकला। जब तक रज्जन सिंह रिटायरमेंट के नज़दीक आए तो वह दो विलाओं का मालिक हो चुका था। एक में वह स्वयं एक गोरी लड़की से शादी करके रहने लगा था। हफ़्ते-हफ़्ते रज्जन सिंह और कलावती के विला जाता था। कभी बच्चे और गोरी मेम भी आती थी। वैसे व्यावसायिक प्रतिष्ठानों में बाप-बेटे रोज़ मिलते ही थे। बहू भी क़रीब-क़रीब रोज़ आती थी। धीरे-धीरे उसका दखल बढ़ रहा था। भले ही पिता नापसन्द करते रहे हों या अपनी पत्नी के बारे में सोचते हों कि घर की औरतों का बाज़ार में बैठना ठीक नहीं। पर वहाँ तो बाज़ार ही महिला प्रधान था। बेटा भी गाहे-ब-गाहे समझाता रहता था। औरतें बाज़ार की जान होती हैं।

रज्जन बाबू को अब बाज़ार कुछ-कुछ बेगाना लगने लगा था। हालाँकि वे समझते थे कि उनके ज़माने से मैनहटन का बाज़ार बहुत बदल गया है। बाज़ार तो तब भी बदला था जब उनके मालिक बाज़ार के बदलते मिज़ाज के साथ निस्बत नहीं बैठा पाए थे और उन्होंने अपने कारोबार को उन्हें सौंपकर भारत लौट जाने का फ़ैसला कर लिया था। उनका नाम के. वनराज था। के. वनराज ने चलते हुए कहा था 'मि. सिंह बाज़ार किसी का नहीं होता। जब तक निभे, निभाओ। उसे बाँधकर रखना चाहोगे तो वह पलटकर वार करेगा। वह इतनी जल्दी रंग बदलता है कि सवेरे उठने पर पहचानना मुश्किल हो जाता है कि यह वही बाज़ार है जिसे कल रात छोड़कर घर गए थे। जब तुम्हें ऐसा लगे तो तुम इससे लिपटने की कोशिश मत करना। नहीं तो पीस डालेगा। हम तो आदमी हैं, यह बड़े-बड़े मुल्कों को नहीं बख्शता।'

उनके जाने के बाद वह कई साल तक वनराज को हर महीने दो हज़ार डॉलर मुआवज़े के रूप में भेजता था। जब वे मर गए तो उसने उनकी बेवा को एक मुश्त पैसा देकर फ़राख्तगी लिखवा ली थी। इतने साल बाद अब वे पूरी तरह बाज़ार से बाहर थे। यह बात मि. आर सिंह को बखूबी याद थी। वे अपने देश के बाज़ार के साथ-साथ इस विदेशी बाज़ार की क्रूरता को देख चुके थे। जब स्वदेश में कारोबार गड़बड़ाया था, वहाँ के लोग काफ़ी समय तक उसके कारोबार को चलाने में मदद

करते रहे थे। जब सँभलना मुश्किल हो गया तब लोगों ने कन्नी काटनी शुरू की थी। नहीं तो काफ़ी समय तक यह कहकर हिम्मत बँधाते रहे थे, अच्छा-बुरा वक्त सब पर आता है। एक-दूसरे के काम न आएँ तो बाज़ार चलेगा कैसे। यहाँ उल्टा था। जहाँ देखा किसी का काम लड़खड़ा रहा है तो चैक बुक लेकर आ गए, 'बताओ, कितना चाहिए , चैक काटा, लिखा-पढ़ी की और बाहर का रास्ता दिखाया। न कोई दया-माया और न मुरव्वत। बाद में मिले तो एक-दूसरे को पहचाने भी नहीं। यह व्यवहार बाहर वालों का ही हो, ऐसा नहीं था। अपने पार्टनर और सम्बन्धी भी इसमें रूह-रियायत नहीं करते थे।

रज्जन बाबू का दिल भले ही हिन्दुस्तानी हो, पर वे इस समुद्री ज्वार की तरह बढ़ते बाज़ार की रिवायत को समझ गए थे। उनकी पत्नी को भी कोई बहुत सकून नहीं मिल रहा था। बेटा यहीं पला-बढ़ा था। उसके बच्चे तो पैदा ही यहाँ हुए थे। उनके लिए बाबा-दादी भी बाज़ार में सजे एंटीक से ज़्यादा कुछ नहीं थे। उन्हें बीसियों साल, जब तक वर्चस्व रहा यदा-कदा ही देश की याद आती थी। अब मुतवातिर उन्हें हिन्दुस्तान और वह भी अपना घर और उसके बाहर खाली पड़ी कई एकड़ ज़मीन का खुलापन याद आ रहा था। वहाँ उन्होंने अपने साथियों के साथ बरसों गिल्ली-डंडा खेला था और पतंग उड़ाई थी। अब वे स्वयं बूढ़े हो गए थे, पर वहाँ के परिवेश में आज तक वे अपने-आपको और साथियों को उसी रूप में देखते थे। यहाँ इतनी ऊँची अट्टालिकाएँ, सड़कों से जगह-जगह निकलती भाप, जैसे ज़मीन के नीचे आग लगी हो। गाड़ियाँ ऐसे निकल जाती थीं कि उनके सिवाय सड़क पर और कोई चल ही न रहा हो। भले ही रज्जन बाबू मुँह से कुछ न कहते हों परन्तु उन्हें भी मन-ही-मन डर लगने लगा था। एक दो-बार उन्होंने दबी ज़बान से 'डबल आर' से कहा भी 'अब तो भारत सरकार भी ऐन आर आइज़ को बहुत सी फ़ैसेलिटीज़ दे रही है। वहाँ भी व्यावसायिक वैश्वीकरण की बयार बह रही है। जो इस समय वहाँ चला जाएगा उसकी किस्मत उसी तरह चमक जाएगी जैसे अँग्रेज़ों की यू एस आने पर चमक गई थी।'

डबल आर यानी उनका इकलौता बेटा उनकी इस तरह की बातों पर या तो ध्यान नहीं देता या बहुत शायस्तगी के साथ झिड़क देता था, 'पापा, आप मैनहटन के इस विश्वे बाज़ार और वहाँ के टुटपूंजिए बाज़ार की कैसे बराबरी कर सकते हैं उसने आपको फ़क़ीर बना दिया था और और इसने आपको अमीर बना दिया। आप जब अपने हिन्दुस्तान की बात करते हैं तो मेरे सामने हाथ में कटोरा लेकर भीख माँगता बूढ़ा फ़क़ीर उभर आता है। आपको लगता है वहाँ कुछ रखा है। अगर कुछ रखा होता तो यहाँ न आते। वहाँ के प्रधानमन्त्री से लेकर और व्यवसायी तक हर बात के लिए यहाँ दौड़े चले आते हैं। आज सबसे बड़ा ख़रीददार अमेरिका है। नहीं तो लोग भूखों मर गए होते।' सिंगल आर यानी पिता को बुरा तो लगता ही था,

पर हिन्दुस्तान के बारे में इस तरह की बातें सुनकर उनके सीने में दर्द की लहर-सी उठती। इसी नतीजे पर पहुँचते, ग़लती तो उन्हीं की है। दबी ज़बान से यह ज़रूर कहते, 'तुम ठीक कहते हो, आज अमेरिका आर्थिक दृष्टि से भी सुपर पावर है। सब ही देश यहीं आते हैं। शायद इसीलिए वे अपने देश की उन्नति चाहते हैं।'

वह हँस देता, 'मुझे न समझाइए, कोई बिना अपने हित के किसी की इसलिए मदद नहीं करता कि वह अपने देश को प्यार करता है। देश-वेश को प्यार करना निम्न किस्म की भावुकता है। इसी का हम फ़ायदा उठाते हैं।'

वे उसकी बात उतनी आसानी से समझ नहीं पाते जितनी आसानी से वह कह देता। फिर भी वह उसकी तरफ से सोचना शुरू कर देते। इसमें उसका क़सूर नहीं। उसने तो होश सँभालने के बाद अपने देश की शक्ल ही नहीं देखी। सारी परवरिश यहीं के वातावरण में हुई। उसका यह सोचना और कहना वाजिब नहीं तो ग़लत भी नहीं। आदमी जो देखता है उसी को प्रामाणिक मानता है। इसने हमें बदहाली में देश छोड़कर आते देखा था। यहाँ आकर दुनिया ही बदल गई। वह तो इसे ही सच समझेगा। जो छूट गया उसे एक बुरा सपना...। उसकी पत्नी भी इसी देश की है। वह स्वाभाविक है अपनी पत्नी की अपनी माँ से बराबरी करके देखता होगा और समझता होगा जो उसकी पत्नी कर सकती है वह माँ नहीं कर सकती। इससे भी इस देश का रुतबा उसकी नज़रों में बढ़ जाता होगा।

इन बातों से उसकी माँ का मन दुखी हो जाता था। उन्हें घर और अपने मुल्क का हेरवा परेशान करने लगता था। वे लोग यहाँ आने के बाद क्या कभी लौट नहीं पाएँगे। यहाँ आकर हम वहाँ से भी गए और अपने बेटे से भी। बेटा नहीं जाएगा तो हम अपने अकेले बेटे को छोड़कर कैसे लौट जाएँ? लेकिन यहाँ रहना भी दुश्वार होता जा रहा है। वहाँ की मिट्टी बुला रही है। वह पति से भी कहती, 'चलो, तुमने कमाया भी और बेटे को भी जमा दिया। हम यहाँ रहकर इनकी ज़िन्दगी में हस्तक्षेप ही कर रहे हैं।'

'अगर इसको किसी सलाह-मशवरे की ज़रूरत होगी तो यह किससे करेगा। इतना बड़ा बाज़ार, इतना बड़ा मुल्क, एक से दो भले।'

वे कहते ज़रूर थे, पर उन्हें बेगानापन रात-दिन सालता था। बाकी सबसे तो व्यावसायिक सम्बन्ध थे। ख़रीद-फ़रोख़्त, लेन-देन। बेटा ही अपना था। उससे भी लगभग वैसे ही सम्बन्ध हो गए थे। पेंशन की तरह उनका हिस्सा मिल जाता था। वे जब कभी कम्पनी के दफ़्तर जाते थे और पुराने लोग, जिन्होंने उनके ज़माने में काम शुरू किया था, घेर लेते थे। डबल आर को लगता था वे काम में व्यवधान डाल रहे हैं। वह दबी ज़बान से समझाता भी था और प्रकारान्तर से कहता भी था 'यह बाज़ार है, इतना बड़ा बाज़ार कि यहाँ जाती सम्बन्धों का कोई महत्त्व नहीं, बाज़ार से ही हम भी हैं, सारी दुनिया है। इन्सान बनते-बिगड़ते हैं, जीते-मरते हैं।

बाज़ार ज़िन्दा रहता है। उसी पर दुनिया क़ायम है।' सिंगल आर ने इस नज़रिये से कभी नहीं सोचा था। वह बाज़ार को बाज़ार की तरह देखता था। उसकी सोच अलग थी। बाज़ार इन्सान से है, इन्सान के लिए है। वह चाहे बाज़ार को जिन्दा रखे या मार डाले। बाज़ार इन्सान को नहीं मार सकता। वरना वह अपनी मौत मर जाएगा। बेटे के द्वारा इस नई परिभाषा ने उसकी ज़िन्दगी का पूरा सोच ही बदल दिया था। उसके मन में यह बात घर करती जा रही थी कि उन्हें इन्सानों के बीच लौट चलना होगा। हालाँकि वह शशोपंज में था अगर वहाँ भी यही सब हुआ तो कहाँ जाएगा। अख़बारों से तो पता चल रहा था कि ग्लोबलाइज़ेशन तीसरी दुनिया में भी अपने पंख फैलाता जा रहा है। वहाँ के अख़बार हिन्दुस्तान के बारे में भले ही कहीं कोने में दो-चार लाइनों की ख़बर छापकर अपने अन्तर्राष्ट्रीय दायित्व की पूर्ति समझ लेते हों, पर ग्लोबलाइज़ेशन की छोटी-मोटी ख़बर वे बढ़ा-चढ़ाकर छापते थे। उन ख़बरों से यह समझ में आने लगा था कि वहाँ ग्लोबलाइज़ेशन का मतलब लँगर डंगर, घास घोड़ा सब कुछ बेचो और नकद नारायण बनाओ। पता नहीं क्यों यह लगने लगा था कि कभी ऐसा दिन आ जाएगा कि जब इज़्ज़त-आबरू, घर, बाहर सब बिक जाएगा, बस पैसा रह जाएगा। उन्हें कभी-कभी अपने सोच पर शक होने लगता था कि इज़्ज़त-आबरू और घर-बाहर की बात करना कहीं पुरानपन्थी तो नहीं। अगर सबके पास पैसा हुआ और पैदा करने को कुछ न हुआ तो लोग क्या खाएँगे, क्या पहनेंगे। सिंगल आर की चिन्ताएँ वैसे ही बढ़ती जा रही थीं जैसे जल बीच रहनेवाली प्यासी मछली की पानी की कमी को लेकर चिन्ता बढ़ती जाती होगी। बाज़ार के बीच रहकर बाज़ार को लेकर परेशान थे। बाज़ार क्या करेगा। उन सबकी शक्लें बदल देगा? कैसे? उन पर सोना मढ़ देगा या कोई ऐसा मुखौटा चढ़ा देगा जो कभी मूल शक्ल में लौटने नहीं देगा। उन्हें क्या यहाँ से समय रहते किसी खुली जगह में पनाह नहीं ले लेनी चाहिए? जहाँ वे बाज़ार की इस घुटन से बाहर निकल सकें।

सिंगल आर और कलावती को डर था कि कहीं यह बाज़ार उन्हें अपनी गिरफ़्त में न ले ले। उन्होंने वहाँ से चुपचाप निकलने की योजना बनाई। वे अपने बेटे से इस राज़ को पोशीदा रखना चाहते थे। इस समय उन्हें लग रहा था वे लोग अपने हाथों बनाए साइबेरिया में जलावतनी का जीवन जी रहे हैं। उनका अपना बेटा उसका मुन्तज़िम है। वे किसी हालत में भी नहीं चाहते थे कि उनके बारे में उसे भनक भी पड़े। उन्हें अपना घर और उसके सामने कई एकड़ फैली धरती नज़र आ रही थी, जहाँ पहुँचकर वे इस घिरे हुए बाज़ार से अपनी मुक्ति का साक्षात्कार करने की कल्पना करके प्रफुल्लित थे। वे जानते थे वहाँ अब उन्हें पहचाननेवाले शायद ही कुछ लोग बचे हों। जो बचे भी होंगे वे बाज़ार की छाया में बदली शक्ल को पहचानने में शायद ही कामयाब हों। जब वे वहाँ आकर बाज़ार से जुड़े थे तब बाज़ार इतना

बड़ा तानाशाह नहीं था कि अपनी कारगुज़ारियों पर सोच-विचार करने पर भी पाबन्दी लगा दे। थी, इतनी नहीं। वह प्रसारवादी ज़रूर था, पर 'जीओ और जीने दो' में थोड़ा-बहुत विश्वास बचा था। अब तो जीओ तो हमारी शर्तों पर, खरीदो तो हमारी शर्तों पर, बेचो तो भी हमारी शर्तों पर और मरो तो भी हमारी शर्तों पर। हमसे बड़ा कौन। हमारे सामने बड़े-बड़े शीश झुकते हैं। वे लोग तो मूलतः उस वर्ग और देश के आदमी थे जहाँ सबका अपना स्थान था। यहाँ सबसे ऊपर बाज़ार था, बाक़ी सब उसके नीचे थे। जैसे-जैसे उनको अपनी गोपनीय योजना फलीभूत होती नज़र आ रही थी, आज़ादी की गन्ध महसूस होने लगी। कितना बड़ा सुख होगा जब बाज़ार विहीन ऊबड़-खाबड़ धरती उनके सामने फैली पड़ी होगी। बच्चे गिल्ली-डंडा खेल रहे होंगे। हो सकता है अब क्रिकेट खेलते हों। वही आज बाज़ार के केन्द्र में है। अब वहाँ क्रिकेट ने सब खेलों को पीछे छोड़ दिया। ध्यानचन्द और उनकी हॉकी तक पता नहीं कहाँ बिलाय गए। इस खेल के खिलाड़ी ध्यानचन्द से दो-दो हाथ ऊँचे हो गए ठीक उसी तरह जैसे बिग बी अपने बाप और देश के बापू को पीछे छोड़ गया। वैसा है नहीं पर बाज़ार ज़िन्दाबाद। बाज़ार की करामात इसी को कहते हैं। बाज़ार का खेल और बाज़ार का नायक। औरों को कोई क्यों पूछें। कंडोम संस्कृति। खरीदो, आनन्दो और फेंको। सिंगल आर को लगा जिस बाज़ार का वे हिस्सा हैं, थे, उसी के बारे में वे इस तरह की गन्दी-गन्दी बातें कर रहे हैं। नाशुक्रा। जाना है जाएँ, उस महाशक्ति की अवमानना क्यों कर रहे हैं जिसने बिल गेट्स और नारायणमूर्ति जैसे धन नायकों को पैदा किया। तुम और तुम्हारा परिवार भी तो उसी की देन है। न सही बिल गेट्स जो कुछ भी है, देन इसी की है। नहीं तो वहीं, जहाँ शान्ति पाने जा रहे हो, कहीं ठेला लगाते होते।

जिस दिन उनकी फ़्लाइट थी उनका बेटा डबल आर कैलिफ़ोर्निया की यात्रा पर था। थोड़ा सामान साथ लिया। बाक़ी पैसा। पत्नी ज़रूर चाहती थी—सामान ज़्यादा-से-ज़्यादा ले जाए, पर सिंगल आर ने बरज दिया था। वहाँ भी बाज़ार है। पत्नी ने कहा, यहाँ बाज़ार से बचकर जा रहे हो, अभी चले भी नहीं, बाज़ार याद आने लगा।' सिंगल आर ख़ामोश रहे। रास्ते भर एक बात उनके दिमाग़ में घूमती रही। वहाँ भी अगर बाज़ार इतना ही बेरहम हुआ तो क्या होगा। पर इस सवाल पर वे अन्तिम रूप से किसी निर्णय पर नहीं पहुँचना चाहते थे। खुला रखना चाहते थे। पत्नी बीच में जगती थी तो पूछ लेती थी—क्या सोच रहे हो। वे कहते, 'कुछ नहीं, जब गए थे तो लग रहा था, कैसे रहेंगे। ख़ूब रहे। अब वापस जा रहे हैं। तो भी वही सवाल है। हालाँकि अपना वतन है। हमारे तो पासपोर्ट भी वहीं के हैं। पत्नी उसका चेहरा देखने लगी। एक धुँधला-सा सवाल तैरता महसूस हुआ । क्या कहना चाहते हैं। पर बात को उठाया नहीं। पता नहीं कहाँ तक फैले बिखरी स्याही की तरह।

हवाई जहाज़ उनको आरामदेह लग रहा था। मन में हल्का-सा उत्साह था। अपना वतन। एक विश्वास था, वहाँ वैसा नहीं होगा। वे जानते तो नहीं होंगे, पर हमवतनी को पहचानेंगे ज़रूर। उतनी घुटन भी शायद न हो। उनकी आँखों के सामने घर के सामने वाली कई एकड़ खुली ज़मीन का वह टुकड़ा नाच रहा था जो उस पूरे इलाके के लिए फेंफड़ों का काम करता था। चिल्ल पों मचाते बच्चों की आवाज़ उन्हें उस समय भी अमराइयों में चहकती चिड़ियों से कम मनोरम नहीं लग रही थी। हवाई जहाज़ का कानफोड़ शोर कुछ समय के लिए विस्मृत हो गया था। फिर उन्हें ध्यान आया—वे सब बच्चे भी अब बड़े हो गए होंगे जो ज़मीन के उस हिस्से पर खेलते थे। वहाँ खेलने के लिए वे अब अपने बच्चों को शायद डाँटते भी हों। मिट्टी में मत खेलो। नई पीढ़ी आ गई होगी। उसके शौक़ और खेल अलग होंगे। खेल तो वहाँ भी अलग थे, पर वहाँ बुरा नहीं लगता था। पता नहीं उन्हीं खेलों को यहाँ खेलते देखकर कैसा लगे। खेल तो खेल होते हैं। शायद कौन खेल रहा है, कहाँ खेल रहा है यह बात ज़्यादा महत्त्वपूर्ण हो जाती हो। सिंगल आर इतना उलझे थे कि पत्नी को कई बार ऐसे हिलाना पड़ता था जैसे सोते से जगा रही हो।

वे दिल्ली हवाई अड्डे पर उतरे तो उन्हें सब कुछ बदला नज़र आया। वह हवाई अड्डा वह नहीं था जहाँ से देश छोड़ने के लिए उन्होंने उड़ान भरी थी। वे दोनों चकित तो उतना नहीं हुए जितना आशंकित हुए। क्या सब कुछ इसी तरह बदल गया? यह हवाई अड्डा कुछ उसी तरह का आभास दे रहा था जैसे विदेशों के हवाई अड्डों को देखकर लगता था। रास्ते भी इमारतों से ठसाठस भरे थे। वहाँ भी जहाँ पहले कभी मीलों चले जाने के बाद आबादी नज़र आती थी अब ठेलमठेल और रेलमपेल थी। विज्ञापनों की ऐसी-ऐसी होर्डिंग्स लगी थीं जिन पर बनी तस्वीरों को पति-पत्नियों ने अपने जीवन के गर्मा गर्म क्षणों में भी लक्षित न किया हो। सब तरह की सलाहें थीं क्या खाएँ, क्या कब इस्तेमाल करें, कैसे करें। यहाँ तक कि क्या पहनें। एक लड़की पीठ किए जीन्स पहन रही थी उसके सुडौल और गोरे नितम्ब खुले नज़र आ रहे थे। पत्नी ने बुदबुदाया, 'यहाँ तुमसे पहले आ गया...वह हवाई जहाज़ से भी तेज़ चला होगा।'

'नहीं, वह पहले ही चल चुका था।'

'तुम्हें मालूम था?'

'इतना नहीं ..।' उसके बाद न सिंगल आर बोले और न किसी सवाल का जवाब दिया। एकदम ख़ामोश थे। हालाँकि पत्नी ने दो-तीन सवालों के अलावा यह भी पूछा था, 'तुम समझते हो वह वहाँ होगा?' सुना नहीं या सुनना नहीं चाहा।

वे लोग जब वहाँ पहुँचे जहाँ पहुँचने के लिए इतनी दूर से आए थे, दिन भर भटकते रहे। शाम को उन्हें एक गुचमुचा-सा दरबा नज़र आया। उन्हें लगा हो सकता है यहाँ पता चले। वहाँ एक बुज़ुर्ग पर पढ़े-लिखे क़िस्म का व्यक्ति मिला। उसके

दरबे के चारों तरफ ईंट, मिट्टी आदि फैले पड़े थे। जाकर पता-ठिकाना पूछा तो पता चला कि उस स्थान का नाम अब दलाल बाज़ार हो गया है। यहाँ सब कुछ बाज़ारों के नाम से बजता है।

पत्नी कलावती भी आ गई। उसने पूछा, 'वहाँ एक बहुत बड़ा मैदान था।'

उसने एक बहुत वाहियात उत्तर दिया। वे समझ नहीं पाए उसकी बात का उनके सवाल से क्या सम्बन्ध है। वह बोला, 'देखिए साहब, यहाँ की लड़कियाँ अब सुहागरात मनाने में डरती हैं।'

'क्यों?' पत्नी के मुँह से सीधे स्वभाव निकल गया। वह बोला अब क्या बताएँ, दरअसल यह हालत है कि लोग जहाँ ख़ाली जगह पाते हैं बाज़ार बनाने के चक्कर में रहते हैं। कहकर वह न मुस्कुराया न उनकी तरफ़ देखा। वे चकित थे। उसके जबाब को समझने की कोशिश कर रहे थे। ऐसी बात उन्होंने उस गहन बाज़ार में भी न देखी थी न सुनी थी।

एकाएक पता नहीं उन्हें क्या हुआ। उनका हाथ उठा और एक झन्नाटेदार चपत उसके मुँह पर पड़ा। उनको लगा सब कुछ बिस्मार हो गया और 'वह' पूरा मैदान ईंट-पत्थरों से भर गया।

हो सकता है डेक तब भी जल रहा हो

राका तीसरे नम्बर पर था। सिविल सर्विस का साक्षात्कार काफी लम्बा चलता है। हज़ारों की तादाद में लिखित परीक्षा पास करते हैं। लेकिन साक्षात्कार पर आकर सबकी जान अटक जाती है। लगता है हर्डल-रेस दौड़ रहे हैं और उनमें सबसे बड़ा हर्डल साक्षात्कार है। उससे पहले दो सामान्य वर्ग के अभ्यर्थी थे। जब दूसरा लड़का निकला तो बाक़ी लोगों ने उसे घेर लिया। कोई पूछ रहा था—कमीशन का रुख कैसा है? कैसे सवाल पूछ रहे हैं। वह थोड़ा खिन्न था। वह उखड़ता हुआ-सा बोला 'अगर तुम बी. टेक. नहीं हो तो सब ठीक है। बी. टेक हो तो नो होप। शिट्। बी. टेक डिग्री को डिबार क्यों नहीं कर देते?

तब तक उसका नाम पुकार लिया गया, 'आर. एन. राका।'

'यस।'

'चलिए।'

वह चला गया। जो बाबू बुलाता है लड़के उसे भी 'विश' करते हैं। जैसे उसकी राय भी कमीशन के निर्णयों को प्रभावित करती हो। उसका दिल 'धक-धक' कर रहा था। वे लोग कुछ भी पूछ सकते हैं। पहले वाले लड़के ने जिस तरह 'शिट्' कहा था उससे लगा था उसके मन में उन लोगों के प्रति कितनी घृणा है। वह अन्दर दाख़िल हुआ। एक नज़र डाली। वे सब अधेड़ थे। उनके चेहरे सपाट और पथराए हुए से थे। उनसे यह ज़रा भी नहीं लग रहा था कि उनके लिए वह किसी तरह का कोई महत्त्व रखता हो। सड़क छाप।

उसने गुडमार्निंग किया। यह उसने कोचिंग सेंटर में सीखा था। हालाँकि उसकी जुबान पर पहले नमस्कार ही आया था। अगर वह नमस्कार करता तो शायद हाथ जुड़ जाते। कोचिंग सेंटर में बताया गया था गुडमार्निंग के साथ हाथ नहीं जोड़ते। कमीशन को राम-राम या नमस्ते करना अच्छा नहीं लगता। बल्कि उल्टा असर होता है। जब भी उसके सामने यह बात कही जाती थी तो उसके मन में एक सवाल उठता था। यह लोग हिन्दुस्तान के लिए चुनते हैं या कहीं और के लिए। पर वह

चुप लगा जाता था। कोचिंग सेंटर का सर भी झक्की था। ज़रा-सी बात पर इतना ज़्यादा बोलता था कि मन होता था उठकर चल दो।

उनमें से एक साहब ने जो बीच में बैठे थे, थोड़ा रुककर कहा 'बैठिए'। उनके कहने पर ही वह बैठा। उसे बताया गया था कि कई बार कमीशन प्रत्याशी को बैठने के लिए जानकर देर से कहता है। सिर्फ यह देखने के लिए कि वह अपने-आप तो नहीं बैठ जाता। उसने धन्यवाद नहीं कहा। थैंक्यू कहा और बैठ गया। हालाँकि उसे धन्यवाद ज़्यादा वजनी शब्द लगता था। बचपन में 'थैंक्यू' सुनकर उसे लगता था जैसे 'फेंक दूँ' कहा जा रहा हो। इस बेतुकी बात पर उसे हँसी आती थी। इस समय भी उसे वैसा ही कुछ महसूस हुआ, पर हर जगह हर काम के लिए मौजूँ नहीं होती। इन्टरव्यू कक्ष तो खासतौर से। जवाब दो या चुप रहो।

उसी बीच वाले सज्जन ने पूछा, 'योर नेम?'

'सर, आर. एन. राका।'

'व्हाट इज द फुल फार्म...?'

'जी'

'पूरा नाम क्या है?' एक दूसरे सदस्य ने हिन्दी में दोहराया।

'राम निहोर राका।'

'व्हाट इज़ राका?'

उसने हिन्दी में ही जवाब दिया—सर पूर्णमासी.... लेकिन हम लोगों के लिए तो यह अमावस्या है—'नाइट विदआउट मून।'

'हाऊ...व्हाय...'

वह एक मिनट के लिए झिझका, फिर बोला, 'सर, हमने तो चाँदनी देखी ही नहीं। सदियों से अमावस्या में ही जी रहे हैं।'

तत्काल बराबर में बैठे सदस्य ने सूची पर उँगली रखकर बीच वाले सज्जन को दिखाया...उसने धीरे से गर्दन हिला दी। बाकी दो मेम्बर्स ने अपना चश्मा उतारा, साफ किया। फिर चश्मे के ऊपर से उसकी तरफ देखा। उन्हें इस तरह अपनी तरफ देखते हुए पाकर उसे एकाएक लगा—बिन्नी के पापा देख रहे हैं। वे भी चश्मे के अन्दर से इसी तरह देखते थे। जब भी वह बिन्नी के यहाँ जाता था तो कई बार बिन्नी के पापा अख़बार पढ़ते होते थे। वे चश्मे के ऊपर से थोड़ा-सा मुँह बिगाड़ कर उसे देखते। उसे हमेशा लगता था कि जब चश्मे के ऊपर से देख सकते हैं तो चश्मा क्यों लगाते हैं। वही इस समय भी लगा। ऊपर से देखना था तो चश्मा साफ करने की क्या ज़रूरत थी। बिन्नी के पापा अक्सर मना कर देते थे, बिन्नी घर पर नहीं है। फिर पूछते, 'क्या काम है?'

'कुछ नहीं।'

'कुछ तो होगा...'

'नोट्स लेने थे।'

'तुम नोट्स खुद नहीं बनाते...अक्सर माँगने आ जाते हो। तुम लोगों का सब काम इसी तरह माँग-माँगकर चलता है।'

'जी, कभी मेरे नोट्स की उन्हें ज़रूरत पड़ती है...कभी जब मैं क्लास में नहीं जा पाता तो...'

'तुम्हारा और कोई क्लासफैलो ऐसा नहीं जिससे नोट्स ले सको?' वे उसे कभी बैठने के लिए नहीं कहते थे। अगर वे कहते तो शायद उनके सामने वह बैठता भी नहीं। वह समझ जाता था बिन्नी से मिलना सम्भव नहीं... । फिर भी वह खड़ा रहता।

एक सदस्य ने पूछा, 'तुम्हारे पिता क्या करते हैं?'

वह एक क्षण को रुका 'सर, वही जो हम लोग करते आए हैं...बेगार,... कुट्टी-सानी करना...खेतों पर जाना...खरपतवार निकालना...उसने सहजता के साथ कहा।

'व्हाट इज़ दिस चौधरी?'

'जी, मेरे पिता चौधरी थे। इसलिए उनके नाम के आगे चौधरी का विशेषण लगा है, लेकिन मैं चौधरी नहीं हूँ, इसलिए मैं नहीं लिखता।'

'बट...'

'जी, छोटे लोग भी अपने बीच किसी को बड़ा मानकर सम्मान देते हैं।' उसे बिन्नी के पिता की बात याद आ गई। हालाँकि ये तो 'बट' कहकर रुक गए थे। बिन्नी के पापा ने उसे सुनाकर ज़ोर से कहा था, 'बट राका इज़ एस. सी.।'

दरअसल जब वह उसके घर के सहन में घुसा तो बिन्नी के पापा ने चिक से उसे आते हुए देख लिया था। बिन्नी की पीठ उसकी तरफ थी। बिन्नी के मुँह से तत्काल निकला, 'पापा, अचानक राका बीच में कहाँ से आ गया?'

'वह तुम्हारे पास आता है न!'

'आता है तो क्या हुआ?'

'इट रिफ्लेक्ट्स ऑन यू एण्ड ऑन अस टू...'

वह कुछ देर तक बोली नहीं थी। वह समझ गया था, यह बात बिन्नी के पापा ने उसे सुनाने के लिए कही थी जिससे वह बेइज़्ज़ती अनुभव करे और चला जाए। पर वह खड़ा रहा था यह सुनने के लिए कि बिन्नी क्या कहती है?'

वह बोली, 'लेकिन पापा उससे क्या हुआ?' फिर हँसी, 'ये तो हर घर में होते हैं। चाहे ब्राह्मण हो, या ठाकुर या हम लोग। औरतें भी तो आदमी की नज़र में यही हैं। बड़े-बड़े ऋषि-मुनियों ने हम लोगों को नर्क का द्वार कहा। लेकिन परित्याग किसी ने नहीं किया।'

उसके पापा शायद एक क्षण को सन्नाटे में आ गए थे। वे तेज़ आवाज़ में बोले, 'तुम्हारी ज़बान बहुत चलने लगी है।'

'पापा, राका मेरा सहपाठी है। ही इज़ आफ्टर ऑल माई फ्रेंड। आप जानते हैं लोग हमें ठाकुर नहीं मानते...पर शर्मा, शुक्ला, चौहान सब लड़के-लड़कियाँ मेरे दोस्त हैं। उनके पापाओं ने कभी नहीं कहा कि बिन्नी के साथ मत रहो।

'तुम्हारा मतलब?'

'कुछ नहीं यही कि हम भी ठाकुर नहीं हैं।' कहती हुई वह तेज़ी से चली गयी। राका भी सन्न रह गया था। उसने भी सुना था कि बिन्नी के पिता अपने-आपको ठाकुर लिखते हैं पर वे बैकवर्ड हैं। उसे आश्चर्य हुआ कि यह बात बिन्नी भी जानती है।

कमीशन के मेम्बर द्वारा कहा गया 'बट....इतना अबोध नहीं था। वह उसे खंजर की नोक की तरह चुभता हुआ महसूस हुआ था। उसने उस बट का धैर्य के साथ स्पष्टीकरण दे दिया था। बस उसने यही नहीं कहा था कि अगर यह बात न हुई होती तो आपको बट कहने की ज़रूरत नहीं पड़ती। फॉर्म में तो स्वयं ही उसने इस बात का स्पष्ट उल्लेख कर दिया है। पिता का व्यवसाय तक लिख दिया था। उसकी 'रिज्यूमी' सब सदस्यों के सामने मौजूद थी। इसके बाबजूद उन महोदय ने 'बट' कहकर इस तथ्य को रेखांकित किया था कि एक इतना छोटा आदमी चौधरी कैसे हो सकता है।

उसके शरीर में झनझनी होने लगी थी। हालाँकि इन सब बातों की उसे आदत पड़ गई थी। एक चौथा सदस्य जो ख़ामोश बैठा था उसने पूछा 'एनी अदर एक्सपीरियन्स विच वाट अस टु टेक नोटिस आफ...।

'सर, जब मैं छोटा था तो अपने गाँव के ज़मींदार के यहाँ दो रुपया महीना पर नौकरी करता था, उनकी जूठन से पेट भरता था.....उनके तबेले में बिजली का एक लट्टू लगा था.... उसके नीचे बैठकर पढ़ता था। आप चाहें तो लिख लें। उसे झटका-सा लगा 'दैटस आल राइट।'

वही सदस्य अपनी झेंप उतारने के लिए बोला 'एनी वे यू पीपुल हैव ए गुड चांस...।

'जी मैं समझा नहीं।'

'एस. सी. कोटा में....।'

'नो सर, मैं कम्पीट करना चाहता हूं। नो कन्सेशन्स।'

'लेकिन तुमने फार्म में लिखा है।'

'क्योंकि पूछा गया था...जो मैं हूं उसे लिखने में मुझे कोइ शर्म नहीं।'

'फिर उसका प्रीमियम लेने में तुम्हें क्या परेशानी है?' कहकर उनमें से एक सदस्य हँसा।

'सर, वैसे तो यह प्रीमियम नहीं अधिकार है। लेकिन मैं अपनी सामर्थ्य को तौलना चाहता हूँ। मुझे कमज़ोर कहकर अगर आप कुछ देना चाहें तो मुझे यह अपमान लगेगा। जबकि मैं अपनी ताकत से ले सकता हूं।'

उसे एकाएक बिन्नी की वही बात याद आ गई जो उसने पापा से कही थी। वह बोला 'सर, अगर आप माफ़ करें तो एक बात कहूं। आप लोगों में भी महिलाएं कमज़ोर व हीन समझी जाती हैं... लेकिन आप उनके साथ बहुत ज़्यादा अलग व्यवहार नहीं करते।'

चेयरमैन हल्का-सा मुस्कराया। वही सदस्य गुर्राया 'व्हाट डू यू मीन...।'

'सर, मैं भी किस्मत के साथ दो-दो हाथ करना चाहता हूं। उस हालत में मैं ऐसा नहीं कर पाऊँगा। मुझे लगेगा कि मैं अपने दम पर इन सबको नहीं पछाड़ सकता था इसलिए मैंने एक क़ानूनी छूट का फ़ायदा उठा लिया। मैं यह नहीं कहता कि यह ग़लत है पर यह ज़रूर लगता है कि जो कुछ मैं पा रहा हूं वह मुझे दिया जा रहा है... तब मुझे, सामाजिक रूढ़ियां अपमानित करती थीं, अब ये नियम और छूटें, करते हैं। हम कब तक अपना शोषण कराते रहेंगे। कभी रूढ़ियों से और कभी नियमों से।'

'डू यू थिंक सो?' चेयरमैन ने पैनी दृष्टि से देखते हुए पूछा।

'आई एम सफरिंग सर...सफरिंग।

'हाउ?'

उसकी आँखों के सामने बिन्नी का चेहरा उभरा और डूब गया। वह बोला, 'अगर मैं किसी ऐसी लड़की से प्यार करूं जो तथाकथित ऊँची जाति की हो तो क्या मुझे प्यार करने का अधिकार देंगे? छूट का यह क़ानून मेरी मदद करेगा?'

'तुम्हारा मतलब?'

'सर, मेरा मतलब यही है। मुझे अपनी सीमाओं और अपनी ताकत को समझना होगा। अपने प्यार और अपनी ज़िन्दगी के लिए कब तक इस समाज और नियम का आश्रित बना रहूँगा?...इसलिए मैं कहता हूँ, मुझे किस्मत से दो-दो हाथ करने दें...मैं करूँगा, ज़रूर करूँगा।'

'तुम समझते हो, तुम जीत जाओगे?'

राका का चेहरा थोड़ा बिगड़ गया। उसने अपनी आवाज़ को थोड़ा सन्तुलित रखते हुए कहा, 'मैं दलित ज़रूर हूँ, पर मूर्ख नहीं हूं। मुझे मालूम है कि जीत मेरे लिए उतनी आसान नहीं है जितनी आसानी से दूसरे वर्गों के लोगों को मिल जाती है। लेकिन उस हालात में मैं हारूँगा भी तो इसलिए नहीं कि मैं लड़ नहीं पाया या मैंने परिस्थितियों के सामने समर्पण कर दिया।'

उन लोगों ने एक-दूसरे की तरफ देखा। चैयरमैन ने पूछा, 'आपको कुछ और कहना है?'

'सर, साक्षात्कार के समय जो पूछा जाता है उसका जवाब देना होता है। वैसे तो हर किसी के पास कहने को बहुत कुछ रहता है।'

उन्होंने गर्दन हिलाई और धीरे से कहा, 'यू केन गो।'

जब वह बाहर निकल रहा था तो उसे महसूस हुआ कि वे आठ-दस आँखें उसकी पीठ पर गड़ी हुई हैं।

'थैंक्यू' कहा और बाहर आ गया।

वह बाहर निकला तो अपने नम्बर का इन्तज़ार करते लोगों ने उसे भी घेरा। लेकिन उसे होश नहीं था। उसे लग रहा था कि वह अन्दर कपड़े उतार कर नंगा खड़ा था और उसी हालत में बाहर निकल आया। वह इतना ही कह पाया, 'जो पूछा और जो सूझा...वही कहा। अब मुझे कुछ याद नहीं।'

'फिर भी।'

'पेडेग्री का सवाल था।'

'यानी?'

'नस्ल... ।'

किसी ने कहा, 'छोड़ो यार इन लोगों की तो कुर्सियाँ बिछी हुई हैं। बस जाकर बैठना भर है। वो तो हम हैं जिन्हें म्यूजिकल चेयर का खेल खेलते हुए आपस में एक-दूसरे को धकिया कर कुर्सी हथियानी है। हर बार एक कुर्सी कम हो जाती है...बाजा बजता रहता है...दौड़ो, ये सब कुर्सियाँ तुम्हारे लिए हैं। अन्त में एक कुर्सी बचती है...ज़िसकी किस्मत।'

राका एकाएक घूम पड़ा, बोला 'यह आप ठीक कह रहे हैं। किसी को शिकायत होती है और कोई उसका कारण होता है। जिन्हें पहले शिकायत थी वे अब कारण बन गए हैं...जिन्हें अब शिकायत है वे पहले कारण थे। इसी को परिवर्तन कहते हैं।' हँसा और चल दिया।

एक लड़का बोला, 'यार कहाँ मुँह लग रहे हो। बात कुछ थी, हो कुछ गई।'

'नहीं, यह भी एक महत्त्वपूर्ण मुद्दा है। हो सकता है इसी पर सवाल पूछ लिया जाए। आपको रिज़र्वेशन कोटा में जगह मिले तो आप जाएँगे?'

'मैं तो कह दूँगा...दौड़कर सर।'

वह मुस्करा दिया और धीरे-से बोला, 'दिस इज़ इट...पहले अधिकार डंडा था अब मारा-मारी का झंडा है।' सब हँस दिए।

वह कमीशन के भवन से बाहर आया तो उसकी समझ में नहीं आ रहा था कहाँ जाए? वे सब बातें उसके मस्तिष्क को मथ रही थीं। क्या ये सब बातें ज़रूरी थीं। कहीं उन बातों का कारण वह स्वयं तो नहीं? उसने उधर से ध्यान हटाकर दूसरी तरफ लगाना चाहा। उसने अपने से सवाल किया—वह कुछ दिन दिल्ली में रहकर घूमे-फिरे या आज ही लौट चले? वह कहकर तो यही आया था कि वह दिल्ली जा रहा है, दो-चार दिन घूम-फिरकर राजधानी का नज़ारा लेगा। माँ ने भी यही कहा था। दिल्ली जा रहा है तो अच्छी तरह घूम-फिरकर आना। बार-बार थोड़े ही जाना

होता है। माँ आई. ए. एस. का मतलब तो जानती नहीं थी। बस यही कहती थी—कलक्ट्री का इम्तिहान देने जा रहा है। पास हो गया तो ज़िले का सबसे बड़ा हाकिम बन जाएगा। ऐसे मौक़ों पर माँ को सदा गाँधीजी की याद आती थी...गाँधी बाबा कहा करते थे—सब बराबर हो जाएँगे। राका गाँधी को नहीं मानता था। वह हमेशा यही कहता था—गाँधी ने हमें क्या दिया! माँ कहती—न बेटा, उसी ने सबसे पहले लोगों को बताया कि हम भी इन्सान हैं। वही हम लोगों के बीच आकर रहा और तो सब महलों में बैठे मस्त बतियाते रहे। वह चुप हो जाता था। कौन माँ के मुँह लगे। इनके लिए तो गाँधी ही सब कुछ हैं। वैसे भी माँ का कुछ पता नहीं था, कब डंडा सँभाल ले। वह उसे अभी तक बच्चा समझती थी।

उसे माँ की याद आने लगी। उसका मन उचट गया। चल वापिस। माँ ने कितना झेला। पहले माँ के पास जाएगा फिर शहर। बीच-बीच में उसे लगने लगता था। उसने ही सारे ही साक्षात्कार को एक गलत पैराये पर डाल दिया। शायद यह उसकी हीनता थी। लेकिन सच कहना हीनता कैसे है? हम अपनी बात नहीं करेंगे तो किसकी करेंगे। क्या उनकी जिन्होंने हमें हीनता के गर्त में धकेला। हमारे बड़ों का कहीं कोई इतिहास है? सब इतिहास उन्हीं लोगों के लिखे हैं। क्या उनमें ऐसा कुछ नहीं था? वह उत्तेजित होना शुरू हो जाता तो बड़ी मुश्किल से वह अपने को शान्त करता। अगर उन्होंने कुछ नहीं पूछा तो यह उनकी कमी है। वह सीधा स्टेशन चला गया। सारा दिन था। शाम को गाड़ी जाती थी। रास्ते में उसे यह देखकर अच्छा लगा कि दिल्ली में लड़कियाँ सुन्दर हैं। खुली भी। हमारी बिरादरी में अगर लड़कियाँ सुन्दर होती हैं तो लोग लांछन लगाते हैं...जैसे वे ही लोग नस्ल सुधारनेवाले बिजार हों। भले ही अपनी न सुधार पाए हों...। उसे हँसी आ गई। उसे बिन्नी का ख्याल आया। बिन्नी न सही उतनी सुन्दर, पर है तो सुन्दर ही । ठीक है...। हँसकर अपने से ही बोला—मेरी नज़र में ही सही। लेकिन कोई ऐसी नज़र हो जो उसे बदसूरत कह दे।

लेकिन...बिन्नी को जाकर क्या बताऊँगा कि इंटरव्यू में क्या हुआ? वह कहती है तुम आई.ए.एस. में आ जाओ। बस। वैसे इसका मेरे लिए खास महत्त्व नहीं। पापा पर असर पड़ेगा। वे जल्दी कर रहे हैं। कई लड़के देख चुके। वे बिना किए मानेंगे नहीं।

वह जिस बेंच पर बैठा था उसी पर एक बूढ़ा गाड़ी का इन्तज़ार करते-करते थक गया था और खाना खोलकर खा रहा था। उसने बड़ी नम्रता के साथ राका से कहा, 'बेटा, ज़रा नल पर से इस गिलास में पानी ला दो।'

वह उठा, फिर ठिठककर बोला, 'आप मेरे हाथ का पानी पियेंगे?'

'क्यों?'

'आपकी उम्र के लोग हम लोगों के छुए से परहेज करते हैं।'

वह हँसा, 'बेटा, इन्सान तो हो। खैर, तुम नहीं लाना चाहते तो मैं स्वयं ले आता हूँ।'

पोटली उठाई और चला गया। राका सोचने लगा—उसने ऐसा क्यों कहा? उसका यह कहना क्या इस बात का द्योतक नहीं था कि वह स्वयं इस तरह की चीज़ों में विश्वास करता है। यह सवाल उसके दिमाग़ में पूरे समय घूमता रहा। और वह उसके तरह-तरह के जवाब सोचता रहा। राका ने मना तो नहीं किया फिर उस आदमी ने ऐसी बात क्यों कही? और कही तो उठकर क्यों चला गया? अगर वह दोबारा कहता तो क्या वह मना कर देता? इसका उसके पास कोई जवाब नहीं था। वह जानकर अपने-आपको दलदल में फँसा लेता है और फिर उससे बाहर निकलने के लिए हाथ-पाँव मारता है। दलदल किसी को आसानी से बाहर नहीं आने देती।

गाड़ी आई तो वह पस्त हो चुका था। उसका रिज़र्वेशन था। उसकी बर्थ तीसरी मंजिल पर थी। सबसे ऊपर। वह जाकर लेट गया। रेल तो अभी चल ही रही थी उसके दिमाग़ ने उसे अलादीन के चिराग की तरह पहले ही गाँव पहुँचा दिया था। वह अभी से आई.ए.एस. समझा जाने लगा था। यानी कलेक्टर साहब। दूसरे लोग कहने लगे थे कि कुशा पर रखा मिटटी का बर्तन भी पवित्र होता है। जब लड़का कलक्टरी की कुर्सी पर बैठेगा तो गाँववालों की तरफ से मुँह थोड़े ही फेर लेगा। बड़े-बूढ़े उसे रोककर पूछते थे—'क्यों बच्चा, ध्यान रखेगा या नहीं। या भूल जाएगा।' फिर कहते—अपनी माँ की सेवा ज़रूर करना। उसने बहुत दुःख झेले, सब तेरे लिए।' वह यही कहता, 'नहीं बाबा, क्या बात कहते हो। अभी तो आपका आशीर्वाद चाहिए, आपकी दुआ रहेगी तो राह मिल ही जाएगी।' वे लोग उसके सिर पर हाथ रखकर कहते, 'खुश रहो...दिन दूनी रात चौगुनी उन्नति करो।' वह सोचता, गाँव के बाक़ी सब लोग तो सदियों से कुशासन पर विराजमान हैं...ये बेचारे मिट्टी में ही लिथड़ते रहे। दोनों में कितना अन्तर है। सच पूछो तो यह कुशा का नहीं, बर्तन का अन्तर है...इस बर्तन में कितनी समाई है।

बिन्नी कभी-कभी पूछती थी 'राका तुम आई.ए.एस. बन जाओगे तो पता नहीं तुम्हें कैसा लगेगा।" हम दोनों तो एक ही कालेज में लेक्चरर बनने का सपना देखते थे। दोनों वहीं बैठकर पढ़ाएँगे और आज़ाद रहकर एक नई ज़िन्दगी की शुरुआत करेंगे। वह सपना तो बट्टे खाते चला जाएगा।"

वह गम्भीर हो जाता था। थोड़ी देर सोचता रहता था। फिर कहता, 'नहीं बिन्नी तुम लेक्चरर बनने की सोचो तो ...सब छोड़कर तुम्हारे साथ आ जाऊँगा। लेकिन तुम्हारे पापा तो कुछ और ही सोच रहे हैं। वह रास्ता कहीं नहीं मिलता।'

वह दुख भरी हँसी हँस देती, 'हाँ, शायद उसके सिवाय कुछ भी करना मेरे

बस में नहीं। अगर सोचूँगी तो माँ आत्महत्या कर लेगी। पिताजी साधू हो जाएँगे। बहन-भाई लावारिस ...।'

'लेक्चरर बनना क्या इतना बड़ा पाप है?'

'पाप लेक्चरर बनना नहीं, आज़ाद होकर जीने का इरादा रखना...। चाहे वह राका हो या बिन्नी। हम लोगों की आज़ादी की एक सीमा है...डोमिनियन स्टेट्स। गवर्नर जनरल वही रहेंगे। उतनी ही आज़ादी जितनी वे लोग उचित समझें। सुरक्षा, विदेश-नीति, आर्थिक पक्ष... सब उनके जिम्मे... बस आज़ादी तुम्हारी।' वह हँसी। 'किसी को दोस्त बनाओ तो पूछकर। वरना अपने दोस्त को भी दुश्मन की नज़र से देखो। पाप क्या है और पुण्य क्या है—यह सोचना हमारे क्षेत्र में नहीं आता। यह विदेश नीति का क्षेत्र है।' ...उसका गला रुंध-सा गया था।

राका ने बात को आगे बढ़ाना ज़रूरी नहीं समझा। उसे माँ की बात याद आई। वह कहा करती है कि हमारे पढ़ने-लिखने में भी उनकी पीरी है। वह पढ़ना चाहती थी, होशियार थी, लेकिन पाँच जमात तक ही पढ़ पाई। हम लोगों में पाँचवीं जमात तक पढ़ लेना बड़ी बात थी।

ज़मींदार ने तेरे नाना से बुलाकर पूछा, 'अपनी बेटी से कलक्टरी करवानी है क्या?'

'नहीं मालिक, हमारी इतनी समाई कहाँ। उसका मन पढ़ने-लिखने में लगता है, सोचा दो हरफ़ पढ़ लेगी तो काम आएँगे।'

'अपनी औकात में रहो...वरना तुम अपने को स्वयं ढूँढ़े नहीं मिलोगे। घरवाले तो ढूँढ़ते फिरेंगे ही।'

माँ बताया करती है—जब बापू ने आकर कहा तो वह बहुत रोई। ज़मींदार का हुक्म कौन टालता। यह बात इस बुढ़ापे में भी माँ को ज्यों-की-त्यों याद है। वह आज भी कहती है—अगर ज़मींदार के पेट में दर्द न हुआ होता तो तेरे बापू के मरने के बाद तुझे उस मुए की जूठन पर न पलना पड़ता और मैं ईंट-पत्थर तोड़कर न ढोती फिरती। बस तू कलक्टर बन जा। उसने तेरे नाना को ताना दिया था। उनकी बेटी कलक्टर नहीं बनी तो क्या हुआ, नाती तो बन गया।

बिन्नी की बातों में भी राका को अपनी माँ की बातों की झलक दिखाई पड़ती थी। जब ज़मींदार के हाथ में हम लोगों के घर की विदेश और गृहनीति का भी महक़मा था। अब...? वह हँस दिया। माँ पाँचवीं में पढ़ रही थी, बिन्नी एम. ए. में पढ़ रही है। वह ऊँची जाति की है। हम लोगों की शुमार कमीनों में होती थी। बस फ़र्क इतना ही है कि बिन्नी भले ही विद्रोह न कर सके, पर सोच तो सकती है। बिन्नी का बच्चा उसकी तरह बँधुआ मजदूर भी नहीं बनेगा माँ से कुछ कहो तो उसे तत्काल गाँधीजी की याद आ जाती है। उन्हीं के कारण औरतों के चेहरे से घूँघट हटे...मैदान में उतरकर आज़ादी की लड़ाई लड़ी, कमीन शब्द छूटा। राका

इसी बात पर बिफर जाता। पता नहीं हर बात माँ गाँधी जी पर लाकर क्यों खक्त्म करती है। गाँधी न हुआ हिटलर हो गया। सब कुछ उसने ही किया...जिसे मौक़ा मिल जाए, वह मीर।

बिन्नी की शादी हो गई थी। विदेश मन्त्रालय का इरादा वह चाहकर भी नहीं बदल सकी। राका उसका कितना अपना था...शादी होते ही वह गैर हो गया। पर-पुरुष। शादी से पहले वह उससे मिलने गई थी। राका क्या कहता? वह तब किसी लायक नहीं था। बिन्नी ने उससे पूछा था--मैं क्या करूँ राका? तुम्हारा वह बँधुआपन अब मेरी समझ में आ रहा है...जब तुम दो रुपए और जूठन पर रहते थे।

वह चुप था। वह अपने को कुछ भी कहने की स्थिति में नहीं पा रहा था।

चलते-चलते राका ने उससे इतना ज़रूर पूछा, 'लेक्चरर बनकर जीने के सपने का उसने क्या किया?'

'सपने या तो सोते हुए आते हैं या खाली बैठे। लुहारों के बीच काँच के बर्तनों की कोई कब तक खैर मनाए। जीवन का यथार्थ तो लुहारों की कार्यशाला है। जहाँ घन चलते हैं, वहाँ काँच के इन सपनों का क्या काम? तुम्हें वह अँग्रेज़ी की कविता याद है--शायद नींद में गुलाम अपने घर गया था, अपने बच्चों के बीच...फिर वह सपने से कभी लौटा ही नहीं। सपने में भी घर जाने की मुमानियत। हंटर-पर-हंटर खाता चिरनिद्रा में सो गया...अच्छा हुआ...जग गया होता तो उसका वह सपना टूट जाता। हमने जगते-जगते सपना देखा...जगते-जगते टूट गया।'

'इसका मतलब तुम लेक्चरर बनना नहीं चाहतीं।'

'नहीं चाहती का क्या मतलब राका! तुम लुंज-पुंज आदमी से पूछ रहे हो कि तुम चलना नहीं चाहते। सीधी-सी बात है, मैं चल नहीं सकती।

'सपना देख सकती हो, उसे...।'

वह रो पड़ी, 'गलती हो गई...माफ करो। गलती भी इन्सान से ही होती है राका। वह भी कमज़ोर से...।'

थोड़ी देर वह खड़ी रही। फिर बोली, 'चलती हूँ। मेरा सपना तो पूरा नहीं हुआ। तुम अपने सपने को ज़रूर परवान चढ़ाना। सुना है, ज़िन्दा रहने के लिए सपने ज़रूरी होते हैं। मैं चाहती हूँ तुम अपने सपनों के साथ ज़िन्दा रहो।'

पता नहीं क्यों वह एकाएक ज़ोर से हँस पड़ा। उसका यह व्यवहार बिन्नी के व्यवहार से एकदम उल्टा था। बिन्नी चली गई।

राका आई. ए. एस. में आ गया था। उसका नाम आरक्षित सूची में सबसे ऊपर था। उसने अख़बार की चिन्दी-चिन्दी कर डाली। जब उसने साफ-साफ कह दिया था कि उसे किस्मत के साथ दो-दो हाथ करने हैं तो उसे गोल के बाहर क्यों धकेला गया...पिट जाता, हार जाता, सब कुछ मंजूर था। वे मेरा अधिकार छीनने

वाले कौन हैं? वह जो है वह है, नियमों का गुलाम बनाकर गोल से बाहर धकेलने वाले समझते क्यों नहीं कि कई बार गुड़ देकर भी हत्या की जाती है। उसे बिन्नी का ध्यान आया। वह लड़ाई से स्वयं हट गई थी। लेकिन नहीं, उसे भी इसी तरह हटा दिया गया। वह औरत है...उससे निजात नहीं! लेकिन मैं इस लड़ाई से नहीं हटूँगा। तुम्हें सूर्खरूह नहीं होने दूँगा। वह उठा और अपने कालेज के प्रिंसिपल के पास गया। प्रिंसिपल खर दिमाग था। लेकिन उसने खड़े होकर हाथ मिलाया। 'कांग्रेच्यूलेशन राका।' आ'म प्राउड आफ यू। तुमने कालिज का नाम ऊँचा किया। यू आर दि फर्स्ट...'

वह बीच में ही बोल पड़ा, 'नो सर।'

'क्यों?'

'मुझे जान-बूझकर हराया गया है। मैं हारना नहीं चाहता।'

'ह्वाट डु यू मीन?'

'मैं गोल में उतरकर दो-दो हाथ करना चाहता था। उन्होंने मुझे उतरने से पहले ही धकेल दिया। मुझे अपना हक चाहिए।'

'कैसा हक?'

'कम्पीट करने का हक। अपनी ताकत को आज़माने का हक। अपने दम पर दूसरों को पछाड़ने का हक।'

'डोंट बी सेंटीमेंटल। इस सबके बावजूद तुम एक मेधावी छात्र हो।'

'लेकिन कमीशन का फैसला इसके खिलाफ़ है।' फिर बोला, 'सर आपके पास एक काम से आया हूँ। मैंने आपके कालेज में लेक्चरर की पोस्ट के लिए अप्लाई किया है। परसों इंटरव्यू है। क्या आप मुझे चांस दे सकते हैं?'

'लेकिन यह जनरल पोस्ट है।'

'जी, उसमें तो किसी के लिए कोई प्रतिबन्ध नहीं।'

'लेकिन तुम...।'

'मैं अपनी योग्यता के बल पर कम्पीट करना चाहता हूँ।'

'तुम तो...।'

'सर, मैं सरकारी नियमों के बल पर नहीं जीना चाहता।'

'तुम्हारा आई. ए. एस. में चुनाव हो गया, तुम वहाँ जाओ। लोग उसके लिए तरसते हैं।'

'आई. ए. एस. में चुना जाना...मेरे लेक्चरर बनने के अधिकार को तो मुझसे नहीं छीनता। सर, आप तो मुझे इस अधिकार से वंचित न करें। मुझे अपनी आजमाइश का एक मौक़ा दें। वह तो मैं फिर भी हो सकता हूँ।'

'लेकिन...।'

'मुझे एक सामान्य आदमी के रूप में आने दें।'

'अच्छा, मुझे सोच लेने दो। मुझे तुम्हारी माँग न्यायसंगत और साहसभरी लगती है।'

'सर, एक बात और है, मैंने और विनीता ने इस कालेज में साथ-साथ लेक्चरर बनने का सपना देखा था। लेकिन जैसे में चाहकर भी अपने को उन झूठों से बचा नहीं पाया जो नियमों के द्वारा हम पर मढ़ दिए जाते हैं, वैसे ही विनीता महिला होने के कारण माता-पिता द्वारा तय किए गए स्त्रियोचित दायित्व से बच नहीं पाई। अपनी ज़िन्दगी अपने-आप जी सकने का उसका अधिकार केवल स्त्री होने के कारण नेस्तनाबूद हो गया। मैं चाहता हूँ अपना और उसका सपना, अपनी तरह से पूरा करूँ।'

प्रिंसिपल ने हँसकर कहा, 'ठीक है, एक दिन का समय तो दोगे।' और धीरे से उसका कन्धा दबा दिया।

जिस दिन उसका साक्षात्कार हुआ और उसे बताया गया कि वह चुन लिया गया है तो दो बातें हुईं—अगले दिन अख़बार रंगे पड़े थे...। जो थोड़ी-बहुत सीटें सामान्य वर्ग के लिए बची रह गई थीं उन पर भी आरक्षित वर्ग के प्रत्याशी कब्जा कर रहे हैं। उनकी सीटें तो उनकी हैं ही, दूसरों की सीटों पर भी उनका अधिकार है। कोई पूछे वे बेचारे कहाँ जाएँगे? उसी रात को उसने अपनी डायरी में लिखा...मैं बहुत खुश हूँ। मुझे अपनी किस्मत से दो-दो हाथ करने का मौका मिला, तथा मैंने और बिन्नी ने जो सपना देखा था...उसे मैंने टूटने नहीं दिया...जब वह लौटेगी तो मुझे डेक पर मौजूद पाएगी...हो सकता है, डेक तब भी जल रहा हो।

❑❑❑

HBC 1129
29/1/26